스치다 서성이다 스미는

# 붉은가슴도요새 연가

# 붉은가슴도요새 연가

**1판 1쇄 발행** 2022년 10월 31일

**저자** 윤창식

**편집** 문서아
**마케팅** 박가영  **총괄** 신선미

**펴낸곳** (주)하움출판사  **펴낸이** 문현광

**이메일** haum1000@naver.com  **홈페이지** haum.kr
**블로그** blog.naver.com/haum1000  **인스타그램** @haum1007

**ISBN** 979-11-6440-238-0(03810)

좋은 책을 만들겠습니다.
하움출판사는 독자 여러분의 의견에 항상 귀 기울이고 있습니다.
파본은 구입처에서 교환해 드립니다.

세상에는 수많은 경계(境界)가 존재한다.
경계는 서로를 경계(警戒)하는 금줄이다.


하지만 나의 글쓰기는 숨이 막히는 장벽들을
끊임없이 넘어서려는 행위예술인지도 모른다.


붉은가슴도요새는 시와 수필과 소설의 이음새에
발을 담그고, 내 마음의 짭조름한 뻘밭에는
스치다 서성이다 스미는
글발의 질료가 켜켜이 저며 있다.


나의 붉은 가슴이 '가이없는 바다'를 밟고
언제쯤 날아오를 수 있을까.

**3부** 스치다 스미는 말(言)의 문 앞에서

# 4부  나이를 먹지 않는 나무

# 붉은가슴도요새,
# 가이없는 바다를 밟고

누구도 게(蟹)를 똑바로 걷게 할 수는 없다.

- 아리스토파네스 -

# 건조주의보

봄비가 소리 없이 내리는 날이었다. 파란색 비닐우산에 얼굴이 살짝 가려진 그녀가 광화문 국제극장 쪽 계단을 올라오는 모습이 보였다. 바다의 신 포세이돈이 무슨 벤처에 나섰다는 영화의 줄거리는 거의 기억나지 않는다. 한장석은 그날 영화가 끝나고 갈월동 파리제과 앞까지 그녀를 바래다주지 못한 까닭이 그저 꿈길처럼 가물거린다.

"제 이름은 황정란이에요. 곧을 정에 난초 란."

"이름이 예쁘네요. 저는 한국에서 가장 거대한 돌입니다. 한·장·석(韓壯石). 크하하."

한장석의 장난기 가득한 이름 풀이에 웃음을 보이는 황정란의 가려진 손가락 사이로 덧니 하나가 살짝 보였다. 돌아오는 시내버스 라디오에서는 월남 패망 소식을 알리고 있었다. 누구를 위한 전쟁이었을까? 한장석은 중학교 때 백마부대 용사로부터 받은 위문편지 답장이 봄비에 하릴없이 젖어간다는 느낌이었다. 부질없다.

"왜 지난주에는 대학 학보를 안 보냈어요?"

"아 깜빡했어요. 개나리가 너무 예쁘게 피어서 그랬나 봐요.(호호)"

"그랬군요."

월남이 드디어 패망하고 다시 건조주의보가 며칠 이어지더니 반정부 시위가 한창인 대학교엔 휴교령이 내려졌다. 한장석은 가방을 챙겨 머나먼 남도 땅 고향으로 내려갔다. 정란이도 D시로 내려갔을까? S여대 기숙사 불빛도 가물거리는 비 내리는 늦은 밤, 노란 개나리 꽃잎이 한 잎 두 잎 떨어지는 효창공원 나무벤치에서 몸을 좀 떨던 정란이! 덧니도 아마 빗물에 젖었을.

장석은 시골로 내려오자 비에 젖은 효창공원 벤치를 떠올리며 정란에게 편지를 썼다. 정, 그대, 그리움이나 사랑 따위의 말은 용기가 나지 않아서 그냥 첫 마디에 "덧니는 여전하리라 믿는다."라고 적었고 "그럼 치아교정이라도 했을 줄 아느냐."는 한 줄짜리 답장이 전부였다. 고향은 농사철인데도 한 달 째 비가 내리지 않고 있었고 이웃마을 몽사뎅이(夢思精) 물레방아도 돌지 않은 지 꽤 된다고 했다. 백골이 따라와 함께 누웠다는 어느 시인처럼 시골집 골방에 누우니 장석의 가슴속엔 별의별 생각이 밀려온다. 애써 포세이돈 같은 모험을 떠올려봤으나 여전히 저 밑바닥 바다 속처럼 울울하였다. 장석이가 학교에서 퇴학을 당했다느니 서울 용산파출소 순경에게 쫓기는 신세라느니 하는 동네 소문은 견딜 만 했으나 떠난다는 말도 없이 떠날 일은 아니었다는 자책도 잠시, 사실은 떠밀며 내려온 게 아니었나?라는 자괴감이 먼저였다. 영등포 봉제공장 불쌍한 누나들 데모에 동참하자는 학과 선배의 간절한 부탁을 따돌리고 그날 바로 속이 좀 없는 정란을 만나다니, 포세이돈을 몰랐어야 했어. 신화가 밥 먹여주나? 현실이 코앞인 것을. 정란이 앞에서 호기를 부렸던 한국의 묵직한 돌은커녕 탐진강 여울목 모래알보다 못한 가벼움이 장석의 가슴속에서 버석거렸다. 세상의 뜻하지 않은 역류가 장석의 몫이 되기에는 아직 뼈마디가 여물지 못했던 것이다. 장석은 거슬러 오르는 일에는 늘 자신이 없었으나 적어도 비겁해지기는 싫었다.

비가 내리려나 싶게 고향하늘에는 짙은 구름이 끼기 시작하더니 보리꽃이 필 무렵 늦봄의 비 치고는 종일토록 비가 내린다. 메말라가던 마을 저수지와 다도해로 이어지는 시냇물에도 모처럼 물길이 차고 넘쳤다. 아이들도 덩달아 냇물 속에서 맨손 더듬이로 붕어와 송사리를 검정고무신에 가득 잡아왔고 집집마다 누나들은 엄마 대신 풋감나무 아래서 물천어탕을 만들어내곤 하였다. 한장석은 빗소리 때문인지 꿈결인지 모르게 몽사뎅이 물레방아의 쇠절구공이가 쿵쿵 울리는 듯해서 골방에서 더는 버틸 수 없었다. 다섯 살 때던가, 가을걷이가 거의 끝나고 흙바람이 날리던 날 고추방아를 찧으러 가는 엄마 치맛자락을 붙잡고 물레방앗간에 따라갔었지, 장석은 오랜만에 회억의 강을 건너고 있었다. 그날 물방앗간 건너 토담집 마당에서 또래 여자아이와 함께 흙장난을 했던 기억이 어제 일처럼 떠오른다. 웬일인지 그 아이는 알아들을 수 없는 소리만 몇 번 중얼거릴 뿐 말을 한 마디도 하지 않았다.

장석이 그 여자애를 다시 만난 것은 초등학교 5학년 학기말 방학이 다가오던 때였다. 물방앗간 아주머니는 장석이 누나가 손 자수를 잘 놓는다는 소문을 듣고 딸아이를 데리고 장석이네를 찾아왔던 것이다. 학교도 다니지 못하는 딸아이에게 자수라도 가르쳐주고 싶었으리라. 장석은 그날에야 그 여자애가 말을 하지 못하고 이름은 송하연(宋河蓮)이라는 사실을 알았다. 물방앗간 옆 연못에 지금쯤 홍련화가 피어있을지 모른다는 생각으로 빗속의 장석이 힘껏 밟는 자전거 페달은 몽사뎅이 언덕을 가파르게 넘는다. 연못의 연꽃은 몽우리만 맺은 상태였고 하얀 블라우스를 입은 하연이가 물레방앗간 앞에 서있었다. 하연은 긴 생머리에 옅은 미소만 머금을 뿐 말을 하지 않았다. 연못의 동그란 길을 따라 하연이네 마당을 지나 모퉁이를 돌아 하연은 자기 방을 보여주었다. 옷가지 등속을 덮어 보호하는 용도로 보이는 횟댓보에는 도토리 두 개가 수놓아져 있었다. 하연은 장석이 누나에게 자수를 배우며 늦게야 글자도 함께 배웠던 모양이다. 도토리 그림 아래로는 '예쁜 도토리'라는 다섯 글자의 분홍 실 자수가 눈에 들어온다. 의아해하는 장석에게 하연은 손짓으로 장석이가 자기에게 어린 날 자기 집 마당에서 도토리를 쥐어주었노라고 애써 설명을 한다. 장석은 가로로 고개를 저었고 하연은 반대로 고개를 저어 자기 말이 맞다는 표시를 했다. 그랬구나! 장석은 도토리가 하연의 마음속에서 그토록 오랫동안 흔들리고 있을 줄은 몰랐다. 흔들린다는 것은 살아있다는 징표다. 하연은 곧 집을 떠나 목포양재학원에서 정식으로 양재기술을 배울 거라고 했다. 하연은 장석의 누나가 생각나는지 잠시 눈물을 보이더니 장석에게 여기서 뜯어보면 안 된다고 하면서 중간 크기의 종이봉투를 내밀었다,

학교가 다시 문을 연다는 소식이 전해진 것은 보리가 누렇게 익어가던 5월 하순께였다. 장석은 대충 책가방을 챙겨 삼거리 버스정류장으로 나섰다. 조금 먼저 와있던 하연이의 손에는 목포행 차표가 쥐어져 있었다. '나는 상행선 너는 서행선' 무슨 오래된 미래 같은 유행가 가사가 두 청춘 남녀의 보따리에 얹힌다. 목포 용당나루를 외치는 매표소 남자 직원은 두 남녀의 이별이 신기한 듯 희죽거리고, 하연은 막 도착한 버스에 먼저 오르며 장석이 쪽을 향해 노란 손수건을 흔들었다.

서울로 올라온 장석은 하숙방에서 룸메이트 녀석이 나가는 것을 틈타 하연이가 내밀었던 종이봉투를 재빨리 열어보았다.

'인내는 쓰다. 그러나 그 열매는 달다. 송하연'

보라색 손수건에는 장석이의 누나가 늘 되뇌곤 하던 글귀가 곱디고운 자수로 아로새겨져 있었다.

그해 겨울, 장석은 벌써 몇 년이나 지난 목포삼학소주가 망한 사연이 경기도 내륙의 한 오지마을에서 불현듯 떠오르는 까닭은 순전히 하연이의 소식이 궁금해서였을 것이다. 실은, 그보다도 한동안 잊고 있었던 효창공원 황정란이 그 마을로 한장석을 찾아오겠다는 소식이 먼저 전해졌던 터였다. 경기도 하사창 마을의 겨울은 매서웠다. 무시로 떨어지는 영하 10도의 추위 속에서 죽지 않으려고 샘가에서 쌀을 씻으며 밤하늘을 쳐다보면 늘 차가운 별빛은 가뭇없이 가물거렸다. 장석은 대학 졸업반이 되자 마음이 바빠졌고 정치사회적으로 험악한 시기에 무슨 놈의 외교관이 되겠다고 짐을 싸서 고시공부를 떠날 일이 아니었다. 세상 돌아가는 본새는 차분히 무엇에 전념한다는 것이 죄스러웠던 것이다. 장석은 하사창 마을에서 며칠을

용케 버티었으나 환청처럼 들려오는 라디오 속보에서는 탄환의 화약 냄새가 낭자했다. 12.12 사태. 특이한 순열조합의 숫자에 주의하라고 몇 번을 말했나! 환멸과 착종의 시간들이 가물거리는 하사창 마을 모퉁이를 돌아 나올 때는 눈물이 났다. 이제야 제대로 소설이 되려는가, 장석에게 주어진 카이로스의 시간들은 낙과(落果)의 바람 속에서 하염없이 흐르고 여전히 세상은 나아질 기미가 보이지 않았다.

삼각형이 항상 위태로운 것은 아니다. 꼭짓점을 어디에 두느냐가 문제라면 문제일 터. 누군들 벼랑 끝에 서는 일이 쉬운 일이겠는가. 꼭 짚어 답을 내기에는 장석에게 주어진 시대상이 늘 위태로웠을 뿐 목포의 송하연과 효창공원의 황정란은 묵묵히 세상을 받아들이는 눈치였다. 숫자에 매번 알 수 없는 트라우마를 느끼는 장석이 은행에 취직한 것은 하나의 아이러니였다. 출근 첫날부터 탈출을 꿈꾸다니 세상은 역시 꿈대로 되지 않았다. 그나마 장석은 K은행 외환계에 배치되어 각국의 다양한 화폐와 유가증권을 만지면서 못다 이룬 외교관의 꿈을 이룬듯하기도 했다. 장석은 탄자니아에서 보내온, 한국 쓰리세븐 손톱깎이 외환대금을 원화로 바꿔주면서 미국의 항공기 제조사 보잉 777을 떠올렸다. 항공기 제작사가 엄지손톱만한 쓰리세븐 손톱깎이 회사에 제기한 상표도용 소송에서 보기 좋게 패소하는 것을 보고 골리앗을 골로 보낸 통쾌함을 느꼈다. 하지만 세상에는 대차대조표의 수치로만 계상될 수 없는 것이 더 많아져야 한다는 생각 때문이었을까, 장석은 아주 간단한 장부 정리에서 엉뚱한 오류를 범하기도 했다.

이번에도 어떻게 알았는지 정란은 K은행 여의도지점으로 장석을 찾아왔다. 정란은 전경련빌딩 지하 커피숍에 앉아마자 자기는 본래 떠나는 것에 익숙하지 못하다면서 평소 그녀답지 않게 눈물이 그렁하다. 곧 대구로 내려가게 되었다고, H중학교 생물선생으로 발령을 받았노라고 했다.

"덧니도 따라가겠네요?"

"장석씨는 내 덧니밖에 몰라요?"

"아, 또 있다! 포세이돈, 효창공원벤치. 흐흐."

그렇게 말해놓고는 장석은 세상에서 가장 난해한 표정을 지었다. 서울 대구 목포 찍고 다음은 어디로 가야 하나?

'세상이 아무리 그대를 속일지라도 소주병 마개를 생이빨로 따지 말라!' 이는 신(新)서방파 조폭사무실 벽면에 적힌 구호란다. 세상이 나를 속였는지 그대가 세상을 속이는지는 며느리도 모를 일이다. 세상은 요지경처럼 모창가수 심심해씨가 울고 갈 정도로 어지러워도 어김없이 날이 가고 달이 가고 새가 울면 꽃은 핀다. 그새 30년의 세월이 훌쩍 흐른 모양이다. 누구 마음대로 이리도 빨리 시간이 가버린 걸까? 다도해에서 넘어오는 듯하지 않은 가을바람에 반백의 머리칼을 날리며 한장석은 동막골처럼 시간이 멎어버린 고향집 텃밭에 우두커니 앉아 있다. 불현듯 영화 〈빠삐용〉의 마지막 장면이 아련히 떠오른다. 절해의 절벽 위에서 동료는 자유를 찾아 떠나고 끝까지 홀로 남아 호박과 돼지를 기르는 두꺼운 뿔테 안경의 늙은이는 지금쯤 어떻게 되었을까. 무슨 영화(榮華)를 보자고 영화(映畵) 같은 삶을 살았을까?

한장석은 또 꿈을 꾼다. 이번엔 무지개 색깔로 채색된 꿈이다. 아득히 먼 곳으로부터 세 방향의 소실점이 나타나고 꼭짓점으로 이어지는 선이 정삼각형을 이루며 두 사람이 가까이 오고 있다. 장석이 흔들리지 않으려 애를 쓸수록 몸과 마음이 살아 있으므로 자꾸 흔들린다. 점점 가까이 다가오던 두 여인이 차차 하나로 겹쳐 보이더니 순간 한 몸이 된다. 미소 띤 얼굴에 덧니가 살짝 보이고 긴 생머리를 한 여인의 이름은 연란이라고 했다. 스무 살쯤 되어 보이는 송황연란.

그때 어디선가 천사들의 노래 소리 들리는 듯하였다.

하늘 높이 날아라

고운 꿈 싣고 날아라

한 점이 되어라 한 점이 되어라

내 마음 속에 한 점이 되어라<sup>*</sup>

# 붉은가슴도요새 연가

〈1부〉 아네모네꽃집, 마네모네사진관

K광역시 남구 H아파트 상가에는 아네모네꽃집과 마네모네사진관이 나란히 붙어 있다. 동네 사람들은 무슨 놈의 가게 이름이 저 모양들이냐고 한마디씩 하곤 한다. 요즘이야 세련되고 경쾌한 노래도 많건만 아네모네꽃집에서는 비가 오나 눈이 오나 바람이 부나 온종일 이미자가 부른 '아네모네' 뽕짝이 흘러나와서 듣기 좋은 노래도 한 두 번이지 이건 뭐 왕짜증을 유발하고 있었다. 역시 세상에는 환상의 콤비가 꼭 있게 마련이어서 꽃집 바로 옆에는 마넨지 모넨지 네몬지 세몬지 모를 화가의 모조그림을 유리창에 붙어놓고 중늙은이가 사진관 영업을 하고 있었다.

"아니 아저씨, 하필 사진관에 우리 꽃집이랑 이름을 헷갈리게 붙이면 어떡해욧?"

"걱정도 팔자셔. 이래 뵈어도 유명 상호 작명가한테 지었는디?"

"상호 작명가라고라? 그 사람이 미쳤는갑소. 아네모네는 꽃가게랑 잘 어울리지만, 마네모네는 뭐다요?"

"모르면 가만이나 계시씨요."

"내가 뭘 모른다는 말이요?"

"아, 마네모네는 그림 그리는 사람이고 나는 사진 맹그니께 딱 어울리잔여요! 당신 가게하고는 아무 상관 없지라잉."

"어째 상관이 없다요? 꽃 사러 왔다가 사진관으로 쏙 들어가는 사람을 봤으니께요."

"허참, 그건 피차 마찬가지고요. 사진 찍으러 왔다가 꽃을 사가는 사람도 있던디요. 다 내 덕인 줄 아씨요. 하하."

"덕이라고요? 뭐 그것도 덕이라면 덕이 되겠소야."

('갑자기 왜 이리 상냥한 말투지? 이제야 아네모네꽃을 닮아가시나?' 사진관 아저씨는 꽃집 아줌
마를 그윽한 눈길로 살핀다.)

그러한 가벼운 입씨름이 있은 며칠 후 상가 전체가 하루 쉬는 날 두 사람
은 옛날식 다방에 마주 앉았다.

"제가요, 처녀 적에는 꽤나 예쁘다는 소리를 들었어요. 세월이 웬수지."(말
본새는 여전히 아네모네는 아니다.)

"나는요, 학교 댕길 때 미술시간에 마네 모네를 아무리 외우고 또 외워도
헷갈려서 시험 보면 꼭 틀렸고요, 이 나이 묵도록 지금도 잘 모르겠소. 마
넨가 모넨가? 마네모네가 한 사람인가? 그런디 언제 적부터 그렇게 이미자
노래를 좋아했나요? 귀에 딱쟁이 생기겄어요."

"저에게도 사랑하는 사람이 있었어요. 잡지 〈아리랑〉에 나온 펜팔 코너를
통해서 군인아저씨를 알게 되었고요. 잘 생긴 흑백사진도 한 장 보내와서
지금도 갖고 있지라."

"그래요잉. 그 뒤로 어뜩케 되었소?"

"월남으로 파병 나간다는 편지가 마지막으로 아직도 소식이 없네요. 그
쪽은 워디 군대 댕겨 왔어요?"

"나는요 방위 나왔어라. 귀신 잡는 방위 으하하하."

"그 군인아저씨 마지막 편지 받는 날 길거리 전파사에서 흘러나오던 아네
모네 노래를 어뜩케 잊을 수 있을랍디여. 아네모네는 본래 '바람'이라는 뜻
이고요, 아네모네 꽃말은 '덧없는 사랑'과 '당신만이 볼 수 있어요' 두 가지
래요."

"나는 두 번째 꽃말이 맘에 드네요. 비밀스런 편지 한 토막 같기도 하고
요. 아주머니 사연을 들어보니까 아네모네가 마네모네보다 한 수 위 같네

요. 이 커피 값은 내가 낼랍니다."

"아니어요. 요 며칠 꽃도 몇 송이 못 팔았지만 나도 커피 값이야 못 내겠어요? 그나저나 요새는 스마트폰으로 사진을 찍어대니까 누가 사진관에 오기는 오나요?"

"잘 아시면서. 지난 번 겨울 J대학 졸업식 날 견본용 사진 판때기를 목에 걸고 실사를 나갔지만 한 컷도 못 건졌네요."

"으째야쓰까잉. 오메 짠한 거."

그런 일이 있은 후, 꽃집과 사진관을 합쳐 두 사람이 함께 월남쌈밥집을 차릴 거라는 소문이 나돌았다.

## 〈2부〉 월남쌈밥집 연가

아네모네꽃집 아줌마와 마네모네사진관 아저씨가 각기 가게를 청산하고 함께 월남쌈밥집을 낸 것은 자기네 가게 이름이 너무 비슷한 때문만은 아니었다. 이 두 남녀는 60여년 세월 동안 말로는 다 못할 험한 세상을 겪다보니 더 이상 밑질 것도 없다는 심정으로 그냥 저질렀던 것이다. 합동가게 이름은 사진관 아저씨의 귀신 잡는 방위의 추억과 꽃집아줌마의 꿈에도 그리운 월남에 파병된 맹호부대원을 생각해서 붙인 것이다. 요즘 음식 관련 가게가 좀 많아야지. 그런다고 방송에서 잘나가는 백모 셰프에게 자문을 구할 처지는 애초에 못 되는 터라, 에라 모르겠다, 무턱대고 개업부터 하고 보자는 식이었다. 동사무소에서 주최한 다문화 음식 맛보기 체험에서 딱 한 번 월남쌈을 맛본 게 전부였으니 그들의 용기가 참으로 가상할 지경이었다.

사진관 황몽구는 방위병이 최전방 백골부대 출신 못지않다고 우기면서 잘 사귀던 예쁜 애인은 어느 날 월남에서 돌아온 김 상사와 눈이 맞아 도망가버리고 고작 "너와 내가 아니면 누가 지키랴"라는 군가 한 소절만이 군바리 추억으로 남은 주제가 아니던가. 힘센 남자가 최고라는데 방위병 전력은 아무래도 마음에 걸렸다. 그만큼 세상이 만만치 않다는 증거였던 것이다. 꽃집 아줌마 박순자는 새로 개업하는 식당이라도 잘 되었으면 하고 치성이라도 드릴 요량으로 지금은 비어있는 친정집을 참으로 오랜만에 찾았다. 친정엄마는 때만 되면 장독대에 정화수를 떠놓고 새끼들 성공을 빌고 또 빌지 않았던가. 순자는 한참을 감회에 젖어 있다가 처마 끝에서 허름한 종이뭉치를 발견했다. 친정아버지는 글씨도 모르면서 종이란 종이는 보는 족족 숨겨두는 습성이라 짐작이 가면서도 무심코 종이뭉치를 꺼내보다가 꿈속에서도 잊지 못하던 고상진 하사의 군사우편을 그제야 보고 말았다.

"사랑하는 순자씨! 여기는 상하의 나라 월남 땅. 오늘도 베트콩 진지 까두 산요새 정글 속에서 뜨겁게 전투가 벌어지고. 푸른 물결 남실대는 바닷가 고국이 그립소. 부디 행복하세요."

더 이상의 군사우편 소인이 찍힌 편지는 없었다.

모든 게 꿈만 같고 허망하여 K광역시로 돌아온 순자는 월남쌈밥집 개업을 뒤로 미루거나 작파할 요량으로 몽구를 찾았으나 그이는 벌써 사진관을 정리하면서 "너와 내가 아니면 누가 지키랴"를 또 흥얼거리며 희망에 찬 듯 그답지 않게 찡긋 윙크를 날린다. 순자는 그런 모습을 보자 늘그막에 무슨 윙크냐고 어이없어 하면서도 급격히 마음이 약해졌다. 달리 순자씨라 하겠는가.

"다음은 K광역시 남구에 사시는 월남쌈 사장님의 사연입니다."

시청자 사연을 내보내는 라디오 방송을 들은 황몽구는 너무 놀라서 월남쌈에 들어가는 파프리카를 썰다가 하마터면 손을 벨 뻔했다. 몽구는 식당 밖으로 뛰쳐나가며 숨 넘어갈듯 순자씨를 불렀고, 팔다 남은 월남쌈 재료를 이웃에 사는 베트남 가족에게 전달하고 뛰어오는 순자를 거의 끌어안다시피 하면서 사연이 흘러나오는 소형 라디오를 건네주었다.

"고상진 아저씨! 살아계신다면 꼭 한 번 보고 싶네요. 아저씨가 50년 전에 저에게 보내신 편지를 이제야 보았네요. 너무 죄송해요. 저는 덕분에 잘 살고 있어요. 어디에 계시든지 행복하세요."

순자는 자기가 보낸 청취자 사연을 들으며 쏟았던 눈물이 나름 카타르시스가 되었는지 그 일이 있은 후로 몰라보게 명랑해졌다.

"그러면 나는 뭐여?" 중얼거리며 이번엔 몽구가 돌연 우울해졌다.

순자가 "몽구씨도 방송국에 사연 한 번 보내 보삼"이라고, 요즘 아이들 문자처럼 부추겨도 몽구는 못내 시큰둥하다.

"김 상사한테 도망가 버린 아가씨 생각나서 그려요?"

"아니랑께. 제발 쩌리 가부러!"

"그러면 이 가게는 누가 지키게요?"

"지키든지 말든지. 월남에서는 뭣할라고 전쟁은 일어나갖고…."

때마침 불어오는 더운 바람에 월남쌈밥집 간판이 살짝 흔들거렸다.

## 〈3부〉 몽순이밥집

"몽구씨는 고향이 워디라요?"

"참 빨리도 물어보시네요잉. 어째 취미는 안 물어 보요?"

"언제 우리가 차분히 고향이나 물어보고 할 처지였나요?"

"순자씨는 뭘 믿고 나랑 동업하자고 했소?"

"몽구라는 이름을 믿었지라. 몽구(夢九)라면 꿈이 아홉 개는 된다는 뜻인디, 그동안 다 까묵고 그래도 하나는 남아 있을 것 아닌 갑네. "

"잃어버린 꿈은 뭣할라고 또 꿈꾸겠소. 지나간 꿈들은 모두 무효고요, 순자씨 만나고 꿈이 하나 새로 생겼승께요. 으하하하."

"그것이 무슨 꿈이다요? 혹시 나랑?"

"워메 누가 들을까 무섭소. 그런 소리는 하덜 마씨요."

"음마. 이 나이에 우리가 뭐 못할 소리가 있다고."

오후 5시가 다 되도록 월남쌈은 몇 그릇 못 팔고 벌써 가게를 마쳐야 할 시간, 갈 데도 딱히 없는 중년 남녀의 대화는 늘 그런 식이였다. 참 심심하기 짝이 없는 환상의 콤비!

"순자씨가 며칠 가게 좀 지키고 있으씨오."

"아니, 나 혼자 가게를 지키라고요?"

"그러면 누가 지키겠소? 어차피 손님도 별로 없는디 며칠 쉬는 셈 치씨요."

"대체 워디를 갈려고 그러요?"

"바람이나 쫌 쐬고 올게요."

"바람난 것은 아닐 테고."

"……"

황몽구는 바람처럼 월남쌈밥집을 빠져나왔다. 몽구의 인생은 늘 비바람 속에서 흔들거렸던 것 아니었나. 실은 딱히 갈 곳은 없었다. 무작정이 작정인 삶이 어디 한 두 번이었나. 더 무모했어야 할 일에는 용기가 없었던 것이 그이의 숙명인지도 모른다. 얼마만의 서울 행인가. '그날 영등포 역전에 비가 내리지 않았어야 했어.' 남쪽 바닷가 진강포에서 나고 자란 몽구는 영등포에서 짱뚱어탕집을 함께 차리자는 방위 동기 녀석의 꼬임만 없었어도 그런대로 꿈을 이루고 살아 갈 판이었다. 결국 고향에서 짱뚱어 잡이로 몇 푼 손에 쥔 돈을 가게 계약 하루 전 날 친구란 놈이 들고 날랐고 오십년이 다 되도록 소식이 없다. 야속하게도 용산 행 무궁화호 차창에 영등포 시장통의 어두운 그림자가 어른거린다.

순자도 쌈밥집을 지키고 있을 기분이 나지 않았다. 순자는 가게 안 구석에 놓인 조립식 탈의실에 걸린 몽구의 옷가지 밑에서 진강포와 영등포가

수없이 적힌 메모지를 발견했던 것이다. '고향이 진강포? 영등포? 말씨로 봐서는 영등포는 아니여.' 곧바로 순자는 진강포행 버스에 몸을 실었다. 마침 또 비는 내리고, 늘 엇갈리는 것이 인생이라지만 눈물은 늘 순자의 몫이었다.

몽구는 실로 오랜만에 당도한 메갈로폴리스 서울 땅을 밟아보니 아득하기만 하다. '괜히 무모한 도전을 했나? 아녀!' 몽구는 마지막 용기가 없어 글러버린 일이 어디 한 둘이 아니었음이 새삼 뼈아팠다.

"거기 재향군인회 월남파병용사 지부 맞지라잉?"

"그렇습니다만, 무슨 일이시죠?"

"아, 제가요. 사람을 좀 찾습니다만."

"누구를 찾는단 말씀인가요?"

"아 그러니까요. 월남전 때 맹호부대 하사이신디요."

"그렇게 막연한 정보로는 안 되고요. 직접 이곳을 방문하십시오."

"아, 그렇게 하겠습니다요."

"찾으시고자 하는 분의 인적사항을 아시는 대로 모두 적으세요."

"예."

"맹호부대 고상진 하사라고요? 그런데 이 병사랑 어떤 관계이신가요?"

"아, 저의 집사람이 처녀 때 펜팔로 사귄 군인이랍니다."

"아니 당사자가 찾으셔야지 왜 남편분이? 아무튼 찾아봅시다."

"꼭 찾았으면 좋겠네요."

"아, 1972년 앙케638고지 전투에서 전사하셨네요. 맹호부대 전투사단 ○○연대 △△대대 소속이었군요."

순자는 진강포 삼거리 정류장에서 내려 곧바로 황몽구의 호적등본을 발급받고자 면사무소를 찾았다.

"본인이 아니면 안 되는데요."

"제가 부인인데요?"

"그래도 안 됩니다. 발급 위임장 가져오세요."

그때 면사무소에서 마침 몽구 어쩌고 하는 소리를 들은 늙수그레한 동네 분이 반가웠는지 끼어들었다.

"몽구 안사람 되시오? 몽구 고향 뜬 지 한 40년도 더 됐을 것인디…."

"예, 그래요잉. 몽구씨가 사귀던 아가씨가 있었다던디요?"

"아니, 아주머니는 몽구랑 결혼해서 잘 사시는 분 같은디, 바깥양반 옛 아가씨를 뭣할라고 찾소?"

"아니 그런 것이 아니고요."

"그 아가씨는 몽구와 결혼까지 한다고 소문이 났지라. 그런디 월남서 막 돌아온 대월 마을 김 상사한테 가불더라고요. 그 후로 썩 잘 사는 것 같지도 않던디. 헤어졌다는 소문도 있고."

몽구는 순자보다 먼저 가게에 돌아왔다.

"나 없는 동안 장사는 잘 했소?"

"나도 어디 좀 댕겨 왔네요."

"가게는 안 지키고 어디를 싸돌아, 아니 다녀 왔당가?"

"뭐 가게라고 지키고 자시고 할 게 있나(요)."

왠지 맥아리가 없기로는 몽구도 마찬가지였다. 그때 삿갓으로 얼굴을 가리고 시주를 받으러 온 스님 한 분이 식당 이름을 '몽순이밥집'으로 바꿔야 할 것이라고 말하고는 목탁을 두드리며 황망히 사라진다. 월남쌈밥집 불빛이 순간 여리게 가물거렸다.

〈4부〉 땡추중이 남쪽으로 온 까닭은

얼마 전 시주도 받는 둥 마는 둥 하고 월남쌈밥집 대신에 몽순이밥집 식당을 차리라고 일러주던 스님의 눈빛이 범상치 않았던지 두 남녀는 어느새 몽순이밥집 간판을 새로 달았다.

"순자씨 우리 심심항께 말놀이나 한 번 해봅시다."

"우심뽀까라는 말은 들어봤어도 말놀이가 뭐다요?"

"우심뽀까라고라? 아따 순진하신 우리 순자씨가 워디서 그런 상스런 말은 배웠소? 말놀이는 끝말잇기나 끝자리 낱말 맞추기 같은 것 있잖어요."

"그러면 몽구씨가 먼저 시작해 보씨오."

"에, '포'자로 끝나는 곳 하나씩 대기로 합시다. 자, 내가 먼저 할게요. 목포"

"영산포"

"영등포"

"성산포"

"만리포"

"……."

"얼릉 대씨요. 3초 지나면 땡입니다잉."

"무창포"

"다대포"

"엥? 다대포가 어디라요?"

"다대포도 모르요? 70년대 말에 다대포 침투 간첩사건도 있었잖여요."

"그랬던가요? 그러면 나는 고랑포"

"고랑포? 노량진 포구도 아니고 고랑포라고라?"

"……."

"어째 말이 없이 갑작시리 울려고 그러요?"

"……." (훌쩍)

"???"

"뭣할라고 말놀이는 하자고 해갖고 가슴을 또 아리게 해요?"(훌쩍훌쩍)

"당췌 뭔 소린지?"

"고랑포를 내가 꿈에라도 잊을 수 있을랍디여."

"대관절 고랑포와 뭔 사연이 있는지 한 번 들어나 봅시다."

"경기도 연천군 장단면에 고랑포가 있지라."

"그곳이 순자씨 고향이어요? 징하게 먼 데서 살았네요잉."

"아니어라. 고향이 아니고요. 우리 고상진 아저씨가 군대 생활 한 곳이랑 께요."

"워메 또 상진씨 이야기여요? 참말로 끈질기요. 이제는 잊을만도 한디."

"그날도 오늘처럼 첫눈이 내렸어요. 내가 미친년이제. 뭣할라고 그 먼 곳까지 올라가서…."

"아니 그 먼 곳을 직접 찾아가 봤다고요?"

"고상진 아저씨가 군사우편으로 첫눈 오는 날 고랑포 나루터에서 만나자고 해서 봉숭아 손톱물이 빠질 때쯤 첫눈이 내린다기에 그날만 손꼽아 기다렸지라."

"첫눈이 오기는 옵디여? 그라고 그 아저씨도 순진하기는. 아무 때나 면회 외출이 안 될 것인디, 그곳은 엄청 전방이잖아요. 북한이 건너다보일 정도로."

"하여튼 편지에는 꼭 만날 수 있다고 해서 물어물어 찾아갔더니 고랑포 나루터는 꽁꽁 얼어 있고 눈발만 하염없이 휘날리는디 약속 시간은 뉘엿뉘엿 저물어도 아저씨는 보이지 않고.(훌쩍) 혼자서 무섭기도 하고. 진성이의 '안동역'은 비교도 안 되어요."(훌쩍훌쩍)

"그랬겠소만 진정하시고. 내가 안동역 노래 불러줄가(요)?"

"됐어라. 노래는 무슨. 노래로 이 년 가슴이 풀어질 것 같으면 이러고 살고 있겠소. 그나저나 몽구씨는 저번에 어디 갔다 왔어요? 진강포는 아닌 것 같고?"

"아니, 순자씨가 어뜩케 진강포를 들먹이요?"

"다 알고 있었어요. 몽구씨가 진강포에서는 짱뚱어 잡이로 최고였다고 하던데요."

"짱뚱어? 말도 마씨오. 그놈 새끼를 잡으면 내가 가만 안 놔둘 것인께!"

"잡을 것이 짱뚱어 말고 또 있당가요?"

"......."

그날 오후 늦게 가게 문을 막 닫으려는 시간에 몽순이밥집을 귀띔해주었던 바로 그 스님이 황망히 나타났다.

"또 오셨네요?"

"우리야 바람 따라 발길 닿는 곳이 마음의 정처가 아니겠소. 나무관세음보살."

"스님 말씀대로 이제 월남은 잊어불고 몽순이로 승부를 볼랍니다."

"잘하시었소. 나는 미천한 돌중이라 법명도 석승(石僧)이라오. 앞으로 자주 뵐지도 모르니 석승 스님이라 불러주시오."

"석승 스님! 오늘 시주는 남은 찬거리로 드릴 테니 너무 섭섭케는 생각치 마시오."

"섭섭키는요. 미물의 한 끼 동냥은 거룩하다오. 내 보답으로 장사 잘 되시라고 불화를 한 장 그려 왔소이다. 제목은 '달마가 남쪽으로 온 까닭은'입니다. 부디 받아주시오."

"석승 스님! 감사합니다요."

몽구는 스님이 주고 간 달마도를 식당 앞문에 붙이다가 깜짝 놀라고 말았다. 달마도 제목 아래 자그맣게 찍힌 자필 낙관 때문이었다.

石僧 (속세명 : 韓大成)

"워메, 대성이 개새끼가 중이 되어 부렀어야. 내 꾸렁이알 같은 돈 갖고 날라부렀던 놈 아니여. 썩을 놈의 새끼!"

달마도 사건은 그럭저럭 잊혀가던 어느 날 순자는 황몽구의 표정을 곰곰이 살피다가 조심스레 묻는다.

"몽구씨도 성질낼 줄 압디다잉?"

"그것이 뭔 소리다요?"

"석승인가 뭐시깽인가 하는 그 땡추중이 마지막으로 다녀 간 날 몽구씨는 완전히 딴사람 같던디요. 얼굴이 너무 무서워서 주방으로 숨었당께요."

"40년도 더 지난 일인디. 그날 괜히 순자씨 놀래켜서 미안하요. 그 땡중 녀석이 얼굴은 삿갓으로 가렸어도 마음까지야 가릴 수 있었겠소. 달마도 그림에 굳이 자기 본명까지 써놓은 걸 보면 나에게 용서해 달라는 뜻 아니었겠소."

그때, 다시는 안 나타날 것 같던 돌중 한대성이 드라마 〈왕건〉에 나오는 궁예처럼 목소리를 깔고 "마하반야 바라밀다 색즉시공 공즉시색 옴마니 밧메훔"을 큰 소리로 읊조리며 몽순이밥집에 또 나타났다. 이번에는 그이는 바로 합장을 푼 뒤 삿갓을 조심스럽게 벗는다.

"어이 몽구 친구! 나네, 나여 대성이. 자네 돈 띠어묵고 도망간 한대성."

삿갓을 벗은 한대성은 머리칼도 보통남자처럼 길거니와 전혀 중의 모습이 아니었다.

"어허 이게 누구여? 어뜩케 된 건가?"

몽구는 대성이가 비록 땡추중일망정 진짜로 출가를 한 줄 알았으나 그이의 실체를 알아차리고는 망연자실하였다.

"그 동안 자네는 뭣 땜시 중 흉내를 내고 댕겼던 건가?"

"자네를 내가 맨 얼굴로 어찌 만날 수 있었겠는가. 그래도 저기 문에 붙어 있는 달마도는 내 비록 솜씨는 없지만도 참회하면서 그린 것잉께 마음이라도 받아주게."

"참회는 무슨. 그 동안 어디서 뭐해 묵고 살았는가? 얼굴은 꽤 번들번들 한디?"

"그 이야기는 차차 하기로 하고잉. 나도 P항구에서 짱뚱어탕집을 하고 있 다네. 짱뚱어가 피부에 무지하게 좋아."

"기어코 짱뚱어탕 음식점을 내긴 냈구면, 뻥은 여전하고."

"그날 비 내리는 영등포역 앞에서 자네한테 다시 돌아갈까 몇 번을 망설이 다가 그때 하필 어서 가자고 울어쌓는 기적소리 때문에 40년을 헤맸다네."

"변명은 안 해도 되네. 그 동안 자네는 말만 더 늘어난 게 아니라 흰머리 도 많이 늘었네. 대체 나 여기 있는 것은 어뜩게 알았능가?"

"그런디, 옆에 계신 아주머니는 자네 부인이신가?"

"아니어라. 나는 따로 사귀는 사람이 있당께요." 순자가 정색을 한다.

"아 그래요잉. 제가 실수를 할 뻔 했네요. 죄송하구면요."

"이 아주머니는 평생을 월남에 간 맹호부대 군인아저씨만 기다리고 있다 네. 정이란 질기기도 하지. 이런 사연이 방송에도 나와서 순자씨는 이 근처 에서 인기 짱이여."

"만나야 할 사람은 꼭 만나야 쓰는 것인디. 몽구 자네를 이렇게라도 기어 코 만나듯이. 집착도 번뇌지만 인연이란 참으로 무서운 것일세."

"중을 사칭하고 댕기더니 이제 보니까 자네 진짜로 스님이 된 것 같네. 허 허."

어둠이 서서히 내리는 봄날의 저녁, 도심의 상가에도 연등처럼 하나둘씩 전등불이 켜지고 있었다. 그때 몽순이밥집을 낀 복도 끝 소실점에서 느릿 느릿한 발걸음으로 목발을 짚은 노인이 다가오고 있었다. 검은 안경을 낀 노인은 마침 지나가는 사람을 붙잡고 묻는다.

"말씀 좀 물어봅시다. 이 근처에 월남쌈밥집이 어디요?"

"월남쌈 잡수시게요? 으째야쓰까잉. 월남쌈밥집은 없어졌는디."

"아니오. 쌈밥 사먹으러 온 것 아니라 주인아주머니를 만나러 왔구먼. 혹 어디로 가신 건지 소식이라도 아시오? 꼭 만나야 하거든."

"아, 쌈밥집이 몽순이밥집으로 바뀌었지만 주인은 그대로인 것 같던디요. 남자주인도 그대로고요. 쪼금만 더 걸어가시면 금방 나오겠네요."

"실례합니다. 이곳이 월남쌈밥, 아니 몽순이집 맞소?"

"예 맞는데요. 식사하시게요? 오늘 장사는 금방 끝났는디."

"아니어요. 밥 먹으러 찾아온 게 아니오. 주인아주머니를 만나러 왔구먼."

"할아버지, 몸도 성치 않으시고 먼 곳에서 오신 것 같은디 저를 무슨 일로?"

"맹호부대 고상진 하사님을 아시나요?"

"오메메 뭔 일이당가. 할아버지가 고상진 아저씨여요? 오메메 으째야쓰까 오메메."

"와~ 드디어 고상진 아저씨를 여기서 만나네요. 언젠가 만날 줄 알았다니깐. 순자씨는 참말로 좋겠소!"(전사하셨다고 했는디?)

"여기 좀 앉아도 되겠소?"

"오메메 군사우편으로 보내주신 사진 때와는 많이 변하셨네요. 그 동안 어찌 지내셨어요?"

"순자씨를 찾으려고 백방으로 노력하다가 우연히 순자씨의 라디오 사연을 듣게 되어 얼마나 기뻤는지 모릅니다."

"그러셨군요. 방송의 위력이 대단한 것 같네요." 몽구도 한껏 고무되어 거들었다.

"세월이 좀 많이 흘렀나요. 세상도 많이 변하고요. 그래도 정이란 것이 참 무섭습디다. 고상진 하사님은 우리 전투분대 분대장이셨는데 1972년 앙케전투 마지막 날 안타깝게도 전사하셨어요. 제 품에 안기어서 고국에 가면 꼭 전해주라고 순자씨의 사진을 쥐어주면서 숨을 거두었지요."(흠~)

노인은 세일러복을 입고 찍은 앳된 여학생 사진 한 장을 탁자 위에 올려 놓으며 깊은 한숨을 내쉬었다. 순자는 순간 꿈속에서 또 꿈을 꾸듯 한참 넋이 나간 듯 이내 몽구의 품으로 쓰러지며 하염없는 눈물을 흘리고 또 흘렸다. 눈물도 길이 있다면 머나먼 쏭바강을 넘어 고상진 하사의 영혼에 닿을 것 같았다. 꽃피는 부활절이 다가오고 있었다.

### 〈6부〉 인연의 끝을 붙잡고

황몽구 없으면 못살 듯 하던 서순영(徐順英)이 월남에서 막 돌아온 김 상사를 결코 좋아해서 따라 간 것이 아니라는 사실을 몽구는 오십이 다 되어서야 알게 되었다. 몽구는 진강포에서 짱뚱어 잡이로 쎄빠지게 번 돈을 한대성이 쎄배갖고 날랐을 적에도 그렇게 슬프지는 않았다. 산딸기처럼 애틋한 순영의 부재가 훨씬 더 견디기 어려웠던 것이다.

몽순이밥집은 여전히 시낭고낭해서 문 앞에 붙어있는 험상한 얼굴의 달마선생도 별수 없다는 사실이 뼈아팠다. 너와 내가 아니면 대체 몽순이 가게는 누가 지킬 것인가. 순자는 50년 만에 고상진 아저씨의 전사 소식을 들은 후 며칠이 지나도록 끙끙 앓는 눈치였다. 그러던 어느 날 순자는 심각한 얼굴로 몽구를 부르는 것이었다.

"우리의 인연은 여기까지인가 보아요."

"아니, 무섭게시리 갑자기 서울말씨를 쓰고 그러씨오? 순자씨 답지 않게. 그라고 우리가 언제 인연을 맺었다고…."

"세상에 인연 아닌 것이 있을까요?"

"허허. 순자씨도 가짜 땡추중 대성이 닮아가요? 왜 안 하던 말투를 쓰고 그러시나?"

"세상사 모든 것이 헛되고 헛된 것 같아요."

1부 붉은가슴도요새, 가이없는 바다를 밟고　29

"허, 점점? 순자씨 정신 차리씨요. 내가 누군지 아시겠소?"

"황몽구씨 아니어요?"

"맞아요, 황몽구. 꿈이 아홉 개나 있었지만 모두 말짱 황이 되어버리고 만 황몽구."

"놀리지 마세요. 이제는 저만의 길을 찾아야 할 것 같아요."

"워매 깝깝해 죽겠네. 그 동안 순자씨는 나를 시험하려고 우리 마네모네 사진관 옆에 꽃집을 차리고 위장취업을 했던 것이어요?"

"착한 몽구씨가 그런 말도 안 되는 말을 하시다니…."

"나도 성질나께 그렇지라잉. 목소리 깔고 심란하게 이야기하는 까닭이 대체 뭐요?"

"내가 나쁜 년이어요."

"밑도 끝도 없이 그게 뭔 말이요?"

"저는 학교 선생님이나 간호사가 꿈이었어요. 부모님은 시골서 살다가 서울로 이사와 글자도 모르는 아빠는 어찌어찌하다가 신림동에서 조그마한 인쇄소를 운영하셨고 엄마는 근처 대학생들 하숙을 치셨고요."

"그러셨군요."

몽구는 순자의 흐트러짐 없는 서울말씨에 자기도 모르게 자신도 진강포 모국어를 잊어버리고 잠시 한양인이 된 듯하였다.

"꿈 많던 소녀는 고랑포를 다녀오면서부터 산산이 부서졌어요."

"무엇 때문에요?"

"누구를 사랑한다는 게 죄가 되었을까요? 고랑포 아저씨한테선 소식이 끊기고, K시에서 올라온 하숙생 오빠에게 마음이 갔어요. 원래 고향은 저 남쪽 어느 포구라고 했던 것 같아요."

"그게 뭐 어때서요?"

"그렇게 쉽게 말하지 마세요."

"그러면 어렵게 말할게요."

"그런다고 내가 웃을 줄 알아요?"

순간, 몽구는 하얀 블라우스를 입은 순자의 겨드랑이에 간지러움을 태워서라도 순자를 웃게 만들고 싶은 충동을 겨우 억눌렀다.

"순자씨 제발 예전처럼 편하게 좀 말합시다. 나까지 이상해지려고 하는구면."

"나도 그러고 싶네요. 그런디 K광역시 사람들은 어째 모두 그런다요?"

"뭐가 왜 그런다요여요? 나도 사실 이곳 사람이 아니라서 잘 모르겄는디요."

"그 오빠는 방직공장에 다니는 여동생의 희생 덕분에 자기가 서울까지 유학을 올 수 있었다면서 '노동해방'이라는 말을 자주했어요."

"우리 고향 진강포에도 그와 유사한 케이스가 있었던 것 같은디?"

"오빠더러 그날 그렇게 내려가지 말라고 애원했건만 가방 하나 달랑 메고 민주화 시위가 한창인 K시로 홀연히 떠나더니 그해 5월 말인가? 어렵사리 그곳 소식을 전해 듣고 몸이 부들부들 떨리고. 내가 죄받은 것 같았어요."(훌쩍)

"그랬구면요. 삶과 죽음은 늘 한 끗 차이 아니겄어라잉."

"그런 식으로 함부로 말하지 마세요."

"함부로 말 안 했는디. 으짜든지 순자씨 마음을 쪼금이라도 달래줄려고 그랬구면."

다행히 순자는 인내심 많은 몽구의 능청으로 금세 명랑성을 되찾는 듯했다. 오후 4시 반, 전국의 모든 식당 이모님들이 잠들 시간, 몽구는 순자의 눈치를 살살 살피며 세상에서 제일 착하게 생긴 카수 김국환의 명곡 '타타타'를 흥얼거렸다.

니가 나를 모르는디

난들 너를 알겠느냐

한치 앞도 모두 몰라

다 안다면 재미 없지롱.


## 〈7부〉 그리움은 낮달로 떠오르고

황몽구와 한대성과 서순영은 진강포구가 바라다 보이는 장사리(長沙里) 마을에서 같은 해 태어나 바닷가 모래사장에서 날이면 날마다 유년을 함께 보냈던 사이다. 처음에는 그들 사이에 남녀가 따로 있었겠냐만 때로는 삼각형이 위태로울 수 있다는 것이 문제였다. 스무 살 넘어 성년이 되자 순영은 마산 H합섬에 다니게 되었고 몽구와 대성은 고향에서 방위 근무를 하면서 휴일 때는 짱뚱어 잡이로 쏠쏠한 재미를 붙이던 때였다. 추석을 맞아 고향에 돌아온 순영은 참 오랜만에 몽구랑 둘이서 개망초꽃이 하얗게 흐드러진 저수지 둑을 거닐며 추억에 젖었다. 하필 대성은 방위 야간근무라서 그날 밤은 함께 하지 못했다.

그해 겨울 순영이의 몸에 애가 들어선 것은 순전히 추석 전날 밤 교교히 떠오르던 둥근 달 때문이었고, 다음 해 봄 급작스럽게 순영에게 혼사 날이 잡히고 만 것은 순영이 부모가 안달복달한 결과였다. 이웃 마을 김 상사에게 억지로 시집을 간 순영은 그해 가을 아들을 낳았으나 이듬 해 남편은 월남전 고엽제 후유증으로 죽고 말았다. 이런 심란하고 마음 잡히지 않는 삶을 견디지 못한 몽구는 고향을 떠나 대성이와 짱뚱어탕 식당을 함께 차려서 마음을 다잡고 싶었던 것이다. 비록 그렇게 믿었던 대성이 놈한테 구렁이알 같은 돈을 다 털리고 오갈 데가 없었으나 고향에는 결코 돌아가고 싶지 않았고 고향 소식은 일부러 모른 채 하는 것이 그나마 위안이 되었다.

서울 서대문구 녹번동 로터리 몽구네 목도장 가게로 웬 젊은이가 찾아온 것은 몽구 나이 오십이 되던 해였다.

"아저씨가 황몽구씨 맞나요?"

"그런디 누굴까?"

"예, 저는 김명호라고 합니다. 고향은 진강포고요."

"진강포?"

몽구는 하도 오랜만에 들어보는 지명 같아서 '진강'이라는 말이 무진장 낯설었다.

"자네가 태어난 마을 이름을 알고 있는가?"

"대월리(對月里)라고 들었습니다."

"장사리 옆 마을 대월리?"

"네. 맞습니다."

"그런디, 젊은이가 뭔 일로 나를 찾아 왔으까?"

"어머니께서 한 번 찾아가 뵈라고 해서요."

"그려? 어머니 성함이 어뜨케 되제?"

"예, 서순영입니다. 한자는 순할 순에 꽃부리 영을 쓰십니다."

"서순영? 나는 그런 사람 모르네."

"아저씨랑 한 동네에서 나고 자랐고 아저씨가 30년 전인가, 추석 전날 밤 저수지 둑에서 엄마 머리에 하얀 개망초꽃을 꽂아주셨다고 하던데요."

"나는 다섯 살까지만 장사리에 살아서 그 이후는 나는 모르는 일이구먼. 엄마 이름도 기억 안 나고. 혹 한대성이면 몰라도?"

"아 예, 대성이 아저씨가 몽구 아저씨 이야기를 정말 많이 했어요."

"아니, 한대성을 젊은이가 잘 아는가?"

"예, 대성이 아저씨는 제 아버지나 다름이 없어요. 제 친아버지 돌아가시고 어머니도 많이 편찮으실 때 대성이 아저씨가 정말 많이 도와주셨어요. 정신적으로나 물질적으로요."

"시방 자네 어머니는 어디 계신가? 대월리에 그대로?"

"아니어요. 제가 K시에서 고등학교 다닐 때 무속인이 되셔서 지금은 월출산 산자락 조그만 암자에 계세요. 늘 달이 그립다고 하시면서요."

"아! 그렇구먼.(흠~) 기왕 왔으니께 엄마한테 이 말만 전해주게나, "나도 늘 달밤이 그립다고….""


### 〈8부〉 가이없는 바다를 밟고

황몽구는 서울 막 올라 오자마자 빈 털털이 신세가 되었으나 그나마 목도장 새기는 일로 몇 년을 버틸 수 있었던 것은 남다른 손재주 때문이었다. 어릴 적부터 짱뚱어 채낚기용 어구(漁具) 등 별의별 도구를 손수 만드는 것은 물론 진강포 백사장에서 놀이를 할 때면 파도에 밀려오는 크고 작은 갖가지 조개껍데기에 철못으로 꽃그림을 예쁘게 새겨 넣어 순영이 목에 걸어주곤 하였다.

그날따라 몸이 천근이어서 평소보다 일찍 몽순이밥집 마무리는 순자에게 맡기고 숙소에 돌아와 바로 잠자리에 누웠으나 좀처럼 잠이 오지 않는다. 홀아비용 원룸 창문으로 비춰드는 달빛에 젖은 탓이었을까? 추석이 다가오고 있었던 것이다.

'지금쯤 고향 저수지 둑에는 개망초꽃이 만발해 있을 텐디….'

산딸기 그림이 새겨진 조개목걸이를 유독 사랑스러워 하던 순영이! 그날 밤 둥근 달빛에 젖어 순영이 목덜미에 수줍은 듯 피어나던 산딸기꽃! 순간, 몽구는 월출산 암자에서 주황색 연기가 피어오르는 환영을 보았다. 설핏 든 잠결에 꿈을 꾸고 있었던 것이다.

다음 날 순자는 필요 이상으로 명랑해져 있었다.

"몽구씨, 어째 오늘 따라 기운이 없어 보이네용. 어젯밤에 뭔 일 있었어요?"

"언제는 내가 팔팔했간디?"

"대성씨랑 쌈하면 누가 이겼나용?"

"제발 부아 돋구지 말고 쩌리 가부러."

"음마, 왜 화를 내실까?"

"아무리 생각해도 순자씨는 나랑 안 맞는 것 같소."

"뭣이 안 맞어요?"

"무엇이든지."

"그러면 그 동안 나랑 어찌 살았어요?"

"고것이 산 것이간디."

몽순이밥집을 시작한 지 1년이 되어가도록 개업한 첫날부터 두 남녀의 관계는 늘 그러했으나 외려 그것이 그들의 숙명성을 더욱 짙게 하였다. 전국의 식당 이모님들의 시간이 되어 순자의 눈꺼풀도 스르르 감길 무렵, 문득 목탁소리가 들리는 것 같았다.

"아니, 순자씨 순자씨! 잠깐 눈을 붙이면서 뭔 잠꼬대다요? 몸을 <u>으스스</u> 떨던디, 땀까지 흘리고?"

"내가 꿈을 꾸던가요? 무서운 꿈을 꾼 것 같은디, 잘 생각이 안 나네요."

그때 스님 한 분이 가게 문 앞에서 묘한 탁발노래를 부르고 있는 게 아닌가.


"길섶 풀벌레들 슬피 우니

어서 가자 어서 가자

이 발길 따라오던 속세의 물결도

억겁으로 사라지고

멀고 먼 뒤를 보면 부르지도 못할

이름 없는 중생들이여."*

몽구는 대성이가 심심하다 못해 자기를 놀려주려고 그런 줄로 알았다.
"야 임마! 니가 변장하고 목소리 깔면 내가 모를 줄 알고? 짜식."
스님은 그에 아랑곳하지 않고 장중한 목소리로 또 노래를 부른다.


"만리 길 파도 너머 위태롭다
돛단배여 꿈은 밀려나고
속세로 달아나던 쇠북소리
생로병사 깊은 번뇌 어찌할꼬"*


"아니, 보자보자 하니까 저 놈의 새끼가 뭔 염뱅이여, 재수대가리 없게!"
몽구가 대뜸 스님의 삿갓을 벗기려 하자 스님은 넌지시 한 걸음 물러서며
정중히 이른다.
"소승은 월출산 무봉사(無峰寺) 주지외다. 나무관세음보살."
"뭐여? 대성이가 아니여(요)?"
"속세의 이름이야 대성이면 어떻고 필승이면 어떻겠소."
"쩌기 안양시 어딘가에 '오필승' 목사님이 계시다던디?"(푸웃)
"웃음과 울음이야 한 끗 차이지요만, 유리병 속에 갇힌 새의 울음만큼 슬
픈 소리는 없겠지요. 말발타살발타 나무아미타불."
"이제 알어묵었으니께요. 염불은 그만하시고 얼릉 가씨요."
"소승의 임무가 아직 남았소이다."
"그것이 뭔디요?"


* 정태춘의 〈탁발승의 새벽노래〉 가사 일부를 차용했으며 약간 개사했음을 밝힌다.

스님은 말없이 바랑 속에서 뭔가를 꺼내어 몽구한테 내밀었다. 그것은 다름 아닌 빛바랜 목걸이였다. 몽구가 순영에게 만들어준 바로 그 산딸기꽃 조개껍질 목걸이!

"……."

옆에서 말없이 지켜보던 순자는 넋이 나간 것 같은 몽구의 옆구리를 찔렀다. 얼른 받으라는 신호였다.

"나는 이것을 받을 수가 없습니다. 주인한테 돌려주씨요!"

"세상 모든 것은 애초부터 주인이 따로 없다오. 단지 누군가의 품에 잠시 머물 뿐."

"그래도요, 순영씨 목에 있어야 할 목걸이가 무슨 영문으로 스님 품에서 나온다요?"

"허허. 아직도 말귀를 못 알아들으시네. 서순영 보살님께서 눈을 감으며 황몽구씨에게 이걸 전해달라고 했다오. 나무관세음보살."


황몽구와 박순자는 진강포 장사리 바닷가 모래밭에 마주보고 섰다. 몽구의 손에는 순영에게 걸어주었던 조개목걸이와 김 상사의 녹슨 군번줄이 들려있었고, 순자는 고상진의 부대원이었던 백발노인이 건네준 소녀 적 흑백 사진과 하숙생 오빠의 낡은 엽서를 품에 안았다. 해원(解寃)의 시간이었다.

"울어요?"

"그러면 웃을까요?"

붉은가슴도요새 한 마리, 가이없는 바다를 밟고 두 남녀를 넋을 놓고 바라보고 있었다.

# 안무령 연가

〈1부〉 굳세어라 판돈씨

평생 한 직장에서만 아까운 청춘을 하얗게 불태웠던 소판돈(蘇判敦)씨는 희망 없는 희망퇴직을 하고보니 억울하기도 하거니와 나머지 인생을 집에만 앉아서 얼마 되지도 않은 퇴직금을 곶감 빼먹듯이 할 수는 없어서 피시방이라도 차릴 요량을 하게 되었던 것이다. '무엇보다 간판 상호가 중요하다던디?' 소판돈은 혼잣말을 중얼거리며 용한 점쟁이를 찾는 심정으로 용당나루터 길목에 폼 잡고 있는 '백운 허영무 작명소'를 찾았다. 그곳은 작명이 주종은 아닌 듯 '궁합 택일 사주 관상도 봅니다'라고 뻘건 글씨가 적힌 입간판이 좀 거슬렸다. '작명만 하는 곳이 아닌 개비여? 혹 일수놀이는 안 하는가 모르겠네.' 판돈은 적잖이 의심이 되었으나 기왕에 거기까지 왔으니 속는 셈 치고 한 번 들어가 보기나 할 심산이었다.

그래도 실내는 꽤 널찍하니 제법 윤기가 흐르는 벽면에는 백운 선생의 얼굴 그림이 큼지막하게 걸려 있었다. 자개로 만든 직함 명판을 새삼 어루만지며 안락의자에 앉아있던 늙수그레한 허영무 선생은 어색해하는 판돈을 안심시키려는 눈빛이 역력했다.

"거기 앉으씨요, 편하게."

"네."

"뭘 보러 오셨소?"

"이름을 하나 지었으면 하고요."

"아! 손주를 보셨는갑소?"

"손주라니요. 저는 총각이어요."

"허허 머리카락은 희끗해 갖고, 부인과 자식들이 없단 말이요?"

"예, 그냥 쭉 혼자 살았어요."

"여태 결혼도 안 하시고?"

"사겨본 여자는 있었습니다만."

"그러시다면 무슨 이름을 지으시려고?"

"퇴직금으로 피시방이나 하나 차릴려고요."

"오, 피시방 이름을 지으러 오셨구먼. 그렇다면 걱정을 하덜 마씨요! 내가 대박 나게 해드릴 테니께."

"그렇게만 해주신다면 작명비는 톡톡히 쳐 드릴랍니다. 이름 하나 값은 얼마랍니까?"

"상호는 쪼깐 비싼디. 음~, 백만 원만 내씨요."

"예상보다는 많이 먹히네요잉!"

"자, 그럼 작업을 시작해봅시다."

"무슨 작업을?"

"손님 이름부터 까보시라고요."

"예, 저는 작업이라고 하셔서 딴 생각을 잠시 했구먼요. 제 이름은 소판돈 이어요. 되살아날 소蘇 쪼갤 판判에 도타울 돈敦자를 씁니다요."

"뭐라고요? 소판돈? 으허하하하."

"제 이름이 잘못 됐을까요?"

"내가 40년 넘게 이 일을 해오요만, 그런 이름은 생전 처음이요."

"제 이름이 잘못 된 게 틀림없구먼요?"

"대체 누가 지은 이름이요?"

"저의 아버지가 오일장 우시장에서 황소를 팔고 주막골에서 잠깐 한눈을 파시다 돈을 몽땅 잃으셨고요, 하도 억울해서 나중에 아들놈이라도 그 돈을 다시 찾으라고 제 이름을 소판돈이라고 지었답니다요."

"아버님도 참."

"예, 아버님은 워낙 소를 사랑한 분이었어요."

"소를 사랑하신 것은 그렇다 치고. 그래서 소판돈씨는 도로 그 돈을 찾으셨나요?"

"찾기는커녕 그 동안 번 돈도 많이 까묵어 부렸지라."

"그러니께 이름을 함부로 지으면 낭패를 보고 쪽박 차기 딱이지요."

"그러면 피시방보다도 제 이름부터 고쳐야 할 모양이구먼요?"

"아니 이렇게 좋은 이름을 뭣하게 고쳐요."

"아까는 안 좋다고 하시더니만?"

"바로 피시방 상호를 '소판돈 피시방'으로 하세요. 작명비는 명함에 적힌 계좌로 바로 부치고요잉."

소판돈은 작명소 문을 나서며 자기 이름이 그토록 쓸모가 있다는 사실에 감동이 몰려왔다. '판돈이든 산돈이든 얻어걸리기만 하면 까짓것 올해는 장가간다. <u>으흐흐흐흐.</u>'

모처럼 힘이 넘친 소판돈의 웃음소리가 선창가 바닷바람을 헤치고 하얀 갈매기 날개 위로 부서지는 것이었다.


〈2부〉 '도로님' 노래방


외로운 중장년 남자 소판돈은 피시방을 차린 3주 째 되는 어느 날 피시방 바로 옆 가게 '도로남 노래방' 여주인과 강나루 다방에서 마주 앉았다.

"이름이 어떻게 되신 게라?"

"귀자여요."

"저는 판돈입니다. 소판돈. 그쪽 성씨는 뭐라요?"

"예, 사씨여요. 사미자 사씨."

"아, 탈렌트 사미자씨랑 이름이 비슷하네요잉. 얼굴도 쫌 닮으셨고요."

"그런 말 많이 들었어요."

"가족 분들은요?"

"여섯 살 이후로 고아로 자랐어요. 아빠랑 둘이 살다가….”(훌쩍)

"아, 그랬구면요. 안 물어볼 것을 무담씨 물어봤구면요, 죄송해요."

"괜찮아요. 다 지난 일이고요. 추억은 모두 아름다운 거 아닌가요? 아빠가 술 드시면 꼭 부르던 노래가 있었어요. 눈을 지그시 감으시고…. '안무령 고개에 기러기 날면 보고파라 내님이여', 이 구절만은 지금도 또렷해요.

"안무령이라고요? 거기가 어딜까요?"

"글쎄요. 커서 곰곰이 생각해봤어요. 안무령이 아빠 고향이 아닐까 하구요. 기러기가 많이 날으는….”

"귀자씨는 요쪽 말투가 전혀 아니네요?"

"뭐 이곳저곳 떠돌다보니 사실은 여러 말씨가 섞여 있걸랑요."

"그래도 목소리가 참말로 듣기 좋네요. 얼굴도 이쁘시고."

" 사실 난 가수가 꿈이었어요."

"그래서 노래방을 차리셨구면요."

"그런 셈이죠."

"그런디 왜 하필 좋은 이름 놔두고 노래방을 '도로남'이라고 지었당가요?"

"그 동안 사귄 사람은 꽤 많았어요. 하지만 그때마다 도로남이 되어버리곤 했어요. 팔잔가 봐요. 호호호."

"안 되겠네요. 나랑 좀 갑시다."

"어딜요?"

"아 글쎄, 따라와 보면 아신다니까요."

두 남녀는 용당나루 백운 허영무 작명소 문을 두드렸다.

"오, 또 오셨네?"

"예 소장님! 잘 계셨는가요?"

"허허 피시방 대박나신 모양이구만. 내가 뭐랬소. 작명비로다가 백 정도 더 받아야 되겠군. 으하하. 아니, 그새 결혼도 하신 거요?"

"결혼이라니요?(순간, 판돈은 옆에 바짝 앉은 귀자를 살짝 쳐다본다.)"

"그러면 옆에 분과 결혼 날짜 택일을 받으러 오셨구면."

"아니랑께요. 그런 것이 아니고요. 이름 하나 다시 지으려고 왔네요."

"소판돈 피시방을 개명하시게?"

"아니요, 노래방 이름을 좀 바꿔보려고요."

"옆에 계신 아주머니 가게인 모양이구면. 알았어요, 알았어요. 그것도 껵정을 하덜덜 마씨요. 내가 누구요. 이래봬도 이 바닥에서 백운거사로 통하지 않소이까. 으흐흐. 자 그러면 현 노래방 이름부터 까보시요."

"도로남이랍니다."

"하하. 도로남이라?"

"도로남은 노래방 이름치고는 안 좋고 이상하지라잉?"

"이번 작명비는 누가 내는 거요? 두 사람이 왔으니께 2백은 받아야 하지만 50 깎어서 백오십만 내씨요."

"이번에는 그때보다 쪼깐 더 비싸게 먹히네요잉?"

"비싸다면 딴 데 가서 알아 보시요!"

"아니어라. 노여움은 푸시고요."

순간, 백운거사는 기묘한 웃음을 날리며 무슨 퍼포먼스를 하듯 몸을 횡하니 한 바퀴 돌리더니 한지에 모나미 붓펜으로 노래방 이름을 휘갈기는 것이었던 것이다. 백운거사가 도로남 노래방에서 점 하나를 지우고 쓴 글자는 바로 '도로님 노래방'이었다.

소판돈과 사귀자가 새살림을 차린 것은 메밀꽃이 달빛처럼 피어나던 9월 중순께였다. 안개꽃을 유독 좋아하는 귀자의 뜻을 존중하여 안개꽃과 비슷한 메밀꽃 필 무렵으로 날을 잡은 것이다. 하객이래야 3층짜리 월야(月野)빌딩 상가주인들이 전부였다. 주례는 백운 허영무 선생이 맡았다.

"이 두 분이 오늘이 있기까지는 팔 할은 본 주례의 공입니다. 부디 흰 머리가 파뿌리로 남지 말고요, 남은 생애 다마네기처럼 둥글게 둥글게 살아가기를 앙망하나이다."

"뭔놈의 주례가 순전히 지 자랑이네. 다마네기라고? '앙망'은 또 뭐여?"(푸하하) 어느 하객의 너털웃음 서린 불평도 정겹게 들릴 정도였다.


"이름 하나 또 지으러 왔구먼요."

"와따메 벌써 애기를 낳았소? 허허허."

"소장님. 낳은 셈이나 다름 없지라. 며칠 전에 아이 하나를 입양했거든요."

"오호! 그러셨구먼. 그래야지, 암은. 잘들 하셨소!"

"부디 아이에게 좋은 이름 하나 지워주시어요." 귀자가 백운작명소에서 처음으로 한 말이었다. 사실 도로님 노래방 이름을 지음 받은 날 판돈은 백운 선생에게 귀자가 살아온 내력을 대충 말했던 것이다. 소판돈은 인생이란 화투판에 떠다니는 판돈처럼 돈의 액수가 확실해야 한다는 아버지의 가르침이 몸에 배어있었던 탓일까. 세 번째 작명비부터 물었다.

"이 번엔 얼마나 먹힐까요?" 이 말에 귀자는 판돈의 허벅지를 상당히 세게 꼬집었다. 아이 이름을 지으면서 돈부터 따지냐는 타박의 표시였던 것이다.

"에또~. 얼마를 받아야 할까나? (음~) 이번엔 아이 포함해서 셋이니까 3백은 받아야 쓰겄소만, 쓰겄소만서도….”

백운거사는 검은 중절모 속에서 흰 비둘기를 꺼내는 마술사처럼 묘한 미소를 지으며 한 바퀴 몸을 뺑 돌리더니 충격적인 말을 꺼내는 것이었다.

“이번 작명 값은 영원입니다. 아이 이름은 ‘소사영원’으로 하시오. 소씨와 사씨 두 분 성씨를 합쳐서 성은 공평하게 소사(蘇史)씨로 하고요.”

“아!” 두 중년 남녀는 한동안 입을 다물지 못했다.

“선생님. 작명비가 영원이라면 돈은 안 받으시겠다고요?”

“맞소이다.”

“그러시면 된다요? 얼마라도 받으셔야지요.”

판돈의 가슴속은 잠시 감동으로 물결치다가 이내 격랑이 일었다.

“선생님 참말로 고맙소만, 아이 이름까지 영원이면 쫌 거시기 한디요잉?”

“하하. 판돈씨 걱정 마시요. 아이 성명의 한자는 길 永에 원대할 遠자요.”
이 번에도 백운 선생은 하얀 닥나무한지에 일필휘지로 이름을 적는다.

소사영원(蘇史永遠)

판돈씨 부부가 귀자의 아빠가 늘 부르던 노래 속 안무령을 찾아보기로 한 것은 영원이가 개나리유치원에 다니기 시작한 어느 봄날이었다. 귀자는 자신이 열여덟 살까지 살았던 소망고아원 입구에 서서 한참 눈물을 쏟았다.

“사귀자라?” 새로 부임한 고아원 원감은 귀자를 전혀 못 알아보고 돋보기 안경너머로 낡은 기록장을 넘겼다.

“아, 1975년 5월 7일로 되어 있네. 이곳에 들어온 날짜가. 그 외엔 아무런 기록이 없네요.”

“워쩌지? 아, 노래방 옆 파출소에 한 번 가볼까?” 판돈은 희망의 끈을 놓지 않고서 귀자의 손을 꽉 잡았다.

“아파요!” 귀자가 판돈에게 처음으로 한 투정이었다. 항연(港燕)파출소 김 순경은 경찰청 인명 D/B 모니터를 뚫어져라 살핀다.

"이름이 독특해서 무슨 정보라도 나올 가능성이 높지만. 주민번호를 대보세요."

귀자는 다소곳이 두 손을 앞에 모으고 주민번호를 부른다.

"아, 미아 발생일자가 1975년 봄이네요. 이 무렵에 무슨 일들이 있었는지 좀 알아봅시다." 김 순경은 컴퓨터나 인터넷에 제법 익숙한 듯 마우스 작동이 장난이 아니고 화면 스크롤 이동도 현란하였다.

"1975년 4월 30일 월남 패망. 6월 21일 문공부에서 〈댄서의 순정〉을 금지곡 처분. 7월 4일엔 〈연락선은 떠난다〉 등 월북 음악가가 작곡한 가요를 금지곡으로 결정했네요. 무슨 금지곡 지정에 재미 붙인 모양이네. 허허."

"……."

"아주머니의 정보만 가지고는 더 이상 추적이 불가능하겠는데요. 어쩌죠?"

소판돈 옆에 바짝 붙어 초조해 하는 사귀자의 눈에는 눈물이 그렁했다.

"저어, 아빠가 늘 부르시던 노래 속에 안무령이라는 지명이 나오거든요. 그것을 좀."

"안무령이라고요? 안무령이라? 안무령, 안무령? 처음 들어보는 지명이라서."

"안무령이 귀자씨 아부지의 고향이 틀림없는 것 같은디." 판돈의 낯빛도 매우 어두워진다. 그 순간, 김 순경이 소리친다.

"아! '안무령' 검색어 결과로 여기 딱 하나 나오네요! 안무령은 북한에 있는 지명이군요. 기러기 안(雁) 안개 무(霧) 고개 령(嶺). 유홍준 교수가 쓴 〈북한 문화유산 답사기〉에 이 지명이 등장하는가 봅니다."

기러기, 안개, 고개라는 글자가 가슴팍을 울리자 귀자는 판돈의 등에 얼굴을 묻고 한참을 흐느꼈다. 파출소 문을 나서면서 판돈은 귀자를 달랜다.

"안무령을 꼭 가볼 날이 올 거라요. 무슨 영원히 못 가볼 데라도 되간디요. 우리 영원이랑 손잡고 함께 그날을 염원합시다."

그때 귀자의 핸드폰 수신음에서 백만 송이 장미가 '분홍스럽게' 한 송이 한 송이씩 피어나는 소리가 들린다. 영원히 잊지 못할 향기와 함께.

# 개 울음소리

1

도무지 알 수 없는 일이었다. 그래도 어릴 적에는 지지리도 못 살았던 덕에 철따라 초근목피라도 할 요량으로 하루해가 다 가도록 지치는 줄도 모르고 들로 산으로 싸돌아다니기 일쑤였고, 서울 와서는 차마 산 입에 거미줄 치랴 싶어 독한 마음으로 이빨을 앙다물고 안 해본 일 없이 여기 저기 떠돌아다니다 보니 남들보다도 몇 배나 더 큰 알통이 어깨고 다리고 할 것 없이 옹골지게 붙어 요즈음도 주말이면 암벽등반 동호회에 나가 북한산이든 설악산이든, 산이란 산은 죄다 훑고 다닐 정도로 건강 하나는 자신 있던 터였는데, 이삿짐이라 해보아야 옷가지 등속 외에는 들어있는 것이 별반 없는 허드레 가방 하나 하고 14인치 구형 포터블 티비 한 대 달랑 들고 주인집 이층 방으로 이어지는 계단 몇 개 오르다가 다리가 후들거리고 숨이 차면서 현기증까지 엄습한 까닭을 도무지 알 수 없었다.

장마 뒤끝이라 날씨는 머리가 벗겨질 정도로 뜨거워 조금만 움직여도 땀이 후줄근해지는 날이 열흘 가까이 계속되고 있었다. 예전 고향 마을 같으면 한낮에도 이따금 소나기가 몰려와 뜨거운 대지를 식혀주고, 늙은 팽나무 밑으로 얼른 달려가 몸을 피할라치면 후두둑 소나기 듣는 소리가 그렇게 시원할 수 없었는데 요즈음 도심에서는 소나기를 만난 적이 언제였던가 싶었다.

오늘따라 회사일로 골치가 아프고 몸도 몹시 피곤했지만, 집을 보러 간지 일주일 만에 이사를 하겠노라고 덥석 계약을 해버린 터라 어쩔 수 없이 이사를 할 수밖에 없었다. 나 오봉길(吳鳳吉)은 이층집 단 칸 셋방에 가방 나부랭이를 되는대로 윗목에 던져놓고는 몸 씻을 생각도 하지 않고 그냥 드러눕고 말았다. 양복 윗도리만 대충 벗어놓고 팔베개를 하고 반드시 드러누웠다. 몸은 노곤하기 짝이 없어 금방이라도 잠이 쏟아질 법도 한데 도무지 잠이 들 것 같지 않았다. 몸이 자꾸 자지러질수록 정신은 더욱 또렷해져 잠의 내습을 집요하게 방해하고 있었다. 이사 온 집은 이층 양옥집으로 서울 한복판에서 꽤 멀리 떨어진 곳인데다 지대도 제법 높고, 이른 저녁이라서 그런지 도심의 갖가지 불빛들이 역광이 되어 유리창에 실루엣으로 명멸하면서 제법 쏠쏠한 낭만을 던져주기도 하고, 빠끔히 열린 창문 사이로 초저녁달이 돋아오는 모습은 한편으로 무척 평화스럽게 보이기도 했지만, 도무지 마음은 진정되지 않았다.

"얼마짜리 방을 원하는감?" 복덕방 중늙은이가 기계적으로 물었다.

"예? 아 예에, 그저 잠만 잘 방이면 됩니다." 나는 아무 방이면 된다는 생각이었으므로 그렇게 간단히 대꾸했다.

"글쎄, 얼마짜리나 원하냐니께?"

"……."

"에, 山124번지 양옥집 이층 방이 난 게 하나 있긴 한데….."

복덕방 영감은 혼잣말을 중얼거리며 대뜸 나를 앞세우며 문밖으로 손사래를 쳤다. 우리 일행이 도착한 집은 오래돼 뵈기는 했어도 그런대로 짜임새가 있어 보였다. 옥상엔 남자 어른 옷가지들이 빨래 줄에 걸려 있었고, 까맣게 페인트칠이 된 철제 대문 위로 넝쿨장미가 제법 탐스럽게 피어 있었다. 대리석으로 머리를 얹은 대문머리 귀퉁이에는 우유나 요구르트를 담아두는 감청색 주머니가 달려있는 것이 보였다. 미리 약속이 되어 있는 듯 복덕방 영감은 헛기침을 두어 번 하고 나더니 초인종을 몇 번 눌렀다. 철제 대문은 자동으로 되어 있는지 또깍 소리를 내면서 스스로 열렸다. 집안은 나름대로 구도를 갖추느라고 애쓴 구석이 역력한 꽤 큰 정원이 있었는데, 큼지막한 오동나무 서너 그루가 나란히 도열하고 서 있는 모습이 퍽 인상

적이었다. 오동나무의 널찍한 잎사귀들이 아래층 거실 유리창 위쪽으로 달아 낸 양철로 만든 물받이 통에 닿을 듯이 뻗어있는 걸로 보아 수령이 수십 년은 넘어 뵈는 나무 같았다.

몸집이 오종종하게 생겨서 몸을 별반 구부리지 않고도 대문을 들어서는 복덕방 영감을 보고는 다 큰 시커먼 개 한 마리가 꼬리를 할래할래 흔드는 것도 잠시, 몸을 앞으로 꾸부정하게 구부리면서 뒤따라 걸어 들어오는 내 모습을 뒤늦게 발견하고는 그 시컴둥이 개가 아까 하고는 영 딴판으로 표변하여 숨넘어가는 목소리로 울부짖지만 않았어도 그 집의 전체적인 인상은 그런대로 좋을 뻔했다. 도열하고 서있는 맨 오른쪽 오동나무 밑동에 쇠줄로 개목걸이가 매달려 있었기 망정이지 그 시컴둥이가 짖어대면서 뿜어대는 거품이 내 손에 닿을 것만 같은 섬뜩함이 손목을 스멀스멀 타고 오르는 기분이었다. 대낮인데도 그놈은 눈에 시퍼런 불을 켜고 금방이라도 내 목줄기를 물어뜯고 말겠다는 기세로 나대는 서슬이 꼭 오늘 무슨 심상치 않은 일이 벌어지고 말 것 같은 예감이 엄습해 왔다.

복덕방 영감과 나는 대문과 마찬가지로 자동으로 열리는 거실 앞쪽 문을 밀치고 들어갔다. 채 자리를 잡지도 않았는데 창문 밖에서는 그놈의 개새끼는 몇 번 더 숨넘어가도록 짖어대다가 제풀에 꺾였는지 조금 잦아들긴 했지만 목구멍으로부터는 여전히 그렁그렁한 잔음이 계속 뻗어져 유리창 문틈 사이로 튀기는 것 같았다.

거실 소파에는 주인인 듯 초로의 남자가 진한 갈색 색안경을 끼고 미동도 않은 채 꼿꼿한 자세로 앉아 있었다. 풍채로 보아 돈깨나 흘리고 다닐만하다는 느낌이 들었지만 거실 내부는 의외다 싶을 정도로 밋밋하기 짝이 없었다. 사방 벽은 비교적 화사한 벽지로 잘 정돈되어 있었으나 널찍한 거실 맨바닥에는 소파만 덩그러니 놓여 있을 뿐 오히려 휑하다 싶을 정도로 그 흔한 양주병 장식장 하나 보이지 않았다. 정원 쪽으로 난 유리문 양옆으로는 복사꽃 무늬가 약간 빛이 바랜 채 듬성듬성 박혀있는 연분홍 커튼이, 가운데가 잘록하게 묶여져 있었고 오른편 커튼 구석에 나무로 된 받침대 하나가 서있었다. 그 위에 투박한 나무테두리 액자가 조그맣게 같은 크기로 두 개 놓여 있었는데 한 액자 속에는 그 주인 남자와 중년의 여자가 정원을 배경으로 나란히 앉아 있고 그 가운데에는 조금 전에 숨넘어가는 소리로 짖어대던 그 시컴둥이 개의 어렸을 적 모습인 듯 천연색 사진이 끼여 있었다. 또 한 액자에는 군대 정복을 입은 사람끼리 무슨 상을 주고받는 빛바랜 흑백 사진이었다.

"아까 전화로다가 대충 말씀 드렸으니깐두루 이 젊은 양반만 맘에 들면 도장 찍읍시다요."

복덕방 영감은 자리를 잡고 앉아마자 일을 재빨리 성사시켜야 되겠다는 조급함을 거리낌 없이 드러냈다. 주인남자는 여전히 미동도 하지 않은 채 고개만 까닥할 뿐이었다. 바로 그때 부엌 쪽에서 웬 젊은 아주머니가 물이 묻었는지 치마에 손을 쓱 문지르면서 우리 일행의 거동을 살피다가 대화 중간에 잠시 끊어지는 짬을 재빨리 포착하여 망설였던 말을 꺼냈다.

"사장님, 오늘은 우리 애 병원에 좀 데려가야 되걸랑요. 한 시간만 일찍 가볼게요. 죄송해요."

그러자 그 남자는 조금 전 복덕방 영감한테 했던 똑같은 동작으로 아주머니의 때 이른 귀가를 승인해 주는 것이었다.

"에 또, 그러면 방부터 보셔야지." 복덕방이 채근했다.

도열하고 서있는 오동나무 맨 왼쪽 끝으로 하얀 차돌들이 동일한 간격으로 마치 무슨 큰 짐승의 이빨처럼 박혀 있었고 그 길을 따라 조금 돌아 들어가자 철제 계단이 가파르게 이층 방을 안내하고 있었다. 계단 오른편으로 비스듬한 계단의 각이 좀 지나치다 싶을 정도로 첨예했지만 동그란 손잡이 철제 난간이 잘 배열되어 있어 그런대로 안정감을 주었다. 하지만 불그스레한 철분이 군데군데 드러난 걸로 보아 꽤 오래 된 구조물인 것 같았다.

복덕방 영감을 앞세우고 첫 계단을 막 밟으려는 찰나 등 뒤로 그 시커먼 개의 울부짖음이 또 엄습해 왔다. 내가 반사적으로 몸을 휙 돌리자 그놈은 이번에도 눈에 파란 불을 켜고 누런 이빨을 민들레 이파리처럼 갈기갈기 드러낸 채 으르렁거렸다. 그놈의 잇몸은 숫제 빨간 피라도 뚝뚝 돋을 듯이 충혈 돼 있었다. 내친걸음이라 개의치 않고 두 번째 계단을 밟으려는 순간 몸이 휘청거리기 시작했다. 현기증이 관자놀이를 때리는가 싶더니 이내 눈자위를 유린하며 목덜미로 퍼져나갔다. 등줄기를 타고 식은땀이 흐르기 시작했다. 발밑으로는 오금이 저리고 발모가지에는 힘이 스멀스멀 빠져나가 철제 난간을 붙잡고 나서야 간신히 몸을 지탱할 수 있었다. 난간은 오뉴월 햇볕을 받아 꽤 뜨거워져 있었다. 금세 이층 꼭대기에 올라간 복덕방 영감 몸집은, 마치 신작로 끝으로 소실점이 되어 한없이 멀어지는 완행버스 뒤 꽁무니 같은 아득함이 느껴왔다. 위에서 복덕방이 무어라 소릴 지르는 것 같았으나 도무지 알아들을 수가 없었다.

등 뒤에서 사자후 같은 개 울음소리가 고비를 넘는다고 느끼면서 하늘을 쳐다보며 심호흡으로 몇 번 숨을 고르자 그때야 간신히 안정이 되면서 다시 계단을 오를 기운이 회복되기 시작했다. 나는 겨우 정신을 다잡으며 구둣발로 부러 철제 계단 바닥을 탁탁 차가며 나머지 계단을 마저 휘적휘적 올라갔다. 이층 방 문 앞에 다다르자 몸은 땀으로 흥건히 젖어 있었다.

"젊은 양반이 보기보다는 약골이구먼! 어제 밤에 뭐 한 거요? 허헛."

"어젯밤이랴뇨?" 나는 겨우 한 마디 얼토당토않은 대꾸를 해놓고 보니까 나도 어이없다는 생각이 들어서 피식 웃었다.

"자, 이만하면 혼자 사실만 하제?"

"예, 혼자 잘만 합니다."

"본시 비어있던 방이라 돈 만 있으면 내일 당장 들어와도 되야."

복덕방 영감 말에 나는 저 사람처럼 세상이 쉬운 일만 있었으면 무슨 걱정이 있을까 싶어 다소 신경질적으로 맞받았다.

"돈은 있소만 내일은 좀 뭐하고. 이번 주말 오후쯤으로 하겠습니다."

"좋우실대루!"

복덕방 영감의 마지막 대꾸는 굳이 안 해도 될 말이라는 생각이 들자 은근히 짜증이 났다. 색안경을 끼고 미동도 하지 않고 앉아서 고개만 까닥거리는 주인남자의 태도도 조금은 맘에 안 들었으려니와 사납게 짖어대던 시커먼 개도 자꾸 맘에 걸려, 이층 방에 땀을 쏟으며 막 올라 왔을 적에는 오늘 이 계약 건을 작파해버릴까 생각했지만, 의외로 이층 방에 들어서자 밖의 전망이 탁 틔어 서울 도심이 한눈에 들어오기도 하고 혼자 살 방으로는 이 정도면 딱 알맞겠다는 생각이 들었을 뿐 아니라, 몇 번 식사도 못하면서 꼬박꼬박 물어야 하는 하숙비가 아깝기도 해서 아까 먹었던 마음을 다시 돌리기로 했다. 더구나 복덕방 영감이 계단을 내려오면서 간단히 들려준 주인남자의 내력을 듣고는 그냥 방 계약을 해버리자고 마음먹었다.

주인아저씨는 월남전 백마부대 선임하사로서 베트콩의 진지 칸호아동굴 수색작전에서 두 눈을 잃고도 큰 전과를 올려 무공훈장을 받았고, 전역 후에는 월남전 부상자 회원 몇이서 중소기업체를 운영하면서 장애시설이나 양로원 같은 곳에 위문품을 전달하기도 한다는 것이다. 그런데 지금은 힘도 부치고 재혼한 부인도 세상 떠 외아들 내외에게 사업을 물려주고 혼자 산다는 것이었다.

토요일 밤은, 창문 사이로 밤바람도 제법 시원스레 들어오고 두 팔을 베고 대자로 누워 있었으므로 혼자만의 절대자유가 느껴질 만도 한데 도무지 마음은 산란하고 안정되질 않았다. 팔목에서는 째깍째깍 시계 초침 돌아가는 소리가 무심한 시간만은 변함없이 잘도 흘러가고 있음을 말해주고 있었다. 아무렇게 던져 놓은 옷 가방 옆에 서울 올라온 지 10년 만에 겨우 장만한, 겉이 빨간 티비가 심드렁하게 놓여 있었다. 전원을 켜보자 정두심이라는 여자 탤런트의 큰 머리통이 브라운관을 가득 채운 채 클로즈업 된 장면이 나왔다. 일일연속극 할 시간인 모양이라고 생각하면서, 저 탤런트는 시도 때도 없이 어디나 참 잘도 나온다는 생각에 웃음이 나왔다.

가벼워진 마음도 잠시 뿐, 입사 1년 후배로 3년 동안 같은 부서에서만 함께 근무하면서 늘 나에게는 싫은 기색 한 번 없이 귀엽게 대하던 미스 킴이 오늘 따라 입이 뽀로통하여 앵돌아진 모습으로 내가 농을 건네도 대꾸도 하지 않아 기분이 언짢았지만, 그래도 내가 서울 생활, 화류계가 몇 년이라고 그만한 일로 의기소침할 내 아니어서, 오늘 토요일 오후부터 밤늦게까지 내내 풀릴 기미 없이 밀려오는 알 수 없는 메스꺼움과 피곤의 근원은 도무지 알 수 없었다. 티비에서는 아홉 시 뉴스도 끝이 나고 스포츠뉴스 예고 자막이 내 눈자위 위를 어른거리는가 싶을 무렵, 아래 층 정원 쪽에서 내 기억의 저 편을 두드리는 개 울음소리가 들려왔다.

"야, 봉길이 개새끼야! 느그 집 누렁이는 우리 개한테는 쪽도 못 써야! 순 똥개 주제에."

"……."

나와 동갑내기 강철민(姜哲民)이 반짝이는 중학교 배지를 단 까만 교복을 입고 내 앞에서 우리 개를 숫제 똥개 취급하며 거들먹거렸다.

"느그 개새끼는 열 마리 줘도 우리 개하고 안 바꿔야!" 철민이는 내가 아무런 대꾸를 하지 않는 것이 외려 이상했는지 또 한 번 오금을 꽝 박는 소리로 내 부아를 건들었다.

'우리 집에는 한 마리밖에 없는디….' 나는 속으로 그 말을 되뇌면서 공연히 돌부리만 걷어찼다. 나는 우리 집 개를 똥개 어쩌고 놀리는 놈이 있으면 어떤 놈이든 열일 제쳐놓고 오기를 부리며 대들곤 했는데, 그날은 도무지 그럴 기분이 아니었다. 그날은 면소재지 중학교 입학식 날이었다. 나는 초등학교 6년 동안, 전체 학생이래야 몇 되진 않았지만 그래도 성적이 상위권에 속했는데 집안 형편 상 중학에 진학하지 못했던 것이다. 아버지는 아주 어릴 적에 세상 떠 얼굴도 잘 기억나지 않았고, 어머니와 함께 남의 집 일로 날 밤을 세워가며 겨우 연명하던 때였으니 일이 그리된 것도 당연하다고 할밖에 별 도리는 없는 일이었다.

나는 중학교 입학도 못하고 그저 아침마다 등교하는 동무들의 거동을 언덕배기에 숨어 훔쳐보면서 부러움과 좌절감을 곱씹었다. 그처럼 어린 가슴에 지울 수 없는 멍울을 남기며 야속한 봄날은 가고 있었다. 아픈 충격의 그늘 속에도 조금씩 보랏빛 난초꽃이 피었다 지고 능소화가 제법 고운 자태를 드러낼 무렵, 아이들의 여름방학이 다가오고 있었다. 아이들이 학교에 가버리고 없으면 혼자서 긴 봄날을 그나마 견딜 수 있었던 것은, 작년 겨울에 혼자 된 고모가 대처로 나가야 입에 풀칠이라도 하게 생겼다며 이사하는 데 짐이 된다고 나에게 주고 간 누렁개가 한 마리 있었기 때문이다. 그 개는 털이 노르스름하여 내가 바로 누렁이라고 이름을 붙여 주었는데, 벌써 중개가 다 된 탓인지 처음에는 잘 따르려 하지 않던 놈이 며칠이 지나자 발돋움까지 해대며 금세 나를 쫄망쫄망 잘도 따랐다. 우리는 논두렁이고 언덕배기고 저수지 둑방길 할 것 없이 그리고 뒷골 백로봉까지 아침부터 해가 떨어질 때까지 배가 고픈 줄도 모르고 누비고 다녔다. 누렁이와 함께 뛰어다니는 시간만큼은 동무들 학교 가는 일도 까맣게 잊어버리고 온 세상이 내 것처럼 마냥 즐거웠다.

여름방학이 되자 중학교에 들어간 동네 녀석들이 한껏 멋을 내며 내 앞에서 거들먹거렸다. 그 중에서도 삼거리 농지개량조합에 다니는 자기 아버지 백 믿고 그런지는 몰라도 철민이 녀석이 유독 나에게 성가시게 굴었다. 나를 얕잡아 보는 투가 역력했다. 나는 나를 업신여기는 것은 참아도 우리 누렁이를 똥개라고 놀리는 것에는 더는 못 참고 쌍심지를 켜고 달려들어 누렁이를 놀리는 놈하고 엉겨 붙어 대판 싸움질을 하곤 했다. 특히 철민이 녀석은 나랑 동갑이라도 덩치가 내 모가지 하나가 더 클 정도로 만만치 않아 그놈에게 얻어터지기 일쑤였지만 우리 누렁이만은 지켜주고 싶었다. 철민이네 개는 몸이 온통 숯검댕이처럼 새까만 것이, 눈빛은 꼭 살쾡이처럼 표독스러워 우연히 맞닥뜨리는 날이면 섬뜩할 정도로 겁이 날 지경이었다. 누렁이는 그놈만 보면 먼발치서부터 꼬리를 바싹 내리고 오금을 펴지 못하고 죽은 시늉을 할 정도였으니 나는 그런 누렁이의 비굴한 모습을 볼 때면 화가 치밀어 누렁이를 냅다 걷어 차버린 적도 여러 번 있었다.

### 2

칠월 칠석이 지날 무렵 논일을 하다가 독사한테 다리를 물려 일을 거의 못하게 생긴 이웃집 흑쟁이 아저씨는 자기네 새끼 밴 암소가 탈탈 굶고 있는 것을 안타깝게 생각하고 있다가 나에게 귀에 솔깃한 제안을 하나 해왔다. 여름 한철 매일 풀 한 망태기씩 베어서 자기네 집으로 갖다 주고, 가을 추수 때 쌀 다섯 됫박 받기로 하고 나는 매일 풀베기로 한 나절을 보내곤 하던 무렵이었다.

그날도 소나기가 한바탕 지나가긴 했어도 여름 해는 여전히 작열하는 열기를 내뿜고 있었다. 나는 누렁이를 데리고 꼴망태기를 메고 논둑으로 나갔다. 누렁이는 내 그림자를 밟아가며 뒤를 따르고 있었다. 우리는 서로의 마음속에 합일의 정을 만끽하며 얼마를 걸었을까, 우리 발자국 소리에 풀무치 몇 마리가 노란 속살을 부챗살처럼 펴들고 날아올랐다. 바로 그때 논둑 길 반대편에서 철민네 시컴둥이 개가 이웃 마을에서 암캐를 만나고 오는지 씩씩거리며 달려오는 모습이 보였다. 언뜻 보기에는 우리와 그놈 사이가 꽤 떨어진 듯 보였으나 어느 틈엔가 그놈은 우리 코앞에 다가와 있었다. 길은 외길이었다. 전혀 예기치 못한 조우로 잠시 침묵이 흘렀다. 두 마리 개는 얼마간 서로 상대방의 눈초리로 기세 싸움을 하는가 싶더니 대번에 싸움의 소용돌이 속으로 빠져들었다. 하도 급작스러운 일이라서 처음에는 개싸움이 실감이 나질 않았다. 나도 모르게 동물적인 감각으로 정신을 다잡으며 개싸움의 추이를 예리하고 쫓고 있었다.

내 눈앞에서 실로 놀라운 일이 벌어지고 있었다. 평소에는 기도 못 펴던 우리 누렁이가 시컴둥이와 막상막하의 접전을 벌이고 있었던 것이다. 누렁이에게 저런 기세가 있으리라고는 상상도 하지 못한 일이었다. 나는 주먹을 바투 쥐고 발을 구르며 악을 쓰기 시작했다. 시컴둥이도 만만치 않았다. 서로 뒤엉켜 논바닥을 구르면서 역전의 순간들이 몇 고비를 넘고 있었다. 고대 희랍시대 검투사들의 싸움처럼 치열한 개싸움의 향방은, 내가 질러대는 악쓰는 소리와 뒤섞여 서로 엇갈리며 춤을 추었다. 드디어 누렁이가 시컴둥이 목덜미를 단단히 물고 늘어졌다. 이내 시컴둥이는 마지막 단말마의 비명을 내지르는 것이었다. 두 짐승의 승부는 서서히 종국으로 치닫고 있었다. 집요한 여름 해가 뒷골 백로봉을 막 넘으려는 찰나 결국 시컴둥이는 몸을 무너뜨리며 바르르 떨다가 이내 축 늘어지고 말았다. 그제야 누렁이는 물었던 입을 풀고 꼬리를 하늘로 치켜들고 환희의 개선장군처럼 내 품으로 달려들었다. 나는 거친 숨을 몰아쉬며 싸움의 결말을 슬기롭게 수습해야 하겠다고 생각했다.

'이 놈의 개를 어찌할 것인가?'

조금 전까지의 흥분은 금방 두려움으로 바뀌고 있었다. 나는 개의 주검을 수습하여 망태기에 담아 잽싸게 현장을 벗어나야겠다고 생각했다. 망태기에 담긴 그놈의 시신은 내 어깨죽지를 무겁게 짓눌렀다. 나는 사람들의 발길이 뜸한 곳을 모색했다. 아무에게도 들키지 않도록 두리번거리며 굴참나무 몇 그루가 냇가 쪽으로 뻗어 있는 조그마한 산등성이 밑으로 가서 몸을 숨겼다. 나는 곁에 서있는 중키 정도의 소나무를 골라 제법 큰 가지를 꺾었다. 손에 쥔 소나무가지가 내 손안에서 바르르 떨렸다. 나는 죽을힘을 다해 흙을 파내기 시작했다. 보기보다는 땅이 단단하여 좀처럼 그놈의 시신을 묻을만한 깊이로 파이질 않았다. 마침내 흙을 덮으면 간신히 시신이 보이지 않을 만큼 파였다 싶었을 때, 구덩이에 되는대로 그놈을 밀어 넣고 흙을 대충 덮고는 그 위로 잔솔가지 이파리를 듬성듬성 뿌렸다. 누렁이는 허둥대는 내 모습을 처음부터 끝까지 혀를 늘어뜨리고 침을 흥건히 흘리면서 지켜보고 있었다.

나는 알리바이를 만들어야 되겠다는 생각으로 골풀이 잔뜩 우거진 논둑 쪽으로 한 달음에 달려갔다. 나는 아무 일도 없었다는 투로 일부러 별나게도 큰 소리로 휘파람을 불면서 풀을 베기 시작했다. 안동네 상일꾼 하나가 지게를 지고 논일 나왔다가, 학교도 못 다니면서도 내가 집안일도 잘 거둔다고 칭찬까지 해주었다. 아직도 가슴이 진정이 안 되어서 도저히 풀 망태기를 다 채우지 못하고 그저 풀을 대충 부풀려 담아서 귀가를 서둘렀다. 누렁이는 시컴둥이를 물어 죽일 때의 살기는 믿기지 않을 정도로 누그러져 있었으나, 마침 땅거미가 지고 있어서인지 그 녀석 표정에 어둡고 쓸쓸한 그림자가 드리워져 있었다.

동네 가까이 다가오자 아까 불안하던 마음은 많이 진정이 되어 가는 듯했다. 대나무 밭을 끼고 돌아가는 돌담장 고샅길에 아직 집을 찾아들지 못한 고추잠자리 몇 마리가 어스름 저녁 기운 속에서 맴을 돌고 있었다. 그런데, 늘 그 시간이면 조용하던 마을 회관 앞이 와자하니 시끌벅적한 소리가 무슨 환청처럼 들려왔다. 조금 편안해지려던 마음이 다시 한 번 불안의 갈기를 타고 출렁거렸다. 나는 그 소리의 근원을 내밀하게 살폈다. 기실 무슨 일이 벌어진 것만은 분명해 보였다. 아, 결국 오늘 일이 탄로가 나고 말 것 같은 불안이 엄습해왔다. 다리가 후들거리며 등으로는 식은땀이 흘러내렸다. 숨이 막힐 지경이어서 몇 번이나 마른 침을 삼키고서야 겨우 숨을 추스를 수 있었다. 웅성거린 소리와 왁자한 소리가 더욱 가까이 뒤범벅이 되어 귓속은 이명으로 혼돈스러웠다. 그런데 그 와중에 유독 큰 소리로 울부짖는 소리가 들려왔다. 그 울부짖음은 바로 철민이 어머니 목소리가 틀림없었다. 그만 나는 만천하에 철민네 개를 죽인 놈으로 탄로가 나버린 것으로 생각했다.

하지만 약간은 의아한 구석이 있었다. 개 한 마리 죽었다고 땅바닥에 드러누워 소리소리 질러가며 저토록 슬피 울 수 있을까. 더구나 철민이 어머니는 개를 별로 좋아하지 않는 성미라는 것을 알고 있던 터라 그 여자의 거동은 수상쩍은 데가 분명 있어 보였다. 나는 동네 한복판 가까이 이르러서야 울음소리의 실체를 알게 되었다. 철민이가 저수지에서 멱을 감다가 빠져 죽었다는 것이다. 이미 마을 이장이 삼거리 경찰지서에 익사 신고를 해놓았다고 했다. 내일 날이 밝는 대로 잠수부를 동원하여 시신을 건져 올리기로 했다는 것이다. 나는 가슴이 부들부들 떨려 어찌할 바를 모르고 그저 하늘을 망연히 쳐다볼 뿐이었다. 초저녁 어스름을 뚫고 초승달이 막 돋아오고 있었다.

그날, 악몽 같던 그날 이후, 나는 자꾸 맥아리가 없고 들판을 달려도 백로봉을 올라도 예전 같은 기분은 도무지 나질 않았다. 누렁이도 마지못해 나를 따라나서기는 해도 힘이 없어 보이기는 매 한가지인 것 같았다. 그렇게 여름은 가고 소슬바람이 들판을 휘감고 돌아가는 늦가을이 되자, 누렁이는 며칠을 밥도 잘 먹지 않고 시름시름하다가 결국 죽고 말았다. 나는 어머니한테는 누렁이를 묻어주자고 우겨도 보았지만, 어떻게 알았는지 시장터 개장사가 짐바리 자전거에 철망을 싣고 와서 누렁이 주검을 헐값에 사 가지고 오던 길을 되짚어 골목길을 돌아나가는 모습을 그저 감나무 등걸을 붙잡고 물끄러미 바라볼 뿐 말리지 못했다.

여느 일요일 같으면 새벽같이 일어나서 집 앞 운동장에 나가 조금이라도 늦게 나오는 회원을 붙들고 핀잔을 놓으며 조기축구회를 주름잡고 다닐 시간이었건만, 이날은 그러질 못했다. 물론 어제 밤에 거의 눈을 붙이지 못한 탓도 있었으나, 회사 야유회 때면 화투 놀이 등으로 꼬박 날을 새도 끄덕도 없이 그날 일정을 너끈히 소화해내던 걸 생각하면 잠 못 잔 탓만도 아닌 것 같았다. 공연히 이사를 와서 부러 고생을 자초하는가 싶어서 하루도 채 못 되어 이사한 것이 후회가 되기 시작했다. 날마다 저놈의 개새끼하고 씨름을 할 것을 생각하니 또 한 번 식은땀이 나는 것 같았다. 아래층 내실과 정원은 일요일 아침답게 조용했다. 시컴둥이 개도 나를 잊어버렸는지 아무 소리가 없었다.

그날 그렇게 누렁이의 주검이 개장사한테 팔려 가는 것을 보고는 더 이상 고향 마을에 눌러 있기가 싫어졌다. 나는 무작정 서울 행을 감행했다. 돈 한 푼 없었던 나는 기차 차장에게 무임승차로 걸려 서울역 근처 파출소로 넘겨졌다. 하루 밤을 유치장 신세를 진 뒤에 다행히 마음씨 좋은 파출소장의 배려로 그곳 파출소 사환이 되었다. 고단한 파출소 사환 노릇을 하면서 그럭저럭 끔찍했던 그날의 사건은 전설처럼 아득하게 잊기 시작했다. 몸은 커져 갔지만 마음은 궁핍하기 짝이 없던 시절, 서울 생활은 늘 마음씨 좋은 파출소장 덕분으로 견딜만했다. 소장의 배려로 자투리 시간을 내어 중·고등학교 검정고시 공부를 할 수 있었고, 그 동안 푼푼이 모아둔 코묻은 돈으로 비록 삼류대학이나마 대학까지 졸업하여 조그만 섬유 수출업체에 취직까지 하게 되었다. 그러한 격변의 시절, 사실 한시도 고향을 잊어본 적이 없었으나 단 한 번도 귀향하지 못했다. 기실은 고향에 내려갈 용기가 나질 않았던 것이다. 늙은 어머니한테는 어쩌다 한 번 '부모님 전상서' 어쩌고 하는 편지가 고작이었다. 글씨도 모르는 어머니가 내 편지를 읽었을까도 별로 관심이 없었다. 고향 소식을 알고 싶은 대목도 딱히 없었던 것이다. 철민이 아버지는 정년퇴직을 일 년인가 앞 둔 해에 중풍으로 쓰러져 여러 해 고생하다가 재작년에 세상 떴다는 소식과 남모르게 사재를 털어 독거노인들에게 매년 설날이 되면 쌀 한 포대씩 나눠주었다는 사연을 바람결에 들은 게 고향 소식의 전부였다.

3

이사 온 지 벌써 며칠이 지났지만 주인집 개는 아침저녁으로 나만 보면 거품을 입에 물고 자지러지듯 짖어대는 것은 여전했다. 그 짧은 시간이나마 철문을 여닫을 때마다 시컴둥이 개한테 당하는 모욕은 요즘 들어서 부쩍 잦아진 두통을 더욱 부추겼다. 어느 날은 하도 두통이 심해 타이레놀을 한꺼번에 네 알이나 먹어도 심한 두통은 별로 나아지지 않고 오히려 메스꺼움을 더 심하게 하는데 일조할 뿐이었다. 병원 의사의 말로는 심한 정신적 스트레스도 두통을 유발하는 원인이 될 수 있다며, 최근에 신상에 무슨 급작스러운 변화가 있었느냐고 물었지만, 그저 회사 일로 조금 신경 쓴 일이 있었다고 말하고 말았다.

이사 후 열흘 가까이 되던 날, 회사 동료들과 월례 회식을 마치고 조금 늦게 귀가하던 참이었다. 술을 꽤 많이 마신 탓도 있었지만 며칠 째 계속되던 두통은 그날도 별반 나아지지 않고 있었다. 택시를 타고 주인 집 근처에 도착한 시간은 자정을 훨씬 넘겨 거의 두 시 가까운 시간이었다. 사방은 어둠에 묻혀 쥐죽은 듯 조용했다. 미리 알아두었던 주인집 대문 자동문 번호는 취기 속에서도 별 거리낌 없이 나를 받아들였다. 나는 나만의 자유를 영접하고픈 욕망을 한아름 안고 자동문 패스워드를 정확히 누르자 문은 또깍 하고 열렸다. 문이 열리는 소리는 여전히 날카로워 단번에 주인 집 개를 깨워 놓고 말았다. 어둠 속에서 시컴둥이 개는 눈에 예의 파란 불을 켜고 쇠줄에 걸린 자기 몸을 45도 각도로 곧추 세우며 금방 나에게 달려들 자세

60

로 울부짖기 시작했다. 나는 그놈을 무의식적으로 방어하느라 뒷걸음질을 치다가 잔디밭 시멘트 경계석을 헛디뎌 몸이 금방 꼬꾸라질 뻔하였다. 간신히 몸을 바로 세우고는 과감히 그놈 앞으로 한 발 한 발 다가갔다. 그 시각에 이따금씩 지나가는 늦은 귀가를 서두르는 자가용 불빛이 대문 틈 사이로 흘러 들어와 극히 짧은 순간이나마 정원 전체에 빛을 드리워도 어둠에 묻힌 그놈의 자태는 좀처럼 드러나지 않았다. 그놈의 두 눈에서 뿜어져 나오는 빛의 광도로 보아 이제는 나와 그놈과의 거리는 1미터도 채 되지 않은 것 같았다. 가까이서 들려오는 그놈의 울부짖는 울음, 거리가 가까운 만큼 가슴팍까지 팍팍 울려오는 공명음은 저승사자의 음산한 목소리 울림 그대로였다. 목울대를 최고조로 치켜세워 짖다가도 잠시 숨을 고르는 크렁크렁한 저음 속에는 피울음이라도 섞여있는 듯했다.

나는 어둠 속에서 설쳐대는 그놈의 공격성을 조금이나마 누그러뜨려 볼 속셈으로 가지런한 자세로 한 쪽 무릎을 꿇고 앉았다. 한 쪽 손을 되도록 낮추어 뻗으면서 그놈의 입 주위 가까이 가져가면서 위 아래로 살살 흔들었다. 금방이라도 내 손가락을 덥석 물고는 놓지 않을 것 같은 두려움이 턱 밑까지 타고 올라왔다. 본시 그놈의 저항은 거의 생득적인 것 같았다. 자기를 결단코 방기하지 않으려는 단호함이 그놈의 씩씩대는 콧김으로 충분히 느껴졌다. 그래도 끝까지 인내하며 계속 뻗대고 있는 내 손끝으로 결국 그놈의 게거품이 한 꺼풀 휘날려 왔다. 그 순간, 나는 지주목으로 삼았던 오른쪽 발을 곧추 세우며 벌떡 일어섰다. 반사적으로 팽팽해진 전의를 다지며 그놈과 맞섰다.

"너를 내가 죽이리라!"

검은 구둣발로 검은 어둠을 가르고 그 시컴둥이 개를 걷어찼다. 헛발이 되었는지 다리에 힘이 쭉 빠지며 한 줄기 식은땀이 온몸을 훑고 지나갔다. 그놈의 눈빛은 숫제 도깨비불이 되어 사방으로 흩어져 나를 노리기 시작했다. 나는 이사 온 날부터 보아 두었던 오동나무 지주목 막대기를 어둠 속에서도 용케 빼어 들고 그놈을 향해 마구 휘둘렀다. 막대기는 휙휙 소리를 내며 힘의 구심점을 찾아가기 시작했다. 그 힘의 물리력이 마지막으로 한 군데로 모아진다 싶은 찰나 내 손에 들린 막대기가 그놈의 두개골을 정통으로 과격하고 말았다. 둔탁한 파괴 음이 오리나무 이파리를 타고 하늘로 퍼져 올랐다.

그놈과의 전쟁은 그렇게 끝이 났다. 남은 건 적막감과 허탈감뿐이었다. 한참을 멍하니 그 자리에 서 있었다. 무심코 쳐다 본 하늘은, 도심 불빛이 많이 잦아든 시각이라서 그런지 또렷한 별빛이 몇 개 가물거렸다. 그때 자동차 한 대가 둔중한 바퀴 음을 내면서 철문에 강렬한 헤드라이트를 비추며 지나갔다. 순간 주인집 거실 유리창 문에 반딧불이 촉광만큼의 빛이 마지막 잔상으로 스쳤다. 나는 그 짧은 순간에도 유리창에 실루엣이 되어 정원 쪽을 노려보는 까만 물체 하나를 똑똑히 보았다. 나는 반사적으로 철제 문을 박차고 밖으로 내달렸다. 숨이 턱까지 차오르는 순간순간에도 도망자의 양복 왼쪽 주머니에선 무언가 계속 걸리적거리는 것이 느껴졌다. 그것에 잠깐 신경을 쓰다가 별로 높지 않은 둔덕에 그만 구둣발이 걸려 내 몸뚱이가 맥없이 나동그라졌다. 별로 심한 부상은 아닌 것 같았으나 유독 왼쪽 옆구리 쪽이 심하게 결렸다. 넘어지는 충격으로 뜯어진 왼쪽 양복 주머니에서 하얀 뼈다귀가 쏟아져 나왔다. '아, 이런. 그걸 깜빡하다니. 시컴둥이 주려고 돼지 족발 집에서 가져온 뼈다귀를 생각 못했네!' 나는 어두움 속에서 어이없게도 하얀 이를 드러내고 웃고 말았다.

도심 외곽, 높은 지대 언덕에서 내려다본 서울의 심야 풍경은 아름다웠다. 반도의 한복판, 여태 잠들지 못한 영혼들의 밤을 살아가는 영욕의 빛깔들이 내 동공을 고즈녁이 파고들었다. 담배를 한 대 꺼내 물고 불을 붙였다. 혀끝에 쓰디쓴 담배 맛이 알싸하게 느껴졌다. 푸르스름한 담배 연기는 화장터의 연기처럼 밤하늘로 흩어졌다. 하늘은 벌써 저 멀리서 동이 터 오는 기색이 역력했다. 속은 쓰렸지만 두통은 많이 가라앉아 있었다.

강남 고속터미널에서 고향 가는 첫 차에 몸을 실었다. 자리를 잡고 앉자마자 죽음과 같은 깊은 잠에 빠져들었다. 중간 휴게소에서도 깨어나지 못했다. 종점인 K광역시에 도착한 시각은 오전 열 시쯤이었다. 나는 곧바로 고향으로 가는 시외버스를 타지 않고 터미널 앞 기사식당에서 습관적으로 해장국 한 그릇을 시켰다. 반도 먹지 못하고 상을 물리자 금세 졸음이 스멀스멀 밀려 왔다.

"방 하나 주쇼."

"침대 방으로 줄까요. 온돌로 줄까요." 여관 여주인은 나를 긴 밤 잘 손님으로 보이지 않는 모양으로 방 구조 선택을 은근히 부추겼다.

"아무 거나요."

해장국집을 나서서 되는대로 여관을 하나 잡아 얼마를 쓰러져 잤을까, 문득 깨어보니 저녁 일곱 시가 훌쩍 넘어 있었다. 나는 서둘러 시외버스 정류장으로 달려가 고향 가는 막차에 몸을 실었다. 붉은 띠를 두른 시외버스는 한 시간 정도 달리자 눈에 익은 이정표들이 나타났다. 놀랍게도 삼거리 다방 간판은 페인트가 많이 벗겨졌을 뿐 거의 그대로였다. 지방도로로부터 고향 마을로 꺾어 들기 전에 담배 가게를 겸하고 있는 전파사에 들렀다. 플래시를 하나 사기 위해서였다. 가게 주인은 숫제 말이라곤 없었다. 내가 직접 진열장 맨 위쪽에 먼지를 잔뜩 뒤집어쓰고 있는 플래시를 집어 들고 얼마냐고 물어도 고작 손가락 하나를 펴 보이고는 보고 있던 텔레비전 쪽으로 고개를 돌렸다. 나는 플래시를 호주머니에 집어넣고 만 원짜리 지폐 한 장을 구닥다리 라디오 위에 올려놓고 가게를 나왔다.

고향 동네 입구는 예전의 새마을운동 깃발 대신에 지자체에서 거행하는 지역 축제 현수막이 미루나무에 걸려 있는 것을 제외하고는 별반 달라진 것은 없었다. 70년대 빈발하던 서남해안 간첩 침투를 막기 위해 만들어 놓은 시멘트 블록 초소도 쑥부쟁이 같은 잡풀을 한껏 뒤집어 쓴 채 그대로였다. 고향 동네는 그 사이 전기가 들어와 군데군데 나트륨 가로등이 켜 있었지만 서울의 가로등 명도에는 비길 바가 못 되어서 그런지 외려 예전보다 어두워 보였고, 가끔씩 개 짖는 소리가 들리고 어느 집에선가 티비에서 연속극 하는 소리가 간간이 들려올 뿐 적막하기 짝이 없었다.

우리 집으로 이어지는 골목길은 무척 낯설어 보였다. 호주머니에서 플래시를 꺼내 비추자 그때야 비로소 개장사가 우리 누렁이를 철망에 싣고 나갔던 오토바이 바퀴 자국이 선명하게 드러나는 듯했다. 우리 집은 지붕만 볏짚을 걷어내고 슬레이트로 얹었을 뿐 거의 그대로였다. 오래 전에 쓰고 그냥 버려 둔 듯 호미 하나가 사립문 옆에 녹슬어 있었다. 어머니는 골방에 누워 잠에 빠져 있었는지 내가 플래시를 비추며 토방으로 올라서자 내 인기척에 몸을 반쯤 부스스 일으키며 문을 열었다. 어둠 속이었지만 한눈에 어머니의 고단한 삶이 푸석푸석 일어나고 있었다. 툇마루 한편엔 면사무소에서 나누어준 듯 독거노인용 쌀 포대가 반쯤 허물어져 있었고 그 옆으로는 오줌이 반쯤 찬 요강단지가 뚜껑도 덮이지 않은 채 놓여 있었다. 어머니는 거의 정신을 놓아버린 듯 별로 놀라는 기색도 반가운 기색도 없었고 얼굴도 그다지 슬퍼 보이지 않았다. 어머니는 마치 예전처럼 아무 일 없었다는 듯이 주섬주섬 밥상을 차렸다. 이른 점심을 먹어 시장기가 들만도 했지만 꼭 찬이 없어서가 아니라 어머니가 차려온 밥을 한술도 뜰 수 없었다. 그냥 숟갈을 몇 번 드는 시늉만 하고 말았고, 어머니는 잘 알아들을 수 없는 몇 마디 말만 중얼거리는가 싶더니 이내 마저 자던 잠에 빠져들었다.

나는 잠들지 못했다. 마당으로 다시 나와 하늘을 올려다보니 고향 하늘은 예전과 다름없이 금방이라도 별이 쏟아질 듯 영롱했다. 아까까지 퍽 낯설게 느껴지던 집 앞 고샅길도 별빛 속에서 점자(點字)처럼 또렷이 돌아났다. 발끝으로 느껴오는 길바닥의 높낮이도 금세 다시 익숙해져 있었다. 여기 저기 정지되어버린 내 열네 살 어린 영혼의 발자국 소리들이 이제는 흘러가버린 세월만큼 두꺼워진 가죽구두 밑창을 뚫고 올라와 내 심장을 울렸다. 금방까지도 차분히 가라앉았던 가슴이 마구 뛰기 시작했다. 시냇물이 흐르는 곁으로 전에는 없었던 꽤 널찍한 농로길이 새로 놓여 있었지만 초저녁 어스름 속에 논둑길들이 옛날 그대로 몸을 보채듯 꿈틀대고 있었다. 누렁이와 함께 누볐던 언덕배기와 논두렁과 저수지 둑으로 이어지는 길목으로 한달음에 내달릴 수 있을 것 같았다. 별빛 아래서 눈에 익은 길들을 따라 되는대로 느리고 빠른 걸음으로 걸어보기도 하고 달려보기도 하였다. 그런데 몇 걸음 가지 못하고 이삿날 계단에서 느꼈던 현기증이 또 한 번 내습했다. 나는 그만 숨이 차서 그 자리에 멈추어 서고 말았다. 발밑으로 왠지 음산한 땅기운이 뻗질러 오르는 기분이 들었다. 나는 플래시를 다시 켜 들고 발밑을 비추었다.

'아 그랬구나!'

바로 그 자리는 내가 누렁이와 공동정범이 되어 철민네 검둥개를 살해한 바로 그 자리였다. 그날처럼 똑같이 가슴이 풀무질을 해댔다. 거기 가만히 서 있을 수가 없었다. 나는 죽은 검둥개를 매장한 곳으로 한 걸음에 달려갔다. 어둠 속에서도 나는 그 장소를 정확히 짚어냈다. 플래시를 볼록렌즈 초점처럼 맞추고 그 자리를 손으로 마구 헤집기 시작했다. 불과 얼마 파들어 가지 않아서 금방 하얀 뼈다귀가 드러났다. 별빛 아래서 그 뼈다귀는 상아처럼 희디희였다. 플래시를 더욱 가까이 밀착시키자 뼈다귀에 개목걸이가 묶여 있었고, 거기엔 조그만 직사각형으로 된 희끗한 표딱지가 함께 붙어 있었다. 그것은 다름 아닌 한자로 姜哲民이라고 까만 실로 박음질된, 죽은 철민의 중학교 이름표였다. 귀퉁이는 반쯤 삭았지만 까만 글씨 이름 석 자만은 너무도 또렷했다. 나는 무슨 악몽을 꾸면서 가위에 눌린 듯 목구멍에서는 외마디 소리도 나오지 않았다. 어떻게 저수지 물에 빠져 죽은 철민의 이름표가 검둥이 무덤에서 나온단 말인가. 나는 더럭 겁이 났다. 정신을 다 잡으며 다시 한 번 심호흡을 하고 나자 어렴풋이 기억의 실타래가 풀리기 시작했다.

'아, 그랬었지!'

철민이 녀석이 자기 이름표 실밥이 조금 뜯어졌다고 금방 새 것으로 바꿔 차고 나타나 헌 이름표는 자기 집 검둥이 목걸이에 부착시키고는 의기양양 하던 모습이 어제 일처럼 선연하게 떠올랐다. 나는 개뼈다귀와 철민이 이름표를 조심스럽게 수습했다. 내 손에 들린 검둥이의 뼈와 철민의 이름표는 허깨비처럼 가벼웠다. 그날 개의 주검을 망태기에 담아서 어깨에 메고 가던 때의 무게는 전혀 남아 있지 않았다. 그 동안 무심한 세월이 흘러 대결의 색깔은 퇴색하고 증오의 표피들이 한 꺼풀 한 꺼풀 허물어져 불면 금방이라도 하늘로 날아갈 듯 가벼워져 있었던 것이다. 나는 철민이 이름표와 검둥이 뼈를 그들이 노상 뛰어 다니던 저수지 둑 어딘가에 묻어 주리라 마음먹었다. 내 발자국을 따라 밤의 어스름이 안개꽃처럼 감싸 돌며 저수지 둑으로 나를 인도했다. 몸은 여전히 노곤하였으나 마음만은 명경지수처럼 맑아왔다. 나는 몇 줌 되지 않는 그 두 놈의 주검을 곱게 묻어주고 난 뒤 들국화가 하얗게 피어있는 저수지 둑에서 하늘을 올려다보았다. 별빛들이 저수지 밤바람을 타고 가물가물 떨고 있었다.

다음 날 이른 아침 얼마 되지 않는 돈을 어머니 손에 쥐어주며 앞으로는 자주 오겠다고 다짐을 놓고 서울로 향했다. 돌아오는 고속버스 속에서 회사 일은 전혀 신경 쓰이지 않고, 그날 한 밤 중에 주인집 정원에서 벌어졌던 검둥개와의 혈투가 내내 뇌리를 떠나지 않았다. 그날 밤 유리창에 어른 거리던 검은 물체의 잔영이 지워지지 않고 나를 무던히도 괴롭혔다.

"주인아저씨 계십니까? 저, 이층 방 총각입니다." 주인집에 도착한 즉시

나는 주인을 찾아 거실 문을 두드렸다.

"어서 오게. 거기 앉게나. 올 줄 알고 기다리고 있었네. 앉으라니까."

"아, 예." 나는 그 사람을 만난 지 얼마 되지 않았지만, 그토록 차분하고 또렷한 어조로 말을 할 수 있으리라고는 전혀 생각하지 못했다.

"회사는 어떻허구?"

"며칠 안 나가도 됩니다. 오면서 월차 휴가를 내놓았거든요."

"어디 먼 길 다녀온 모양인 것 같은데?"

"예, 제 고향엘 좀. 그런데 아저씨 개 값은 최고로 쳐서 물어드리겠습니다."

"이 사람! 성미가 급하기는. 난 자네가 처음 우리 집에 온 날부터 벌써 이런 일이 있으리라고 짐작하고 있었네."

"네에? 어떻게 그걸?"

"우리 검둥이가 자넬 보고 짖는 소리하고 자네 발걸음 소리를 듣고 그렇게 예감을 했었지."

"…?"

"자넨 아마 모를 거야. 작전을 나가면 말이야. 정글 속에서 울어대는 새소리 바람소리 물 흐르는 소리 하나까지도 신경이 곤두서곤 하지. 예감이란 게 있지 않나. 정글이란 평화스럽다가도 어느 샌가 음산한 소리로 돌변하곤 하거든."

주인아저씨는 눈을 지그시 감고 작전에 임하는 선임하사의 표정으로 입가에는 알 수 없는 엷은 미소까지 지어가며 말을 이어갔다.

"난 말일세. 월남전에서 두 눈을 잃었다네. 피아간에 숱하게 죽어 자빠지고 서로 유가무가 아무 전과 없이 전투는 끝나고 상황이 너무 급박하여 전사자의 시신도 제대로 수습 못한 채 전우의 목에 걸린 개목걸이만 뜯어 돌아오는 날이면 여기저기서 들려오던 그 음울한 소리란…." 주인아저씨의 눈에 이슬이 맺히는 듯했다.

"우리 검둥개란 놈이 자네를 처음 보았을 때, 분명 자네에게서 어떤 적개심 같은 냄새를 맡았을 거야. 개란 놈들은 낯선 사람이라고 무작정 짖어대지는 않거든."

"…그랬을까요?"

"어찌 되었든, 살아있는 생명체를 죽이고 싶도록 증오하다가 결국 죽이게 되는 행위는 소름끼치도록 무서운 인간의 심리겠지."

"죄송합니다. 하지만, 검둥이를 죽이고 싶도록 증오하지는 않았습니다."

"자네가 꼭 그렇다는 것은 아닐세. 전투에서 되도록 많은 적군을 사살하고 돌아온 날이면 도무지 잠을 이룰 수가 없었지. 베트콩 병사들의 까만 전투복을 흥건히 적시는 검붉은 피와 유달리 까만 눈동자가, 잠을 청하려면 망령처럼 되살아나곤 했었지."

"……."

"다 지난 일일세. 자네 지금 별 할 일 없으면 나랑 어디 좀 가세."

"어디를?"

"관악산 중턱에 가면 조그만 암자가 하나 있거든. 거기 나랑 좀 갔으면 하고."

"암자엔 왜 가시려구요?"

"죽은 마누라가 관악산 암자에 자주 갔었지. 작년 겨울 등산길에 추위에 떨고 있던 까만 개 새끼 한 마리를 주워 와서 길렀다네."

"아! 그랬군요."

"검둥이는 정원 쓰레기통 옆 비닐봉지에 담아 놓았어. 자네가 좀 들고 가야지."

미닫이 유리창문을 밀고 나오며 나는 다시 한 번 하늘을 쳐다보았다. 소나기를 잔뜩 머금은 먹구름이 서쪽으로 서서히 빗겨가고 있었다.

# 회색 사랑

<1부> 물레방아 도는데

  까두산요새 전투에서 살아남은 따이한 병사들의 얼굴은 치열했던 전투의 야릇한 흥분과 남쪽나라의 열기로 뒤범벅이 된 채 야전 막사로 돌아왔다. 청룡부대 5연대 3대대 11중대 말단 소총수 송창현 상병은 그제야 끈이 반쯤 풀린 군화 속에서 무언가 걸리적거리는 것을 감지했다. 군화 속을 헤집어 창현의 손에 들려나온 것은 전북 진안이 고향인 김복규 일병의 군번줄이었다. 피아간에 총알이 빗발치고 포성이 자욱한 까두산요새의 험준한 정글을 1미터 간격을 두고 포복으로 기어오르는 11중대원들이 하나둘씩 쓰러진다.

  "김 일병 김 일병! 야 새끼야, 김복규! 쫌 일어나라!"

  송 상병이 악을 쓴다. 김 일병은 핏물이 흘러나오는 입가에 온전히 발성되지 못한 몇 마디 음절을 남긴 채 숨을 거두었다. 그때 분대장 오명진 중사의 다급한 목소리가 정글 속을 울린다.

  "야 임마 뭐하나? 송 상병! 김 일병 군번줄 빨리 수습해!"

  살아남은 병사들은 형언키 어려운 별의별 표정을 지으며 막사 근처에서 전리품을 정리하고 아군의 전상자를 처리하느라 부산했다. 창현은 유독 자기를 따르던 김복규 일병의 질긴 목숨을 지탱한 군벌 줄을 전사자 처리 조장 박태원 하사한테 넘기며 한바탕 굵은 눈물을 쏟았다. 벌써 남국의 정글에는 밤이 내리고 있었다. 군데군데 터진 막사의 천장 사이사이로 나트랑 항구의 밤하늘 별빛들이 꿈결인 듯 가물거리고, 열대의 습윤한 바람을 타고 막사 주변의 자리공 이파리들이 무슨 유령인 듯 흔들거렸다. 검게 익은 자리공 열매에서 뿜어져 나오는 강렬한 내음이 창현의 폐부로 파고들었다. 자리공의 검붉은 열매는 따이한 병사들의 총구를 떠난 총알에 까만 전투복을 붉게 물들이며 죽어가던 베트콩들의 눈동자처럼 음산했다.

  송창현은 중학교 2학년 5월 말에 일주일간 농번기 방학을 맞았으나 자기 집 논밭이라곤 오징어 귀때기만도 못해서 논밭에 나가 부모를 도울만한 일도 딱히 없어 그저 빈둥대다가 바로 이웃한 연포마을 물레방앗간에나 놀러 갈까 궁리를 했다. 창현이 아홉 살에야 초등학교를 들어가는 바람에 여태까지 같은 학년이 된, 한 살 아래 강정옥을 불러낼 참이었던 것이다. 너럭바위산에서 흘러내리는 냇물로 돌아가는 물레방아 옆으로 겨우 달아낸 초가집이 하나 있었고 그곳이 바로 정옥이 아버지와 단 둘이 사는 집이었다. 창현은 휘파람을 불며 그날따라 별나게 까불거리면서도 혹 동네 친구들과 부딪힐까봐 슬슬 눈치를 살피며 옆 마을로 향했다. 유독 붉은 황토 흙이 몸을 있는 대로 드러낸 언덕배기에 이르자 아카시아 꽃향기가 코에 스멀거렸다. 창현은 중학교 입학 후 삼거리 만물상회에서 처음 맛보았던 롯데 아카시아껌이 불현듯 생각나 침을 꿀꺽 삼켰다.

  황토 언덕을 막 넘어서자 왼편짝으로 누렇게 익어가는 보리밭이 눈에 들어왔다. 늦봄의 따사로운 바람을 타고 보리밭이 금물결로 일렁거렸고 그때마다 마음은 마냥 설레었다. 예상 대로였다. 보리밭가에 심겨진 뽕나무에는 까만 오돌개가 가시내 젖멍울처럼 여물고 있었다. 창현은 아주 어릴 적부터 유난히 오돌개를 좋아했던 터라 잠시 물레방앗간 정옥은 까맣게 잊어버리고 오돌개를 따먹느라 정신이 없었다. 창현의 모습을 지켜보는 사람은 하나도 없었으나 갑자기 가슴이 두근거리고 얼굴이 붉어졌다. 그때였다. 보리밭 너머 너럭바위산 위로 검은 적란운 구름떼가 곤두서며 몰려오는가 싶더니 금세 소나기가 내리기 시작했다. 창현은 소나기를 피할 생각은 아예 없었다. 늦봄에 내리는 비는 약비라서 비를 맞으면 키도 크고 몸매도 멋지게 자란다는 밑도 끝도 없는 말을 어디선가 들은 터였다. 오돌개 물이 배기도 했으려니와 꽤나 세차게 퍼붓는 소나기 때문인지 입술이 퍼렇게 되어갔으나 가슴 두근거림은 한결 잦아드는 듯했다. 창현이 후줄근하게 젖은 채 두 마을 사이를 가로지르며 흐르는 냇물을 막 건너려는 찰나 무슨 희끗한 물체가 냇물에 떠내려 오는 것이 보였다.

"쩌것이 뭐시까?"

두 쪽으로 연결된 동그란 하얀 물체가 돌다리를 감돌아 아래쪽으로 떠내려가려는 순간, 창현은 이끼 낀 돌을 잘못 밟아 삐끗 미끄러지면서 물속으로 첨벙 엎어져 하얀 뭉치에 코를 박고 말았다. 만져 보면 그것은 아래 삼거리 정미소 옆 전방에서 파는 동그란 찐빵처럼 부드러울 같다는 생각이 설핏 스쳐갔다. 창현은 도둑질하다 들킨 사람처럼 누가 볼세라 거동을 재빨리 수습하려 했으나 아까 보리밭에서처럼 또 한 번 가슴이 요동쳤다. 창현이 고개를 들어 물레방앗간을 바라보자 조금씩 멈추어가는 빗줄기 속에서 비누냄새가 나는가 싶더니 어느새 빗물에 흠뻑 젖은 정옥이가 가슴에 두 손을 모으고 냇가에 서서 창현을 쏘아보고 있었다. 하얀 블라우스도 몽땅 젖어 있었다. 정옥은 저수지 아래로 흐르는 작은 계곡에서 빨래를 하다 뜻하지 않게 소나기를 만난 모양이다.

"너 손에 든 거 이리 내놔!"

"…?"

"얼릉 안 내놔?"

"뭘?"

"니 손에 들고 있는 것 말이여!"

정옥은 창현이가 망연히 서있는 냇물 속으로 성큼 내려와서는 창현의 손에서 하얗고 보드란 뭉치를 낚아채더니 획하고 몸을 돌려 물레방앗간 쪽으로 달아나버렸다.

전쟁터라고 맨날 전쟁만 하는 것은 아니었다. 멀리서 이따금씩 들려오는 포성 속에서도 새가 날고 꽃이 피고 열매를 맺었다. 까두산요새 전투 후 한동안 전쟁은 소강상태로 접어들었다. 병사들은 저마다 빛바랜 사진을 꺼내보거나 편지를 쓰면서 귀국 날짜를 꼽아보는 측도 있었다. 송창현 상병은 윗주머니에서 중학생 세일러복을 입은 정옥의 사진을 꺼내보았다. 창현은 중학교 2학년 늦은 봄날 소나기에 젖은 정옥의 가슴을 떠올리며 또 한 번 전율했다. 가시내도 참!

교문 입구에 '이루어서 전진하자'라는 교훈이 바윗돌에 새겨진 성진(成進) 중학교의 스물 대여섯 명 남짓 3학년 학생들은 너무나 빨리 와버린 졸업을 숙명적으로 받아들이고 있었다. 졸업식 날 늙수그레한 교장의 환송식 말씀은 자못 비장감마저 들었고 콧날을 시큰거리게 했다.

"사랑하는 졸업생 여러분! 졸업은 끝이 아니라 또 하나의 시작입니다. 제군들 앞날에 부디 영광 있으라!"

영광이고 뭐고 학교를 벗어난 열일곱 살 풋내기 청춘들은 대부분 갈 곳이 딱히 없었다. 그래도 운 좋게 고등학교에 진학하게 된 몇 친구들로부터 부러움을 온몸에 받았다. '맬젓장시 딸년'이라고 놀림을 받던 윤혜경은 엄마가 오일장에서 억척스럽게 멸치젓을 팔아 번 돈으로 읍내 성요셉여고에 들어가게 되었고, 농지개량조합장 아들 박용배는 강진농고에 입학하는 행운을 얻었다. 혜경이야 공부를 그런대로 잘하는 편이었고 심성도 고와서 머슴애들이 틈만 나면 맬젓장시 딸이라고 놀려도 화 한 번 내지 않고 배시시 웃을 뿐이어서 성요셉여고에 들어간 것을 두고 너나할 것 없이 참 잘된 일이라고 칭송했다. 하지만 용배 녀석이 농고에 진학한 것에 대해서는 말들이 많았다. 공부는 둘째치고라도 돈을 좀 만지고 나름 위세가 있는 자기 아버지만 믿고 날뛰는 폼이 농업학교와는 영 안 어울리는 일이었고 그것도 등록을 포기한 학생의 빈자리를 메우는 보결 입학이라는 소문이 자자했던 것이다.

삼거리 정미소를 지나자 월출산을 넘어온 북서계절풍이 한바탕 불어오는가 싶더니 이내 가느다란 눈발들이 갈 길을 잃은 듯 형편없이 나부낀다. '정처 없다'는 말이 갓 졸업을 맞이한 어린 청춘들에게 문득 체감되기 시작한 때문이었을까, 누구하나 먼저 입을 연 친구가 없었다. 평소 그토록 풋풋하고 명랑하기 짝이 없던 정옥이도 말이 없기는 마찬가지였다. 낡은 트럭이 저 멀리 산비탈을 넘어 소실점으로 사라지고 나자 신작로에는 채 연소되지 못한 기름 냄새가 스멀거리고, 말없이 걸어가는 청춘들의 헤진 운동화 밑에서 올라오는 자갈돌 부딪히는 소리만이 침묵의 시공 속으로 파고들곤 했다. 아무래도 안 되겠다 싶은 쪽은 성질 급한 창현이었다. 답답한 가슴을 달랠 길 없다는 안타까움이 좌심방을 옥죄어오자 창현은 매우 도발적인 제안을 했다.

"야 느그들아, 우리 술 한 번 마셔볼까? 내가 사올텡께야."

"······."

"저기 모퉁이 정씨 제각에서 쪼끔만 기다리고 있어라잉."

창현은 친구들을 제각에 잠시 머물도록 당부해놓고는 센뻬이과자 등속을 파는 가게에 들렀다. 가게 안에는 토종닭 염통처럼 생긴 5촉짜리 전구가 조는 듯 희미한 불빛을 던지고 있었다. 본래는 그저 탁주라도 한 병 사올 요량이었으나 창현은 먼지가 택택 끼어있는 진열대 위에서 붉은 유혹의 빛깔을 기어코 훔쳐보고야 말았다. 그것은 전혀 예상치도 못한 일이었다. 다시 한달음에 제각으로 달려간 창현은 두런두런 이야기를 나누는 친구들에게 살짝 배신감이 들기도 했으나 그게 무슨 대수이랴 싶게 친구들 앞에 붉디붉은 두 홉들이 술병을 내밀었다.

"이것이 뭔 술인지 아냐?"

"???"

"요것은 포도껍질로 맹근 포도주여 알간?"

"포도주라고?" 유장식이 미간을 약간 찌푸리며 되묻는다.

"그래 임마! 쩌그 프랑스 사람들은 밥 묵기 전에 한 잔씩 하기도 하고 애인끼리 키…아니 크큭."

"아니, 뭔 말을 하다가 말어?" 정옥은 언제 그랬냐는 투로 예의 명랑성을 되찾으며 눈을 반짝였다. 윤혜경은 좀 눈치를 챈 듯 얼굴이 붉어졌다.

"짜식 너는 워디서 요상한 것을 잘도 주워 오더라잉?" 투박하기로 둘째가 라면 서러울 하대성이 웬일로 정색을 한다.

"아래뜸 사는 경태 형이 보여준 아리랑잡지에서 봤다니까. 히히."

"대체 뭣을 봤다는 거냐?"

"남자 여자가 서로 부둥켜안고 춤을 추다가 포도주를 마시면서 뽀뽀도 한다더라!"

"미친놈들 아녀!" 장식이가 퉁명스럽게 받는다.


송창현은 사십이 가까울 무렵에 막내 이모가 살고 있는 경기도 성남시 은행동에 차린 코딱지만 한 다도해슈퍼에서 일과를 마치고 홀로 지하방에 지친 몸을 뉘였으나 그날따라 잠이 오지 않는다. '내가 중학교 졸업식 날 미치지만 않았어도…, 역시 물레방앗간은 위험해 흐흐.' 창현은 다시 1층 가게로 올라온다. 창현은 몇 달 동안 팔리지도 않는 채 진열대 구석에 놓여있는 싸구려 국산 포도주병을 쓰다듬어 보다가 흠칫 놀란다. 몸이 뜨거워져 왔기 때문이다. 창현은 다음 주 일요일부터 그리 멀지 않은 은혜교회에 나가기로 마음먹은 터라 늘 마음일랑 정갈해야 한다는 믿음 아닌 믿음으로 며칠 째 술을 멀리하고 있었으나 마지막 제(祭)라도 올리는 심정으로 포도주병 마개를 따서 몇 모금의 술을 목으로 넘겼다. 달착지근한 맛은 여전했

74

다. 그러자 정옥의 얼굴이 떠오르며 해병대 전입 동기 고웅석 이등병의 절절한 기도소리가 환청처럼 울린다.

"오늘 하나님의 보혈로 아픔과 죄 사함을 씻었으니 송창현 이등병 마음속에 평강이 충만하기를 예수님의 이름으로 기도드리옵나이다. 샬롬!"

창현은 중학 졸업 후 얼마 안 되어 강진 남포에서 외갓집 사촌형을 도와 짱뚱어 잡이로 3년 간 꼬박 모은 돈을 아랫마을 하대성의 꼬임에 빠져 몽땅 날려먹고 충동적으로 해병대를 지원했던 게 아닌가. 창현은 녹색의 별 모양을 한 해병대 모자와 빨간 명찰을 달고 꿈에도 그리던 첫 휴가를 나왔다. 고향 삼거리 정류장에서 버스를 내린 송창현 이등병은 무서울 것이 없었으나 정옥이를 만나려면 여전히 용기가 필요했다. 포도주는 그이에게는 무슨 죄업의 탑을 당당하게 쌓아올리는 역설적인 도구라도 되는 것일까. 4년 전 중학교 졸업식 날 들렀던 가게의 주인아줌마는 고개를 떨구고 졸고 있다가 창현의 군화 발자국 소리를 듣고 입가를 훔치며 고개를 든다.

"필승! 안녕하십니까! 무엇에 쓰려고 팔리지도 않는 포도주는 꼭 갖다 놓습니까?"

"지랄허고 있네. 내 마음이여 워쩔겨?"

"아니어라, 괜히 해본 소리고요. 어쩌면 요로코롬 내 마음을 잘 아실까잉. 흐흐."

초가을 햇볕이 내리쬐는 들길을 따라 창현의 가슴에 안긴 포도주병의 볼록한 부위가 점점 따스해지기 시작했다. 창현이 군대에 간 사이에 동네마다 전기가 들어와 정옥네 물방앗간으로 곡식을 찧으러 오는 발길이 끊겼다고 한다. 마을 유지가 전기모터를 설치하여 번듯한 정미소를 차렸다는 소식은 정옥의 편지를 통해서 알고 있었다. 창현은 상여집이 훤히 보이는 언덕을 막 넘어서자 그리운 물방앗간이 보였다.

'아니, 아직도 물방아는 돌아가고 있는디?'

창현은 불쑥 의아한 생각이 밀려왔으나 전기로 돌아가는 정미소가 생겼다고 한들 너럭바위산 아래 계곡 물길은 쉬지 않고 흘러내려 물방아를 돌리는 것이라는 생각이 들자 안도했다. 정옥은 싸리나무로 얽어 만든 사립문을 살며시 잡은 채 미소를 머금고 새카만 송창현 이등병을 향해 탐진강의 반짝이는 윤슬처럼 손을 흔들었다.

"보고 싶었다 정옥아!"

"……."

창현은 정옥의 손을 덥석 잡았으나 정옥은 예의 명랑성은커녕 우울한 낯빛이 역력했다.

"나 내일 모레 떠나…."

"워디로?"

"목포로."

"뭣할라고?"

"아부지가 많이 아프셔."

"느그 아부지를 목포 콜롬방병원에 모시고 가려고?"

정옥은 고개를 가로로 저었다.

"나 목포 삼학봉제공장에 취직했어. 내일 모레 떠나…."

"그랬구나. 어쩌냐."

"뭐가 어쩐다는 거여?"

"아니, 그냥."

"그냥이 뭐여. 너답지 않게. 귀신 잡는 해병이 뭐 그런대?"

정옥은 입을 삐죽거렸다. 그 순간 창현은 정옥을 와락 끌어안았다. 그 서슬에 그때까지 창현의 가슴에 안겨있던 포도주 병이 땅바닥에 떨어져 박살이 나면서 검붉은 액체가 핏물처럼 스무 살 청춘들의 발목을 흥건히 적셨다.

"오메 이것이 뭐당가?" 그때서야 정옥은 창현의 가슴팍을 밀쳐내며 소스

라친다. "괜찮여!" 창현은 눈을 동그랗게 뜨고 쳐다보는 정옥의 콧볼을 비틀며 달랬다.

"나 내일 모레 떠나."

"오늘 세 번씩이나 떠나냐? 벌써 목포 용댕이 부둣가에 도착하고도 남겄다야."

"떠나는 날 못 볼지도 모릉께 이거나 받아줘."

"뭐신디?"

"꼭 휴가 마치고 귀대해서 풀어봐. 내가 미나리밭에서 번 돈으로 산 선물이여."

꿈만 같은 6박 7일의 휴가를 마치고 송창현은 귀대 길에 올랐다. 창현은 정옥이 목포로 떠나는 날 삼거리 정류장까지 따라갈 참이었으나 그러지 말라고 한사코 말리는 정옥을 향해 물레방아가 바라보이는 황토 언덕배기에서 손을 흔들었다. 정옥은 배추흰나비처럼 하얀 손수건을 흔들었다. 아, 하얀 손수건!

귀대해서 내무반에서 몰래 선물을 풀어보라는 정옥의 신신당부에도 더 이상 궁금함을 참지 못하고 귀대 버스 맨 뒷자리로 가서 자그마한 선물꾸러미를 풀어보았다. 상자 안에는 수저통만한 크기의 물건이 하얀 손수건에 감싸여 있었다. 가슴이 두근거린다. 하얀 손수건에는 보라색 자수실로 "인내는 쓰다. 그러나 그 열매는 달다"라는 문구가 아로새겨져 있었다. 손수건을 마저 벗겨내자 분홍색 편지지와 함께 알몸이 드러났다. 만년필이었다.

창현씨에게!

씨라고 불러보니 쑥스럽네요

부디 몸 조심하세요.

"송창현 이등병 휴가 마치고 귀대 신고 합니다. 해병!"

"쉬엇!" 미친개라는 별명으로 악명 높은 중대장의 눈빛이 번뜩였다.

"너 이 새끼! 왼편 윗주머니에 차고 있는 게 뭐여?"

"아 만년…, 만년필입니다."

"어디서 주운 거얏?"

"예, 주운 거 아닙니다. 정옥이, 아니 애인이 선물한 것입니다."

"애인? 짜식 가지가지하네."

미친개는 미친년 널 뛰 듯 양팔을 휘두르며 송 이병의 가슴팍에 주먹을 퍼부었다.

"시정하겠습니다!"

"야 임마! 누가 요따위 것을 주머니에 꽂고 다니라고 했냐? 군기가 빠져 가지고. 야 새꺄! 장교들도 그딴 것 윗주머니에 꽂으면 안 되는 것 몰라. 쨍 쫄병 주제에."(퍽퍽 퍼버벅)

퍼버벅 퍽퍽 아비요! 이것은 홍콩 배우 이소룡의 입에서 나오는 소리가 아니었다. 흠씬 얻어터진 창현은 내무반에 돌아오자 유독 왼쪽 가슴에 심한 통증을 느꼈다. 손으로 가슴을 만져보았다. 핏물이 퍼런 군복을 뻘겋게 물들이고 있었다. 미친개의 주먹세례에 만년필이 깨지면서 만년필 펜촉이 가슴을 찌른 모양이었다. 창현은 닭똥 같은 굵은 눈물을 쏟고 말았다. 창현은 정옥이가 하얀 손수건에 곱게 싸서 선물한 만년필이 그토록 가슴팍을 쓰리게 할 줄은 몰랐다. 창현은 산산이 흩어진 만년필의 혼령은 이제 부르다 내가 죽을 이름이 되었다고 망연자실하지 않을 수 없었다.

가슴의 통증이 아직 남아있던 며칠 후 송창현은 일병으로 승급하고 야간 경계 근무를 끝마친 후 내무반에 들어서자 내무반 공기가 뭔지 모르게 뒤숭숭했다. 부대원들은 하나같이 긴장한 낯빛이 역력했다. 창현은 전입 동기이자 함께 승급한 고웅석 일병의 귀에 대고 속삭이듯 물었다.

"뭔 일 있었냐?"

고 일병은 집게손가락을 자기 입에 세로로 갖다 대면서 더 이상의 물음을 막았다. 하기야 창현도 며칠 전부터 부대 전체가 긴장하는 분위기 속에 감싸여 있다는 점을 나름 감지는 하고 있었다. 그래서 귀대하는 날 미친개 중대장이 더욱 미친 듯이 그에게 구타를 했나 싶었다.

"각 소대에게 전달한다. 각 소대 근무 조를 열외하고 각 소대원은 한 명도 빠짐없이 정위치 한다. 이상 전달 끝."

잠시 후 소대장들은 각기 하얀 모나미 볼펜이 노끈에 매달린 메모장을 하나씩 들고 잰걸음으로 자기 소대 내무반으로 들어간다. 3소대 상급 병들은 의례 있는 일이려니 하고 느긋한 자세를 취하고 있었으나, 송 일병과 고 일병은 자기 침상 앞으로 한 뼘 간격을 두고 손을 무릎에 가지런히 얹은 채 부동자세로 눈을 끔벅이며 숨을 몰아쉬고 있었다.

"소대원은 잘 듣기 바란다. 우리는 귀신 잡는 해병이다. 호명하는 병사는 일주일 후 월남전에 참전하는 청룡부대 사단으로 차출이다. 나머지는 여기 남는다. 차출 병은 내일부터 4박 5일의 특별 휴가를 명한다. 이상!"

청룡부대로 차출되는 병사들의 이름이 불릴 때마다 내무반의 공기는 전율에 휩싸이곤 했다. 마지막으로 송창현 일등병의 이름이 불려졌다.

"옛! 송창현 일병, 청룡부대 차출을 명받았습니다."

송 일병은 총 7명의 상급 차출 병들이 행하는 방식대로 소대장의 단호한 명령을 큰 소리로 복창했다.

"어떤 놈들은 좋겠다. 공짜로 큰 배 타고 외국에도 나가보고 코쟁이가 주는 하루 생명 수당 1달라도 받고, 우리는 순전히 쭉쟁이구만."

'남는 자'에 포함된 왕고참 홍규헌 병장이 '떠나는 자'들을 비꼬는 투로 보아 월남 땅은 굳이 갈 곳이 못되는 듯 보였다. 소대장이 떠난 후 내무반은 기묘한 분위기에 휩싸였다. 이름이 불린 병사와 그렇지 않은 병사 사이에는 서로의 가슴을 짓누르는 바리케이드가 쳐진 것 같았다.

"야, 고웅석 일병 이리 와 바라!"

"옛 일병 고웅석!"

"너 말이다잉. 너가 좋아하는 하늘님한테 물어서 가라지와 쪽쟁이를 좀 알어묵게 설명해 줄래?"

"하나님은 그런 것까지는…."

"뭐라고? 너 임마, 맨 날 시간만 나면 기도하면서 그런 것도 모른다고?"

사실 고웅석 일병도 청룡부대에 뽑히지 않았으니 이것 또한 하느님의 뜻이런가. 모름지기 군대는 줄을 잘 서는 것이 장땡인지라 생명수당도 받고 잘만 하면 훈장도 타는 전쟁터가 더 나을지도 모른다는 생각이 창현의 머릿속을 어지럽힌다. 어디 군대뿐이겠는가. 아직은 스무 한 살 풋내기 인생일망정 칼라하리사막의 모래바람처럼 한 토막 인생의 고비를 넘어가는 갈피들이 창현의 가슴 속에서 서걱거린다.

정기휴가를 마친 지 며칠 되지 않아 또 휴가 길에 나서는 창현은 혹 자기가 탈영이라도 한 게 아닌가 하고 놀라실 부모님 생각에 먼저 걱정부터 앞선다. 고향의 삼거리는 언제나 포근했으나 버스에서 막상 내려선 발길이 무거웠다. 잠시 눈을 들어 돌아보니 면사무소 건너 성진초등학교 운동장 한편에서 아이들 노래 소리가 들려온다.

자유통일 위해서
조국의 이름으로
임들은 뽑혔으니
가시는 길 월남땅
하늘은 멀더라도
보내는 가슴에도

떠나는 가슴에도…

창현은 눈물이 핑 돌았다.


정옥의 아버지 강진구는 목포로 떠난 딸 생각에 또 회한에 젖는다. 물레
방앗간 옆으로 달아낸 방에 홀로 누워 바닥 밑으로 꺼질 듯 한숨을 쉬었다.
'대체 정옥이 년을 으째야쓰까?'
강진구는 다섯 살 때 광주 대인시장에서 미아로 발견되어 남광파출소에
인계되었고 동명동 철길 옆 형제고아원에 들어온 것으로 기록되어 있는 것
으로 보아 엄마를 따라 시장터에 나왔다가 순간 길을 잃은 게 분명했다. 강
진구가 연포 방앗간에서 일꾼살이를 한 것은 스무 살이 되던 해였다. 고아
원 원생들은 열아홉 살이 되면 고아원을 나와야 하는 규정에 따라 고아원
동기들과 함께 한 많은 고아원 생활을 끝내고 눈물로 작별의 인사를 나누
며 뿔뿔이 흩어져 간다. 진구는 마지막 고아원 문을 나서며 하늘을 한 번
올려다보았다. 옅은 구름 한 조각이 한가로이 남쪽으로 흐르고 있었다. 어
디로 가야 하나? 참으로 막막했다. 그때 동기 철만이가 씨익 웃으며 진구에
게 그럴싸한 제안을 한다.
"진구야 너 갈 데 없지? 나랑 강진으로 내려가자."
"강진? 거기가 어딘디?"
"강진에 우리 고모가 살잖냐. 고모가 얼마 전 고아원으로 마지막 면회를
왔을 때 고아원에서 나오면 고모 동네로 내려와 농사일도 도우며 살 궁리
를 해보라고 하더라. 너도 같이 가자."
"너만 오라고 했을 텐디 고모가 좋아할까?"
"바쁜 일손 도와준다디 너를 반대할 이유는 없을 거여."
철만의 예측은 빗나갔다. 너 혼자면 되는디 뭐하러 검은 머리를 하나 꿰

차고 왔느냐는 고모의 원망에 진구는 몸 둘 바를 몰랐다. 철만이 고모는 그래도 친구라는디 그냥 돌려보낼 수 있었냐는 표정을 짓더니 지난 오일장날 우연히 들려오는 말이 언뜻 떠오르는 모양이었다. 그것은 건너 마을 물레방앗간에서 일꾼을 구한다는 소식이었던 것이다.

곡식을 찧으려 물방앗간에 들르는 아낙네들은 번듯하게 생긴 진구를 두고 한 마디씩 거든다.

"아니, 워디서 이런 튼실하고 잘생긴 일꾼을 데려 왔당가?"

"이런 데서 일하게는 안 생겼는디잉."

"우리 사우 삼었으면 좋겄다야."

이러한 소문은 냇물을 따라 저 멀리 수암산 아래 마을까지 퍼진 모양이었다. 품삯도 다른 곳보다 싸게 받고 일도 깔끔하게 해준다는 소문에 가을걷이가 끝난 후 곡식을 찧으러 오는 아낙네들로 연포 물방앗간은 성시를 이루었다.


송창현 일병은 4박 5일의 특별 휴가 첫날을 고향집에서 보내고 목포로 향했다.

'그새 정옥이는 잘 있을까?'


〈2부〉 스치다 스미다


창현은 목포행을 결심한다. 성진삼거리에 서면 꼭 들리는 푸짐한 말소리들이 있다. 차표도 끊고 버스노선도 관리하는 젊은이와 귀가 좀 어두운 노인들과의 대화는 늘 재미난 유머거리였다.

"워디 가는 빤스요?" 노인이 묻는다.

"목포 용댕이 가는 고쟁이요. 갈라면 가고 말라면 말더라고 오라잇!" 젊은이의 낭랑한 사투리가 울려 퍼지면 삼거리는 와자하게 웃음소리가 넘쳐난다. 송창현 일병도 모처럼 귀에 익은 고향의 목소리에 웃음을 보이며 목포 행 버스에 오른다. 송 일병을 태운 금성여객 버스는 우뚝 솟은 별뫼산을 끼고 돌더니 송아지가 한가로이 풀을 뜯는 독천(犢川)을 지나 터덜터덜 비포장 도로를 마저 달린다. '고쟁이'로 비유되던 목포 용당포구 종착점이 코앞이다. 창현은 정옥이가 보내준 편지지에 적힌 주소를 꺼내 본다.

창현은 목포 대반동 종점 행 시내버스를 타고 구불구불한 해안도로를 달린다. 차창 밖을 내다보니 웬 젊은이가 철제 구조물이 달린 오토바이에 한쪽 발을 땅에 내리고 신호등에 걸려 달달거리고 있었다. 네모난 철제 구조물에는 여자가 난간을 붙잡고 앉아 있는 게 아닌가. 푸른 신호등이 켜지자 오토바이는 쏜살같이 파도 뒤쪽으로 사라진다.

창현은 차창으로 스며드는 따스한 봄 햇살 때문에 잠시 꿈을 꾼 것인가? 창현은 꿈이 많은 젊은이였다. 창현의 가슴 속에 용솟음치는 꿈의 층위는 하도 넓고 깊어서 하루에도 여러 번 꿈을 꾸고 꿈이 수시로 바뀌었다. 한참을 더 달리자 대반동 종점이 가까웠는지 승객은 이제 창현 혼자뿐이다. 운전수가 룸미러를 힐끔거린다. 그러던가 말던가, 창현은 푸른 바다를 끼고 고기잡이용 어구나 배의 닻을 만드는 간이공장에 눈길이 스친다. 텅텅 쇠뭉치를 때리는 소리에 창현의 가슴이 뛴다. 중학교 졸업식 날 정씨네 제각에 숨어 친구들과 붉은 포도주를 몇 모금씩 나눠 마시고 쇠절구공이가 텅텅 곡식을 찧는 물방앗간 뒷전에서 처음으로 정옥이와 입맞춤을 나누지 않았던가. 창현의 가슴은 붉게 물들어갔다.

삼학봉제공장은 개나리 진달래가 지천인 유달산 아래에 자리 잡고 있었다. 듬성듬성 박힌 판잣집 담벼락 위로 바다로 이어지는 까맣게 낡은 와이어 줄에 노인들의 빨간 내복들이 봄바람에 나부끼고 있었다. 정옥은 보이지 않았다. 갑자기 닥친 일이라 온다는 기별도 하지 못하고 불쑥 정옥을 찾아온 것이 잘못이었을까? 불안의 갈기가 창현의 가슴팍을 한바탕 훑고 지나간다.

"강정옥은 아파서 며칠 쉰다던디?" 재단사로 보이는 40 중반의 사내가 창현에게 호의를 보이며 말했다.

"아니, 정옥이가 어디 아팠나요?"

"나야 그것까지는 잘 모르지."

"정옥이는 근무는 착실히 했나요?" 창현은 정옥으로부터 군사우편이 점점 뜸해져 간다는 느낌을 새삼 떠올렸다.

"으응. 정옥인 얼굴도 예쁘고 바느질 솜씨도 좋고 싹싹하고 노래를 잘 불러서 여기선 인기가 정말 좋지. 언니들이 수시로 노래를 시키면 마다 않고 부르곤 한다니까."

그때 봉제공장 입구에 노란색 택시가 한 대 멈추더니 젊은 사내가 먼저 내리고 뒤이어 정옥이 내리는 모습이 눈에 들어온다. 창현은 눈을 곤두세우며 그들을 바라본다. 정옥이와 창현의 눈이 마주친 것은 사내가 다시 택시에 올라타고 사라진 뒤였다.

"정옥아 어디 아팠어?"

"으응 좀 마음이. 근데 웬일이야? 또 휴가 나왔어? 연락도 없이? 혹 탈영한 거 아니야?"

창현은 정옥이가 예전처럼 밝고 명랑해서 안도했으나 말투가 예전 같지 않아 다시 불안해지기 시작했다.

"여기서 잠깐만 기다려. 금방 퇴근 도장 찍고 나올게(요)."

둘은 황혼이 내리는 서녘바다를 바라보며 대반동 간이주점에 마주 앉았다. 잠시 뜻지 않는 침묵이 흘렀다.

"왜 말끝에 '~요'를 붙일락 말락 하는 거여? 전엔 안 그러더니?"

"나도 나를 잘 모르겠어(요)."

"음마 또 그러네. 예전처럼 편하게 말하자 우리."

"나 카수 될래(요)."

"아니 뜬금없이 카수라니?"

"창현씨는 꿈이 뭐예요?"

꿈이란 말에 창현은 가슴이 턱 막혔다.

"나 4일 후면 부산에서 배를 타고 월남으로 떠나."

정옥은 그다지 놀라는 눈치가 아니었다.

"창현씨가 지원했어?"

"아니 뭐…. 그런 셈이지 뭐."

둘은 거의 동시에 아나고회 안주 곁에 놓인 맥주를 들이켰다.

"나 서울 음악학원에서 가수를 시켜준다는 연락을 받았어. 예명은 정세희."

"정세희라고야? 차라리 옥정이라고 하지 왜?" 창현은 약이 올라 정옥에게 비아냥대듯 역정을 냈다.

"정옥은 촌스럽잖어. 옥정은 무슨 기생이름 같고."

"그런디 아까 같이 택시타고 온 놈은 누구야?"

"놈은 아니고, 꽤 괜찮은 사람이랑께! 서라벌예술대학 댕기다 휴학 중이라더라."

정옥은 두 잔째 맥주를 목으로 넘기더니 목청이 제법 높아지면서 예전 말투로 돌아왔다.

"그놈이 음악학원에 다리를 놔준 거구만?"

"그렇당께! 그리고 그 사람한테 놈놈 하지 말어!"

"좋기도 하겠다. 카수는 아무나 한다냐? 노래 잘 하는 사람이 너 말고도 쎄고 쎗는디야."

둘의 대화는 어긋나고 있었으나 물방앗간 첫 입맞춤의 짜릿한 기억만은 서로 합치하고 있었다.

  중학교를 졸업한 다섯 명의 어린 청춘들은 처음부터 갈 길이 정해진 양 묵묵히 제 길로 접어들었다. 창현은 강진 남포리에 사는 외사촌 형을 따라 탐진강 여울목 뻘밭을 넘나들며 짱뚱어 잡이로 나섰고 하대성은 읍내 술도 가 막걸리통 배달꾼이 되었다. 정옥은 물레방앗간 일꾼인 아버지의 뒷바라지를 하면서 동네 미나리꽝에서 일손을 도와 푼돈을 모으고 있었다. 성 요셉여고에 진학한 맬젓장시 딸년 윤혜경은 금당 마을 주막 앞 정류장에서 매일 아침 다소곳이 책가방을 들고 읍내로 가는 버스를 기다리는 모습은 친구들의 부러움을 사기에 충분했다. 유장식은 홀어머니와 살아가는 소년가장이나 다름없었다. 어찌어찌해서 중학을 겨우 마칠 수 있었고 공부는 꽤 잘 했으나 고교진학은 아예 꿈도 꾸지 못했다.
  "장식아, 니 재능이 아까워서 하는 말이다. 일단 광주무등고 입시에 응시는 해봐라." 장식의 담임선생은 느긋하게 장식을 달랜다.
  "……"
  "일단 무등고 합격만 하면 무슨 수가 나지 않겠냐?"
  "선생님, 그것은 저의 길이 아닌 것 같아요." 장식은 마음에도 없는 엉뚱한 말을 하고 나자 마음속은 더욱 혼란스러웠다. 명문인 무등고등학교에 들어가기만 하면 인생이 황홀하고 만사형통일까? 열일곱 미완의 장식에겐 무등고 입학은 엄청난 압박과 짐이 되었다. 하지만 결국 장식은 무등고 입학시험에 합격했고 그의 무등고 등록금과 자취방을 마련하기 위해 담임과 학교 선생님들이 적극적으로 나섰다. 성진농협과 우체국, 보건소 직원들도 모금에 동참했던 것이다.
  "장식아 잘 가라. 넌 우리 마을의 희망인께, 공부 열심히 하고잉."
  유장식과 송창현은 집이 바로 이웃인 까닭도 있었으나 말문이 트이고 조금씩 밖으로 돌기 시작한 때부터 유달리 둘이서 꼭 붙어 다니는 모습은 옆 동네까지 소문이 날 정도였다. 장식은 창현과 헤어진다는 것이 실감이 나지 않았다. 장식은 홀로 남을 어머니는 산등성이에서 겨우 떼어놓았지만 삼거리 정류장까지 따라온 창현이가 외려 야속하다는 생각이 밀려와 콧날이 시큰해온다.

"그려. 잘 지내라. 편지할게."

장식은 눈물로 광주행 버스에 몸을 실었다. 인생살이에서 헤어짐이란 가슴 아픈 일임을 처음으로 절감하는 순간이었다.

정옥이 목포 삼학봉제공장에 들어온 지도 석 달 째 접어들고 있었다. 스무 살 꽃다운 나이에 얼굴도 예쁘고 바느질도 잘하고 노래도 잘 부르는 정옥은 봉제공장의 꽃이었으나 저녁 늦게 일을 마치고 자취방에 누우면 늘 알 수 없는 허허로움이 가슴을 훑고 지나간다. 왠지 창현에게 위문편지 쓰는 일도 별로 신이 나지 않았다. 이런 정옥의 가슴에 헛바람을 넣은 건 봉제공장 사장 아들 민경후였다. 경후는 서라벌예대를 다니다 휴학 중이라고 했다. 민경후는 날마다 봉제공장 주변을 하릴없이 배회하거나 기타를 들러 메고 나타나기도 했다. 경후는 공장 울타리로 쳐놓은 바윗돌에 앉아 기타를 치며 노래를 불렀다. 대반동 종점의 파도소리와 경후의 기타 소리가 한데 어우러져 정옥이가 돌리는 재봉틀 위에도 살며시 얹히곤 하였다.

"아니, 뭔 생각을 하길래 재봉선이 이 모양이여!"

작업반장이 정옥을 향해 불호령을 날린다.

"아무래도 요즘 수상해. 뭔 일 있는 거여?"

지난 토요일이었다. 정옥은 생리통이 너무 심해 오후 작업을 도저히 감당키 어려워 어렵사리 조퇴를 하고 자취방에 누워 설핏 잠이 들었다. 그때였다. 방 문고리가 바람에 심하게 흔들리나 싶더니 밖에서 인기척이 났다. 정옥은 너무 놀라서 방문을 잠그고 누구냐고 물었으나 대답이 없었다. 대신

기타 소리가 들리는 게 아닌가. 곡목을 알 수 없는 낯익은 음률이었다. 한참 동안 파도소리인지 기타소리인지 뒤범벅이 되더니 갑자기 총성이 울렸다. 정옥은 놀라 잠에서 깼다. 꿈을 꾼 것이다.

탐진강 끝자락에는 민물과 바닷물이 무시로 만나고 있었다. 무엇이 되는 길에는 또 다른 무언가를 스치다 스미는 지점이 있다던가. 숱한 스침과 스밈 그리고 만남과 별리는 피할 수 없는 모든 생명체의 숙명일 터. 어린 청춘기에 접어든 창현은 가을바람에 일렁이는 강진만의 갈대숲을 망연히 바라본다. 흔들리는 모든 것은 살아있다는 증거다. 창현은 중학교 졸업 후 한동안 집에서 빈둥대는 나날이 계속되었었다. 집안의 농토라 해보아야 삼거리 전방의 빼빼마른 오징어 귀때기만도 못한 몰골이다 보니 부모를 돕고 자시고 할 일도 별로 없었던 것이다. 창현은 읍내 술도가에서 막걸리통 배달꾼이 된 아랫마을 하대성이 처음으로 부러웠다.

"너 막걸리통 배달하는 폼이 제법이다야."

"창현아, 짱뚱어 잡을만 하냐? 정옥이도 못 만나고 겁나 외롭겄다?"

6개월 넘게 자전거에 막걸리통을 싣고 군내 거의 모든 동네를 요리저리 싸돌아다니더니 대성이의 말하는 본새가 몰라보게 닳아진 느낌이 들었다.

"짜식, 정옥이는 뭣할라고 물어보냐?"

"정옥이가 목포 봉제공장에 간다는 소문이 있던디?"

창현이 읍내 남포리 외갓집 사촌형을 따라 탐진강 어귀 뻘밭에서 짱뚱어잡이로 나선 것은 늦더위가 아직 한창인 9월 초순이었다.

"창현아, 짱뚱어를 잡는다고 생각하면 안 된다. 짱뚱어와 친구가 되어야쓴다잉."

창현은 뻘밭에서 잔뼈가 굵어진 외사촌 형의 충고에 꽤나 충격을 받았다. 짱뚱어를 잡지 말고 친구가 되라고? 하지만 창현은 형을 따라 뻘밭에서 발을 옮길 때마다 발목의 잔뼈가 도리 없이 뒤틀리는 것 같은 두려움이 밀려오기도 했다. 그럴 때면 잠시 고개를 들어 뻘밭너머 성요셉여고 국기게양대에서 펄럭이는 깃발을 망연히 쳐다보곤 했다.

'혜경이는 지금쯤 무슨 공부를 하고 있을까?'

창현은 혜경이를 맬젓장시 딸이라고 놀렸던 날들이 먼 옛일인 듯 가물거린다. 갯벌에서 하루네 뒹굴다보니 검푸른 점액질의 짐승처럼 사람 몰골이 아니었다. 창현과 외사촌 형은 만덕산 쪽으로 해가 뉘엿거리면 귀갓길에 오른다. 그때쯤이면 성요셉학교도 파하는 얄궂은 시간은 어김없이 돌아오곤 했다.

"야 혜경아!"

"…?"

"나여 창현이."

절지동물의 검푸른 체액을 온몸에 뒤집어쓴 듯 엉거주춤한 창현의 모습은, 저녁 어스름이 내리는 하교 길에 하얀 교복을 입은 혜경에게는 시궁창에 빠진 무슨 짐승처럼 비쳐졌을지도 모른다.

"나여 창현이."

"으응."

"나 요즘 요 앞 남포 뻘밭에서 짱뚱어 잡고 있어."

"어 그랬구나."

어스름 속에서 두 남녀의 엉뚱한 만남이 마뜩찮은지 창현의 사촌형은 먼저 간다며 휘파람을 날리며 어둠 속으로 사라졌다. 매일 함께 잡은 짱뚱어는 사촌형이 어판장에 넘긴다고 했다. 창현과 혜경의 집까지는 읍내에서 20여리 넘는 거리였다. 그래서 혜경은 매일 금당정류소에 나와 버스를 타고 등교를 하고 창현은 털털한 짐바리 자전거를 타고 와서 남포 자전거포에 자전거를 맡기고 바다로 나가곤 했던 것이다. 시커먼 뻘흙으로 뒤범벅이 된 얼굴에 웃음을 보이며 창현이 묻는다.

"자전거 뒤에 탈래?"

"……."

"어째 무서워서 그려?"

"…아니." 혜경은 창현의 자전거를 타겠다는 뜻인지 아니면 싫다는 뜻인지 애매하게 머리를 가로저었다. 착하기로 소문난 혜경이지만 예기치 못한 상황에 적잖이 당황하는 눈빛이 역력했다.

"그래. 너는 버스 타고 오니라. 나 먼저 갈게."

창현이 자전거 페달을 막 밟으려는 순간 혜경이 소리친다.

"나 태워줘."

자전거는 두 어린 청춘을 싣고 좁다란 시골길을 달린다. 초가을 저녁바람이 자전거 바퀴살을 감돌면서 어디론가 사라지곤 했다. 길바닥에 깔린 자갈 때문인지 자전거 뒷좌석은 더욱 덜컹거리는 것 같았다. 혜경은 솔치(松峴)마을 고갯길에서 몸이 앞으로 쏠리자 창현의 등에 달라붙은 갯벌 흙이 잔뜩 묻은 옷을 잡지 않을 수 없었다. 벌써 혜경의 하얀 교복 상의에도 뻘흙이 튀기고 있었다.

"무섭냐?" 괜히 신이 나는지 창현은 큰 소리로 묻는다.

"…아니."

그렇지 않아도 순해빠진 혜경이가 성요셉학교의 수녀선생님을 닮아가나 싶게 조신하게 대답한다.

"너 광주 장식이 한테서 편지 안 왔디?"

"왔었어. 근디 학교로 오는 바람에…."

"짜식, 지가 광주무등고에 다닌다고 자랑하고 싶은 모양이제잉."

자전거가 마지막으로 속력을 내며 좁다란 길로 이어진 진등 마을로 들어서자 더욱 흔들거리는 혜경은 창현의 허리를 껴안듯 했고 하얀 교복은 거의 뻘흙으로 젖어갔다. 스치며 스며들고 서성이며 흘러가고 흔들린다는 것은 생명의 다른 이름이 아닐까.

정옥의 아버지 강진구는 광주 동명동에 있는 형제고아원에서 19세 만기가 되어 함께 나온 친구를 따라 강진으로 내려와 친구네 고모집의 농사일을 잠시 거들다 스무 살이 되었을 때 연포 물레방앗간 일꾼으로 들어가게된다. 마침 물방앗간 주인남자가 집을 나간 지 석 달 째 소식이 없고 주인여자 혼자 방앗간 일을 도맡아 하기엔 힘이 부쳤던 것이다. 물방앗간은 오일장 못지않게 성시를 이루었고 밑도 끝도 없는 자잘한 소문들이 아낙네들의 입을 타고 퍼지기도 하였다.

"진구 총각은 수암 마을 황득수의 총각 때 얼굴이랑 허우대가 똑같다니께."

고추방아를 찧으러 온 아주머니는 정색을 하고 혀를 끌끌 찬다.

"득수네가 아들 하나 잃어버린 이야기야 물아래 사람들은 모르는 사람이 있간디!" 또 한 아주머니가 확신에 차서 말을 잇는다. 진구는 그러한 수군거림은 별로 귀에 와 닿지 않았고 그저 물방앗간 쇠절구공이가 곡식을 빻는 소리만이 가슴을 텅텅 울릴 뿐이었다. 이제야 얼굴도 모르는 친부모를 만난들 별다른 감흥이 일어날 것 같지 않았던 것이다. 역시 너럭바위산 위에 달이 뜬 날 물방앗간은 매우 위험한 공간이었을까. 진구는 방앗간 옆으로 달아낸 허름한 방에 누웠으나 그날따라 잠이 오지 않았다. 처그적 처그적 물방아 돌아가는 소리만이 밤의 적막을 수놓고 있었다.

'그날 밤 달만 뜨지 않았어도….'

착한 심성을 가진 진구는 몇날 며칠을 두고 달밤을 원망했고 말수가 몰라보게 줄어들었다. 방앗간 주인아주머니도 말이 없기는 마찬가지였다. 진구와 주인아주머니는 물방아꾼들의 별것 아닌 쑥덕거림에도 흠칫흠칫 놀라곤 했다. 방앗간 주인아주머니에게는 아이가 없었다. 신혼 때부터 남편이라는 작자는 틈만 나면 가출을 일삼았고 교도소를 들락거린다는 소문만이 바람결에 들려오더니 급기야 사기도박과 살인미수 혐의로 경찰에 쫓기다 저수지에 몸을 던졌다는 것이다. 정옥이 물방앗간에서 태어난 것은 근처 호사꾼들에게는 입에 딱 맞는 입방아거리였으나 꼭 나쁜 의미로만 회자되는 것은 아니었다.

"차라리 잘 되었제. 남편이라고 웬수 같았으니 월매나 속이 곯아졌겠어.(쯔쯔)"

"암은. 이제라도 진구와 잘 살면 오죽 좋겠어."

하지만 물방앗간의 꿈만 같은 행복은 정옥이 초등학교에 들어가던 해에 불현듯 깨지고 말았다. 정옥이 엄마의 죽음이 예기치 않게 찾아왔던 것이다.


베트남 중부지역 짜빈동에는 며칠 째 퍼붓던 폭우가 멈추더니 찌는 듯한 더위가 몰려왔다. 짜빈동은 남베트남에 속했으나 시도 때도 없이 베트콩이 출몰하였고 국군에게 호의를 베푸는 척하는 일부 마을 남자 중에는 베트콩과 내통하며 짜빈동 마을로 우물물을 길으러 오는 따이한 병사들에게 위협적인 부비트랩을 몰래 설치하는 등 매우 위태로운 지대였다. 하지만 마을 모습은 한반도의 여느 농촌마을과 크게 다르지 않아 병사들은 이곳에 오는 날이면 더욱 더 향수에 젖곤 했다. 송창현 상병은 늘 황덕균 일병과 한 조가 되어 짜빈동으로 식수 당번을 나간다. 총소리와 포탄 소리가 잠시 잦아든 짜빈동의 불안한 정막 속에 아열대의 들꽃들은 무람없이 피어나고 이름 모를 새들의 울음소리가 꿈결인 듯 들려왔다. 마침 우물로 이어진 비스듬한 논밭에서는 월남 처녀 꽁까이들이 삿갓 모자를 쓰고 김을 매고 있었다. 황 일병이 부산항을 떠나 베트남으로 향하는 병사 수송선에서 주워들은 서툰 월남말로 꽁까이들을 향해 죽이지 않을 테니 이리 나오라며 농을 건다.

"꽁까이 다이 라이 노 깨꼴라."

순진하기 이를 데 없어 보이는 어린 꽁까이들이야 부질없는 전쟁에서 무슨 죄가 있겠는가. 그들에게 해를 가하는 일은 더욱 부질없는 일이었다. 이번에는 송 상병이 사랑해라는 뜻으로 큰 소리로 주먹나팔을 분다.

"안 유 엠!"

"이엠 이유 아인!" 꽁까이들은 일제히 화답하며 창현과 덕균을 향해 손을 흔들었다. 죽고 죽이는 전쟁터에서 과연 남녀 간에 사랑이 꽃필 수 있을까? 창현은 고개를 가로저었다. 정옥의 얼굴이 떠올랐기 때문이다. 창현은 월남 파병용사로 뽑혀서 4박 5일의 특별휴가로 정옥을 만났던 날을 떠올리며 또 한 번 고개를 저었다. 스무 살 두 청춘남녀는 목포 대반동 부둣가 간이주점에 앉아 바다 밑으로 떨어지는 낙조를 바라보며 이별을 예비하고 있었다. 창현은 월남 땅으로 정옥은 서울 신림동 1번지스탠드바로 피할 수 없는 수순을 즈려밟아 갈 참이었다. 정옥은 야월음악학원 뽈테안경 원장으로부터 숙식 제공에 노래를 마음껏 부를 수 있는 일자리를 소개받고 삼학봉제공장을 나오게 된다. 분홍 복사꽃 이파리 날리는 날 정옥은 봉제공장을 떠나 서울 행 열차에 몸을 실었다. 웬일인지 자꾸 눈물이 나려고 했다. 기대와 불안, 뒤에 남겨진 물레방앗간의 추억들이 뒤얽혔던 것이다. 정옥은 1번지스탠드바에서는 강난초로 불리었다. 스탠드바 지배인은 첫 대면에서 대뜸 무슨 꽃을 좋아하느냐 물었고 정옥은 물방앗간 뒤뜰에 5월이면 어김없이 피어나던 난초꽃을 말했던 것이다. 난초꽃은 인기가 좋았다. 노래실력은 말할 것도 없고 늘씬한 키에 알맞게 살이 오른 정옥의 얼굴은 화장기 없이도 춤꾼과 술꾼들의 시선을 붙잡았다. 반년만 그곳에서 고생하면 정옥에게 꼭 맞는 가요를 작곡하여 레코드판을 내주겠던 야월음악학원 원장은 한 달이 지나자 전혀 연락이 닿지 않았고 며칠 후 정옥은 스탠드바 웨이터에게 팁을 쥐어주며 몰래 짬을 내어 그 음악학원을 찾아갔지만 음악학원은 온 데 간 데 없었다. 송 상병에게 뜸하게 배달되던 정옥의 위문편지가 한동안 뚝 끊긴 것은 창현이 월남에 파병된 그해 5월 무렵이었다. 난초 꽃에게 무슨 일이 있었을까?

　유장식은 서울 한국대학교 국제관계학과 3학년을 마치고 고향으로 내려와 면사무소 병사 업무를 보조하는 방위병이 된다. 시력이 약해 현역병이 되지 못했던 것이다. 다행스럽게도 유장식은, 등치가 산처럼 크지만 마음은 솜털처럼 부드러운 병사계 차종우 계장의 '따까리' 노릇을 별 어려움 없이 해내고 있었다. 아침저녁으로 고향집에서 삼거리 면사무소까지 10여리 이어지는 들길과 신작로를 자전거 페달을 밟으며 오가는 기분이 제법 쏠쏠하기도 했다. 여기에 더해 매일은 아니지만 윤혜경을 꽤 자주 만나는 일은 늘 설레는 일이었다. 혜경은 읍내 성요셉여고를 졸업한 후 곧바로 고향의 성진우체국 직원이 되었다. 맬젓장시 어머니는 혜경이 우체국에 다니는 모습을 볼 때마다 딸이 너무 자랑스러워 멸치젓갈 냄새가 밴 손등으로 남몰래 눈물을 훔치곤 했다. 방위병의 출근이 한 시간 빠른 관계로 아침나절에는 장식과 혜경이 직접 만나는 일은 좀처럼 생기지 않으나 집으로 돌아가는 시간은 얼추 맞아 스무 두 살 청춘들은 삼거리에서 자주 마주치게 된다.

　"우체국 업무 끝났냐? 버스 아직 안 오면 자전거 뒤에 탈래?" 장식이 자전거를 멈추고 한 발을 땅에 내려놓은 채 혜경에게 반갑게 손짓한다.

　"응. 버스 곧 올 것인디." 혜경은 그날따라 좀 언짢은 표정이다. 그도 그럴 것이 차들이 다니는 신작로는 그런대로 자전거가 다닐 만 하지만 마을로 이어지는 좁디좁은 들길은 자전거 주행이 용이하지 않을 뿐더러 뒤에 누구라도 하나 태우면 균형 잡기가 더욱 어려워 자칫 자전거가 물도랑으로 떨어질 위험이 있다는 것을 혜경도 잘 알고 있는 터였다. 하지만 그보다도 아무리 마을 동창친구라지만 새파란 총각의 자전거 뒤에 아가씨가 아무렇지 않게 타고 간다는 것이 무척 마음에 걸렸던 것이다. 벌써 3년 동안이나 서울에서 살다온 장식이지만 순해빠지기로는 둘째가라면 서러울 판이라서 사실 혜경이와 얼굴을 맞대고 만나는 일은 매우 드물었다. 하지만 웬일인지 그날은 장식은 버스로 가겠다는 혜경이 쪽으로 자전거 페달을 밟아 가까이 다가갔다.

"중학교 졸업한 이후 이렇게 가까이서 본 적은 오늘이 첨이네."

"…어, 그런가?"

"타라. 신작로까지만 함께 타고 가고 들길은 둘이 내려서 걸어가면 되잖어."

"어, 그럴까?" 혜경은 마지못해 말을 끌면서 6년 전에 탐진강 어귀에서 짱뚱어 잡이를 하던 창현이 얼굴이 생각났다. 그해 9월 중순쯤이던가. 코스모스가 흐드러진 성요셉여고 교문 앞 하교 길에서 온몸이 뻘흙으로 범벅이 된 창현을 마주쳤고 창현의 자전거 뒤에 앉아 집으로 가던 중 새하얀 상의 교복이 온통 더럽혀진 날이 선명히 떠올랐던 것이다. 혜경은 시간이 꽤 지났지만, 그날 한없이 미안해하던 창현의 얼굴 표정이 좀처럼 잊히지 않는다.

장식과 혜경, 두 청춘남녀를 싣고 페달에 경쾌한 쇳소리를 내며 속도를 알맞게 올리는 자전거는 무슨 영문인지 좀 의아해 하는 듯했다.

"우체국 일은 할만 해?"

"힘든 건 없어. 방위 보다야 몇 배는 낫지."

"아니, 귀신 잡는 방위를 물로 본 것 아녀?"

"방위가 어뜩게 귀신을 잡어? 귀신 잡기는커녕 불쌍하게 기합도 받더만. 다 봤당께." 혜경이 연거푸 세 문장을 이어서 말하기는 이번이 처음이었다. 혜경의 기합 어쩌고 하는 말은 사실이었다. 며칠 전 경찰지서 소속 방위병이 연대본부 전통문 미수취 사건으로 면사무소 방위까지 결찰지서 뒤뜰에서 단체기합을 받았던 것이다. 하필 혜경이 그 장면을 우체국 창문으로 보앉던 모양이다.

장식의 자전거는 삼거리 정미소를 왼편으로 감돌면서 큰 돌멩이를 잘 못 밟았는지 꽤 심하게 흔들렸고 혜경은 넘어지지 않으려고 땀에 젖은 장식의 방위복 허리께를 꽉 붙잡았다.

"허리 살은 꼬집지 말고 옷만 잡어라잉." 이 말에 혜경은 웃음을 터뜨릴 듯 얼굴을 붉히며 장식의 등짝을 찰싹 때리는 것이었다. 기분이 한껏 고양된 장식은, 하지만 이내 진지해지며 정옥의 안부를 물었다.

"정옥이와는 연락하고 지내냐? 뭔 카수를 한다고 하던디? 좀 안 좋은 소식도 들리는 것 같고?"

"……."

"왜 말이 없어? 젤로 친한 친구잖여."

"나중에 차분히 이야기해 줄게. 대신에 창현이 소식은 들어?"

"아니. 월남 파병 직후 군사우편 한 번 받고는. 그때도 잘 있다고 하면서도 전체적인 내용이 어두운 어감으로 이어져 있더군. 시적인 표현도 보이고. 본래 글을 잘 쓰는 친구지만. 귀국해서 제대할 날짜도 많이 지났으나 고향에도 돌아오지 않고."

"전투에서 부상을 당했다는 소문도 들리고."

"그래? 그나저나 정옥이는 창현이를 사랑하긴 한 거냐?"

혜경은 좋아한다는 말 대신 장식이가 발화한 사랑이라는 낱말에 몸을 한 번 움찔하였다. 천사표 아가씨! 사랑의 색깔은 무슨 색?

강진구는 연포 마을 정미소 일을 더 이상 할 수 없었다. 환갑을 훨씬 넘은 나이도 나이려니와 농경지 정리사업으로 연포 냇물도 흐르는 물길이 달라져 멎어버린 물방아를 철거하던 중 이끼가 잔뜩 긴 물고랑에서 넘어져 허리를 크게 다쳤던 것이다. 그래도 매달 서울에서 딸내미가 부쳐주는 돈으로 약값을 대가며 홀로 버티고 있었다. 그러던 어느 날 수암 마을에 산다는 늙디 늙은 웬 노인이 진구를 찾아왔다.

"자네는 날 모르꺼시네만 나는 자네 어릴 적 모습이 어렴풋이 생각나누 면."

"뉘신디 저를?"

"내가 자네 숙부라네. 자네 부친 성함은 황득수씨이고."

"고것이 뭔 말씀이다요? 지가 황가라고라?"

"그런당께. 장수 황가여."

"참말로 뭔 속인지 모르겠네요."

"그러꺼시네. 자네 다섯 살 적에 광주 대인시장에서 자네를 잃어버리고 낙담하시던 성님 내외는 평생 죄스럽게 사시다가…."

강진구의 뇌리에는 형제고아원 시절과 읍내 청수당 한약방의 마약 심부름꾼으로 생고생하던 때가 어제인 듯 스쳐간다.

'내가 강진구가 아니라 황진구라고?' 진구는 60여년 평생을 돌아보면 하는 일마다 허탈하기 짝이 없는 인생길에 강이면 어떻고 황이면 무슨 대수이랴 싶었다. 진구는 아픈 허리를 이끌고 퇴락한 물방앗간을 돌아보며 회한에 잠기곤 한다. 뒤뜰에는 그해 오월에도 정옥이가 그토록 좋아하던 보라색 난초꽃은 어김없이 피어나고 있었다.

정옥의 빛나는 일터 서울 관악구 신림동 사거리 1번지스탠드바는 술꾼과 춤꾼들로 늘 불야성을 이루었다. 순전히 강난초의 인기 덕분이었다. 강난초는 큰 키로 알맞게 살이 오른 계란형 얼굴에 화장기가 없어도 눈에 띄는 미모가 단연 돋보이는 변두리 무명 카수였던 것이다. 그러던 어느 날이었다. 강난초는 왠지 노래 음정이 잘 잡히지 않고 목소리 음량도 예전만 못하다는 느낌이 들던 날, 일을 겨우 마치자 구역질이 넘어와 견딜 수 없었다. 손님들로부터 받아 마신 술 때문이라고 생각했으나 다음 날도 매스꺼움이 여전했으며 나날이 자꾸 몸이 부어오는 느낌이었다. 정옥은 창현이 월남으로 떠나기 며칠 전날 밤 목포 대반동 종점의 저녁 바다에 내리던 붉은 낙조를 뒤로 하고 어둠이 깔리던 죽교동 골목을 지나 함께 자취방으로 돌아왔던 회색빛 밤이 꿈길인 듯 가물거린다. 그게 정말 사랑이었을까? 창현은 야간점호를 끝내고 취침에 들면서 심호흡을 한 번 하고 속으로 중얼거린다. '그날 밤 바로 고향집으로 돌아왔어야 했어…' 창현에게는 물레방앗간보다 위태로운 곳은 혼자 사는 처녀의 자취방이라는 사실이 새삼 뼈아팠다.

베트남 중부의 작은 마을 짜빈동은 북베트남으로 이어지는 요충지였다. 그 마을로부터 4Km 정도 떨어진 정글 외곽에 진지를 구축하고 있는 청룡부대 3중대는 간헐적으로 벌어지는 베트콩과의 전투에서 의외로 적지 않은 전상자들이 발생했으나 전쟁터에서 살고 죽는 일은 병사들에겐 무감각의 일상화라는 슬프고 비극적인 인지부조화가 심화되어 가는 중이었다. 하지만 포화 속에서도 새가 날고 꽃이 피고 열매를 맺는다니 전쟁통에도 사랑이, 남녀 간의 사랑이 가당한 일일까? 짜빈동 마을로 물을 길러 가거나 현지 농산물을 받으러 가는 병사들 중에는 월남처녀 꽁까이와 눈이 맞기도 하였고 살가운 성격을 지닌 송창현 상병을 유독 따르는 꽁까이들이 많았다. 그중 나트랑 항구의 바닷물처럼 검푸른 눈동자의 응웬티린이라는 꽁까이는 송 상병의 마음을 일렁이게 했다. 타국의 전쟁터에서 맺은 낯선 사랑은 무슨 색깔이었을까?

### 〈3부〉 하류의 계절

유장식의 방위병 근무도 이제 막바지로 접어들고 있었다. 장식이 거의 1년 동안 우체국 천사아가씨 윤혜경을 자전거 뒤에 태우고 귀가한 횟수는 손가락으로 꼽을 정도로 몇 차례 되지 않았다. 그날은 분홍색 자운영 꽃이 흐드러진 봄날이었다. 신작로를 벗어나 마을로 접어드는 들길은 너무 좁아져 자전거에서 내려 스무 세 살 청춘남녀는 독배기 전방에서 산 쿨민트껌을 하나씩 씹으며 한참을 말없이 걷는다. 봄이 무르녹는 들길은 비누 냄새 같기도 하고 아카시아꽃 냄새 같기도 한 냄새가 감싸여 흐르고 있었다. 너럭바위산이 가까워오자 멀리서 뻐꾸기 울음이 들리는가 싶더니 뜻하지 않은 실바람이 불어와 혜경의 하얀 블라우스를 살짝 나부끼고 사라진다. 흔들린다는 것은 살아있다는 증거다. 남도의 들판은 하염없이 흔들거리고 혜경의 가슴은 봄볕의 미세한 빛으로 일렁였다.

"우체국 근무는 할만 해?" 장식은 1년 전 처음으로 혜경을 자전거에 태우고 가면서 했던 질문을 그대로 반복하여 묻는 것이었다. 혜경의 대답은 참 밋밋했다.

"응."

"우리 저 자운영 꽃밭에 좀 앉았다 갈까?"

"그럴까?"

한새봉으로 봄 햇살이 마지막 빗금을 그으며 넘어가자 들판이 불현듯 어둑해졌으나 자운영 꽃떨기에는 꿀벌들이 여전히 잉잉거리며 분주히 꿀을 모으고 있었다.

"이렇게 가까이서 같이 앉아보기도 첨이네." 장식이 겨우 입을 연다.

"그런가?"

장식은 마음속으로 중얼거린다. '봄날의 자운영 꽃밭은 물방앗간 못지않게 위험해!'

유장식은 방위근무를 마치고 다시 서울로 올라와 대학 졸업이 가까워오자 대학 친구의 이모님 동네인 경기도 하남시 샘재 천현리에 방을 얻어 외무고시 공부를 시작했다. 하지만 장식이 보름 만에 짐을 싸서 샘재 마을을 뒤돌아 나올 때는 눈물이 났다. 장식은 세상일은 아무 것도 모른 채 혼자 무엇인가에 전념한다는 것이 죄가 될 수 있다는 것을 처음으로 깨달았다. 무엇보다 장식이 동막골 같은 천현 마을 외딴집을 떠난 것은 월남에서 돌아왔을 죽마고우 송창현의 묘연한 행방과 강정옥의 애달픈 사연이 훨씬 더 크게 작용했던 것이다.

송창현 상병이 짜빈동 마을에서 우물물을 함께 길어오는 당번 조 황덕균 일병을 용케 따돌린 뒤 비탈진 언덕에서 나트랑항의 검푸른 바다를 닮은 응웬티린을 잠시 스치듯 만나고 막사로 돌아오는 참이었다. 창현은 막사 병사들의 살벌한 눈빛과 악다구니에서 올 것이 왔다는 것을 직감했다. 짜빈동전투가 개시되었던 것이다.

"짜빈동에서 베트콩을 완전 섬멸해야 한다. 귀신 잡는 해병임을 명심하라! 우리에겐 죽음이 최고의 명예다!"

중대장의 목소리는 떨리듯 비장하였고 그이의 되돌릴 수 없는 명령은 막사를 쩌렁쩌렁 울리고 정글 속으로 메아리치곤 했다. 송창현 상병은 전혀 두렵지 않았다. 다만 두려운 것은 지난 5월 중순 이후로 정옥의 위문편지가 끊긴 일이었다. 하지만 큰 키에 알맞게 살이 오른 계란형 얼굴로 항상 명랑했던 정옥에 대한 추억은 송 상병의 짜빈동 전투근육을 더욱 불끈거리게 했다. 그 시간 정옥은 서울 봉천동시장 뒤 자취방에서 혼자 진통을 하고 있었다. 스무 한 살 어린 나이에 아이를 어떻게 낳는단 말인가? 방안을 구르며 내지르는 정옥의 진통 소리를 들은 주인집 아주머니가 소스라치며 달려왔다.

"오메 뭔 일이까! 아이 아부지는 대체 누구길래 코빼기도 안 보이고. 불쌍해서 워쩐대." 주인아주머니는 아이 아빠부터 혼쭐을 내고 싶은 모양이었다.

1967년 2월 14일 저녁 짜빈동 꽝우와이산 중턱 위로 초승달이 막 떠오르고 있었다. 이를 신호로 하여 청룡부대 5여단 3대대 11중대를 중심으로 한 짜빈동전투가 개시되었다. 중대장 정경진 대위, 화기소대장 박홍기 중위, 1소대장 정재학 소위, 2소대장 김정빈 소위, 3소대장 오현수 소위, 60mm 박격포 반장 오상열 중사, 105mm 포병 관측장교 조창진 중위 등으로 진용을 갖춘 1차 공격조의 전투가 개시되었다. 3소대 소속 송창현 상병은 공격 개시가 메아리치는 속에서도 고향의 한새봉에 떠오르던 초승달을 잠시 생각하며 가슴이 설레었다. 중학교 졸업식 날 도림리 친구들과 난생 처음 포도주를 한 모금씩 나눠 마신 기억과 연포 물레방앗간에서 정옥과 나누었던 어설프고 비릿한 입맞춤의 추억은 수류탄이 달린 가슴팍을 한바탕 훑고 지나간다. 전투가 없는 날이면 짜빈동으로 물을 길으러 가서 남은 시간에 짜빈동 언덕배기에서 만나곤 하던, 나트랑항의 검푸른 바다물결을 닮은 응웬티린을 생각할 겨를은 없었다. 가슴팍에서 정옥의 입술을 막 떼어내는 찰나 잠복해 있던 베트콩의 일제사격이 시작되었던 것이다. 어느새 초승달은 모습을 감추고 정글에는 짙은 안개와 가랑비가 내려 시야 확보가 어려워졌다.

그 시각 정옥의 산통은 절정으로 치닫고 있었다. 마음씨 좋은 주인집 아주머니는 온몸으로 땀을 쏟으며 진통하는 정옥을 붙잡고 안간힘을 쓰고 있었고 허리가 아파 거의 누워만 있던 시할머니까지 지팡이를 짚으며 나와서 정옥의 난산을 거들고 있었다.

"원 시상에 이런 어린 시악씨가 혼자 애를 낳다니 애비는 대체 뉘기까잉?(쯔쯔!)"

기실 애비는 손을 뻗어도 닿지 않는 머나먼 베트남에서 짜빈동전투를 벌이는 중이 아닌가. 11중대는 시야를 확보하기 위해 즉각 81mm 조명탄을 쏘아 적정을 확인하였으며 1소대 규모의 적들이 숲으로 도주하는 것을 발견, 집중 사격을 가했다. 하지만 전쟁이 늘 그렇듯이 전사(戰史)에 남을만한 훌륭한 전투라도 아군의 희생은 피할 수 없는 법. 11중대의 역습은 매우 성공한 듯 했으나 임동현 병장은 매복해 있던 적이 참호 속으로 진입하자 수류탄을 터트려 적과 함께 산화하였고, 황덕균 일병은 여러 발의 총탄으로 치명상을 입자 자신의 무기를 적에게 빼앗기지 않기 위해 기관총의 총열을 뽑아 풀숲에 멀리 던져버린 후 숨을 거두었다. 함께 우물물을 길으러 가곤 했던 황 일병의 시신을 수습할 겨를도 없이 송창현은 악다구니를 쓰며 짜빈동 언덕을 기어오르다 그만 풀썩 쓰러졌다. 어깨에 관통상을 입은 것이다. 손에 쥔 M16 소총이 맥없이 언덕 아래로 굴러 떨어지고 한 쪽 팔도 떨어져나갔다. 피 피 피. 하늘을 떠받치는 동네 봉천동에도 피 피 피가 낭자했다. 정옥은 남자아이를 낳았다. 천적에게 잡히면 발 하나쯤 쉽게 떼어버리고 도망치는 메뚜기처럼 창현이 20여 년 동안 달고 다니던 팔 하나가 떨어져나간 순간 열 달 동안 정옥의 몸속에 담겨있던 핏덩이가 쏙 빠졌단 말인가. 피할 수 없는 피의 순간들이 아픈 역사가 되려 하는가.

강진구는 퇴락한 물레방앗간 뒤뜰을 둘러보며 회한에 젖는다.

"그날 밤 달만 뜨지 않았어도…."

정옥이 무척이나 좋아하던 보라색 난초꽃이 모두 져버린 지 5개월째로 접어들었으나 정옥의 소식을 알 길이 없다. 매달 아버지 약값조로 부쳐오는 얼마 되지 않은 우체국 전신환도 끊긴 지 벌써 오래되었다. 강진구는 몇 날 며칠을 몽당거리다가 어느 토요일 오후 옆 마을에 사는 혜경네로 힘든 발걸음을 내디뎠다.

"혜경이 집에 있으까?"

"…?"

"나 정옥이 애비여."

샘가에서 막 머리를 감고 돌아서던 혜경은 몰라보게 늙어버린 정옥의 아버지를 보자 저으기 놀라는 것이었다.

"혜경아, 정옥이 애비여."

"그려요. 엄니 아부지는 읍내 오일장에 가시고 안 계시는디."

"아녀. 혜경이를 쪼깐 만나러 왔구먼."

"저를요?"

진구는 툇마루에 천 근 같은 몸을 겨우 부리며 긴 한숨을 내쉬었다.

"혜경이는 정옥이 소식을 대충이라도 알 것 같아서."

"아니어라. 나도 정옥이 소식을 통 몰라 깝깝해 하고 있었어라."

"정옥이가 카수를 하는 곳이 서울 워디라던디? 맞어! 신림동 사거리라던 가? 밤에만 스탠드불이 켜지는 무슨 요상한 곳이란 소리도 있고? 내가 이 몸으로 그곳을 찾아갈 수도 없고잉."

진구는 삼거리를 중심으로 물아래 동네마다 떠도는 정옥에 대한 소문들을 겨우 짜맞춰가며 힘겹게 말을 이어갔다.

"나도 거기까지만 알고 있어라. 가시내가 서울 막 올라가서는 편지도 자주해서 잘 있다고, 쪼끔만 고생하면 자기 노래 레코드판이 나온다고 좋아했어라."

두 사람의 대화는 중심을 잡지 못하고 겉돌기도 하려니와 몇 개월 째 소식이 없는 정옥의 행방은 혜경도 알 수 없는 노릇이라서 금방이라도 쓰러질 듯 힘겨워하는 진구의 얼굴을 차마 쳐다볼 수가 없었다.

박용배는 농지개량조합장인 아버지 덕분으로 강진농고에 보결로 들어가서도 공부는커녕 개 버릇 남 못 준다고 갖가지 비행을 저지르고 학교로부터 근신처분도 몇 번 받았고 경찰서도 드나들더니 용케도 졸업은 한 모양이었다. 그는 졸업 후 삼거리 우체국 건너편에서 판매도 하고 수리도 하는 오토바이가게를 열었다. 용배는 명색이 사장이라고 폼만 잡을 줄 알았지, 실은 들마을에 사는 어린 직공을 하나 구해 와서 가게를 맡기고 자기는 오토바이에 사냥총을 싣고 강진 해남 영암 등지로 싸돌아다니기 일쑤였다. 용배는 사냥 원정에 나서며 일부러 들으라는 듯 오토바이에 사정없이 후까시를 크게 넣어 건너편 우체국 유리창문이 흔들릴 정도였다. 그때마다 혜경은 기분이 매우 언짢아지면서 말수도 없는 유장식의 얼굴을 떠올리곤 했다.

그날도 혜경은 퇴근길에 용배를 맞닥뜨리고 말았다. 해남 계곡면 우슬재 쪽에서 요란한 오토바이 엔진소리가 부릉대더니 바로 혜경의 코앞에서 멈추었다. 용배는 벙거지 모자에 수꿩의 긴 꼬리털을 붙이고 혜경에게 씽긋 미소를 날린다.

"야 타!"

"……"

"타라니께!"

"나 혼자 간당께!"

"안 잡어 묵을텡께 얼릉 타라잉."

"소리 좀 지르지 말어야. 다 듣게 생겼잖여."

천사표 혜경은 만약 용배의 오토바이를 타지 않았다가는 더 큰 낭패를 당할지도 모른다는 불안감으로 오토바이 뒷좌석에 오르고 말았다. 용배의 오토바이는 창현과 장식의 자전거와는 비교가 안 될 정도로 속도를 내며 남도의 봄바람 속을 달린다. 스쳐가는 바람 때문에 용배가 연신 내뱉는 소리는 거의 알아들을 수가 없었다.

전혀 예기치 못한 용배와의 오토바이 드라이브가 있은 며칠 후 퇴근시간 무렵에 우체국 전화벨이 울렸다. 혜경을 찾는 전화였다.

"여보세요. 성진우체국 전신계 윤혜경입니다."

"……"

"여보세요. 누구신지 말씀을 하셔야지라."

"흐으윽 흐으윽."

"오메 울기는? 누구다요?"

"으흐윽, 가시내야. 나야 정옥이여."

유장식은 늘 공부에 대한 압박감은 이만저만한 것이 아니었다. 장식은 고 3이 되자 자신이 최소한 판검사가 되거나 고관대작이 되어 성진면을 빛내 줄 거라는 고향사람들의 바람 때문인지 대학 학과 선택을 두고 몇날 며칠을 고민하지 않았던가. 이제 곧 성년이 되어가는 장식은 솔직히 그러한 기대에 부응할 자신도 없으려니와 하고 싶은 공부가 따로 있었던 것이다. 장식은 한국대학 국제관계학과 졸업반이 되자 또 한 번 초조해졌다. 혼자 독야청청 무엇이 되려고 세상을 버려두기에는 스무 세 살 청춘의 피는 끓고 있었다. 송창현은 죽었을까 살았을까? 창현이 고향집으로 전사 통보는 없었으니 죽지는 않은 것 같고 그렇지 않다면 지금쯤 귀국하고 제대를 하고도 남을 시간이 지났으나 창현의 행방을 아는 이는 여전히 나타나지 않았다. 장식은 열 일 제쳐두고 창현의 거처를 수색하다시피 찾아다니다 바람결에 창현이 성남시에서 자그마한 슈퍼를 차리고 있다는 소식을 겨우 접하게 되었다. 유장식은 어느 토요일 저녁 무렵에 성남시 은행동에 있는 창현의 가게 다도해슈퍼를 찾아갔다. 외팔이가 된 창현은 홀로 하루 일과를 정리하는 중이었다. 코딱지만 한 슈퍼의 양철문은 요란한 소음을 내며 닫혔다. 드디어 꿈에도 그리던 두 친구는 슈퍼 건너편 국밥집에 마주 앉았다.

"이 사람아, 그 몸으로 귀국해서 대체 그동안 어디서 어떻게 지낸 건가?"

"월남에서 한 쪽 팔을 잃고 나트랑 미군 의료지원대 AMC로 이송되어 3주간 치료받다가 귀국선을 타고 부산항에 내렸었지. 제대는 한 달도 채 남지 않았었고."

"그래도 고향 부모님이나 나한테는 알렸어야 했던 것 아닌가?"

"미안하시. 그때는 차라리 죽었어야 했다는 생각밖에 없었으니까. 이런

몸으로 고향에 갈 용기가 나지 않았고 정옥이를 만날 자신은 더욱 없었고
….”

창현은 술잔을 내려놓으며 눈물을 흘린다.

“장사는 잘 돼?”

“뭐 그렇지 뭐.”

“그나저나 정옥이와 연락은 되는가?”

“……”

“혜경이도 정옥이 거처를 모른다던디?”

“언젠간 만나지지 않을까?”

“그려. 시골 골방에서 늘 다도해시인을 꿈꾸더니 간판마저도 다도해슈퍼
라고 달아 놓았구먼, 허허.”

“그런 셈이지. 올해는 꼭 한새봉에 국기를 꼭 꽂고 싶네.”

“그게 무슨 소린가?”

“응, 신춘문예에 도전해서 당선되면 우리 고향 마을 뒷산에 태극기를 꽂
아버릴라네.”

창현은 어릴 적부터 글쓰기를 좋아해서 틈만 나면 무언가를 긁적이고 스
스로 다도해시인이 되겠다고 공언하고 다녔었다. 중학교 백일장에서는 장
원으로 뽑히고 졸업 후에는 KBS 목포방송국에 사연을 보내 방송을 타기도
했으며 월간 잡지 새농민과 전우신문에도 여러 차례 시가 실리는 등 타고
난 글재주가 있었다.

장식이 안주와 소주를 주문한다.

“자 쏘주 한 잔 하세.”

“나 요즘 술 끊었네. 교회 나간 지 두 달 되었어.”

“아 그래! 술을 그토록 좋아하던 다도해시인께서 술을 마다하다니 시가
술술 나올까? 나를 만났으니 하느님도 봐주실 거네.”

"하기사. 솔직히 하나님이 마시라고 하면 안 마시겠지만 자네가 마시라고 함께 마셔불라네 작것!"

우정은 종교보다 뜨겁고 깊은 그 무엇인가가 부딪치는 술잔 속에 녹아 있었다.

"혜경이는 잘 있제? 본 지도 참 오래 되었네. 내가 워낙 험한 세월을 살다 보니 자네 결혼식도 못 가보고…."

"잘 있다네. 늦게야 가진 아기 때문에 쪼금 힘들어 하더군."

"그렇겠제. 나는 세상에서 혜경이처럼 착한 여자를 본 적이 없어."

"뭐 그럴라고."

"아녀. 천사가 따로 없어. 나는 혜경이가 수녀가 될까봐 걱정했네."

"그런 낌새는 못 느끼겠던디?"

"나는 중학 졸업 후 남포 앞바다에서 2년 반 동안 짱뚱어 잡던 시절이 제일 행복했던 것 같어."

술을 세 잔째 목으로 넘기고 난 창현은 꿈을 꾸듯 눈을 간잔지런하게 뜨면서 특유의 미소를 짓는다.

"뻘밭에서 고생고생해서 모은 돈을 하대성이 때문에 홀랑 날려 부렀다면서?"

"대성이가 뭔 잘못이당가. 그 녀석도 잘해볼라고 하던 일이 어그러져서 그랬겠지. 세상 착한 놈 아니었던가. 그런디 혹 혜경이가 내 얘기는 안 하던가. 짱뚱어 시절 말이여. 지금 생각해도…."

"성요섭 다닐 때 몇 번 마주쳤다고 하데만?"

"지금 생각해도 혜경이한테 겁나게 미안하지."

"뭔 일 있었던가?"

"말도 마소. 갯벌에서 막 나와 온몸이 뻘흙이 묻은 채로 혜경이를 자전거에 태우고 우리 마을까지 왔던 것 아닌가. 내려서 보니 혜경이의 하얀 교복이 온통 뻘흙으로 젖어부렸단 말이시. 흐흐."

"그런 이야기는 안 하던디?"

"그 뒤로는 혜경이와 안 마주치려고 무척 힘들었다네. 자네한테 긴히 부탁이 있네."

"뭘까?"

"신학대학에 가려고 고등학교 검정고시를 준비하려는디 공부 잘하는 자네가 일주일에 한 번씩만 공부를 도와주소."

"그야 어렵지 않지만. 신학대학? 목사가 되려고?"

"엉. 쫌만 도와주소. 친구!"

퇴근 무렵 성진우체국으로 걸려온 전화를 받은 윤혜경은 흐느끼기만 하는 강정옥의 울음에 가슴이 턱 막히는 기분이었다.

"가시내야 울지만 말고 뭔 일인지 말이나 해야!"

"으흐윽 흐으윽, 나 으흐윽…. 나 애기 낳았어. 흐흐윽윽윽."

"가시내야 고것이 뭔 소리다야. 곧 카수가 된다드니 뭔 애기를 낳았다고야?"

"혜경아. 꼭 너만 알아야 쓴다잉. 자세한 것은 만나서 이야기하자. 어쨌든 니가 쫌 도와줘야 쓰겠다야."


〈4부〉 비에 젖은 터미널


유장식은 대학 4학년 말, 외무고시 공부를 접고 한국외환은행에 취업했다. 같은 외(外)자 돌림 직업을 얻었으니 잘 된 일이라 스스로 위안을 삼았다. 하지만 장식은 매일 세계 여러 나라의 유가증권과 지폐를 만지며 겨우 한 달을 버티다 도무지 그 일은 더 이상 못할 일 같아서 하루라도 빨리 그곳을 탈출하고 싶었다.

터미널은 만남보다 떠남이 어울리는 공간이던가. 장식은 비 오는 날 저녁, 은행 업무를 마치고 홀로 가끔 찾던 터미널 간이주점에서 밖을 내어다보며 상념에 잠긴다. 어디서 흘러와 어디로 가는 발길들인가. 그들의 행색이 남루하면 할수록 혹은 화려하면 할수록 지워지지 않는 마음속 상처들은 끝내 실루엣으로 내비치는 것 같았다. 풀잎에도 상처가 있다고 했던가. 어느 생명치고 찢기어 살(肉) 되지 못한 내상으로 커오지 않은 것 있으랴. 사람들은 끝없이 어떤 도정에 있다. 어디를 찾아가는 것이다. 비록 부존(不存)의 곳일지라도. 그래, 터미널이 정말 종착역이 맞던가? 세상 것 어느 하나 끝이란 게 있을까? '마지막'이라고 말하면 마음 한쪽 그 끝 간 데에서 알 수 없는 애잔함이 물밀어 오르는 듯했다. 걸어온 길 뒤돌아보아 못 다한 회한이 서리기 때문일까. 맞아, 그런 게 아니었어, 내가 너무 한 게 아니었을까.

장식은 늘 회한에 젖는다. 세상이 팍팍하면 할수록 실재하지 않아도 좋다, 사평역 톱밥난로에 차디찬 발을 모으고 싶은 것 아니던가. 그래서 인생의 터미널에는 아픔을 딛고 일어설 한줌 모티브가 있어야 한다. 지난 밤 늦은 술로 쓰린 속 달래줄 어묵국 한 그릇 같이할 사람이라도 있어 주어야 한다. 인생이 서부영화처럼 이기게 된 사람만이 이기는 허망한 것이라면 지금보다는 훨씬 안이했을 것이고, 비에 젖은 터미널은 한낱 턱없는 비효율의 집이 되고 말았을 것이다. 휴가 나온 군인이 주간 잡지 〈선데이 서울〉을 호주머니에 꽂고 고향 갈 막차를 기다리고, 늙은 어미 참기름병 가슴에 안고 막내아들놈 집 가는 길 묻고 또 물을 때쯤, 빗물로 흘러내리는 '아직도 못 다한 사랑'을 차창에 그리며 카세트테이프가 목 놓아 노래하는 곳. 다 왔다고 생각하는 이에겐 더 이상 터미널은 없다. 터미널은 기다려 그리움으로 건너가는 길목이 아닐까?

그러던 어느 날 외환계 우성한 과장이 조용히 유장식을 불렀다.

"장식씨, 내일 본점에 출장 좀 다녀와야 되겠어."

"무슨 출장을요?"

"을지로 본점에서 에어로빅 강습회가 있는데 각 지점에서 남녀 1명씩 조를 짜서 참석하라는 공문이 왔다네."

"에아로빙이요?"

"아니, 에어로빅이라고 우리나라에 첨 들어온 레크레이션 종목인가 봐."

"하필이면 제가 가야 하나요?"

"장식씨는 키도 크고 늘씬하잖아."

이 소리가 대체 뭔 소리일까? 장식은 어이가 없었다. 장식에겐 거스를 수 없는 인생의 터미널을 또 한 번 건너가는 기분이었다.

다음 날 오전, 유장식은 총무과 미스 정매숙과 환상의 커플이 되어 본점으로 향했다. 정매숙은 상기된 얼굴로 무척 들떠 있었다. 본사 강단에 도착하자 상단에는 큼지막하게 '에어로빅 강습회'라는 플래카드가 걸려있었고 각 지점에서 파견된 이른바 요원들이 삼삼오오 무리를 짓고 있었다. 장식은 벌써부터 진땀이 나기 시작했다. 에어로빅이라? 저것이 대체 뭔 소리여? 애호박도 아니고? 도무지 그 말뜻을 알지 못했다. 처음 듣는 말이니 그럴 수밖에.

강습이 시작되었다. 무대 위에서 강사들은 옷을 요상하게 차려입고 이인일조 남녀 한 쌍씩 나와 연신 큰소리로 그놈의 애호박인지 뭣인가를 가르치느라고 땀을 뻘뻘 흘리고 있었다. 이렇게 재미없고 못할 일이 세상에 또 있을까. 어서 빨리 지나가기를 빌고 또 빌었다. 예수님이 도왔나, 아니면 부처님이 도왔는지 생각키 보다는 '애호박 강습회'는 일찍 끝났다. 장식은 사슬에서 벗어난 듯 마음이 홀가분해지기 무섭게 미스 정은 장식의 안일을 틈타는 듯 묘한 제의를 해왔다.

"나랑 같이 영화 보러 가시죠."

"……"

"요 앞 중앙극장에서 재밌는 영화하걸랑요. 호호호."

"……."

장식은 좀 무서웠지만 이번에도 아무 대꾸도 못하고 마지못해 그녀 뒤꽁무니를 따라 극장 안으로 들어갔다. 오후 3시쯤 되는 시각이었다. 어떻게 알았는지 두 남녀가 자리를 앉아마자 영화가 시작되었다. 영화 제목은 〈정오에서 3시까지〉였다. 장식은 그나마 좋아하는 서부영화를 보게 되어 마음이 조금은 편해지기 시작했다. 찰스 브론슨이 주인공이었다. 한낮에 은행을 터는 강도들의 행각이 처음 화면을 수놓고 있었다. 하지만 놀랍게도 은행 갱들을 제지하는 사람도 은행원도 없고 금고 문도 열려 있어 갱들은 유유자적 뭉칫돈을 한 자루씩 메고 나온다. 그 장면은 은행 강도를 모의하던 중 잠시 나무 그늘 아래서 낮잠을 자던 주인공이 꿈을 꾸는 장면이었던 것이다. 장식은 영화의 전개와 결말에 무척 흥분이 되어 자세를 고쳐 앉으며 숨을 몰아쉬는 찰나, 미스 정은 또 전혀 예상치 못한 말을 장식에게 날린다.

"우리 영화 그만 보고 나가죠."

"……."(이런)

장식은 이번에도 아무 말도 못하고 그녀를 따라 나오고 말았고 그녀는 안녕이라는 말도 없이 휑하고 가버렸다. 뭐 저런 가시내가 있대? 장식은 어이가 없었다. 그 후 장식은 얼마 지나지 않아 은행을 그만두게 되었고 부서 직원들이 섭섭하다며 추억의 메모리도 써주고 송별회도 열어주었으나, 매숙은 장식에게 무슨 정나미가 떨어졌는지 아무런 반응이 없었다. 참 알 수 없는 일이었다.

가을비가 추적이는 토요일 오후 광주 터미널다방에서 강정옥과 윤혜경은 거의 5년 만에 얼굴을 맞대고 앉았다. 정옥의 품에는 7개월 째 접어드는 아기가 곤히 잠들어 있었다. 혜경에게는 정옥의 모습이 무슨 멜로드라마의 처연한 여주인공처럼 낯설기 짝이 없었다. 그토록 명랑하기만 하던 옛 모습은 온데간데없이 정옥은 고개를 숙인 채 계속 눈물만 흘렸다. 콧잔등 좌우로 검푸른 기미까지 끼어있었다.

"가시내야, 카수를 한다더니 이것이 뭔 꼴이다냐?" 혜경도 눈물을 훔치며 한탄을 한다.

"내가 죽일 년이제. 창현이 월남에 간다고 목포로 날 찾아왔다가 막차로 고향집에 돌아간다는 것을 붙잡고…."

"둘이 사랑했던 것 아니었냐?"

"모르겠다. 그것이 사랑이었을까?"

"요참에 서울서 창현이를 만났담서? 창현이는 월남서 돌아와 고향집에는 들르지도 않고…."

"창현이가 목포 봉제학원에 연락해서 나를 가수 시켜준다고 꼬신 민경후를 수소문해서 내가 일한 곳을 알아냈다고 하더라."

"그래서? 창현이는 어떻디? 지금 어디에 있간디?" 혜경은 답답한 마음에 혜경이 답지 않게 말이 연속으로 튀어나왔다.

"말도 마라. 창현이는 한 쪽 팔뚝이 없어져 부렀더라. 왼편짝이던가?"

"오메. 고것이 뭔 소리다냐?"

"뭔 정신으로 나를 웃기려고 그랬는지 뜬금없이 메뚜기 이야기를 하더랑께."

"메뚜기 이야기가 뭔디?"

"어릴 적에 메뚜기를 잡으면 영리한 메뚜기는 순간적으로 자기 발 하나를 떼어버리고 용감하게 도망친다는 거여."

"자기가 메뚜기간디?"

"자기도 월남에서 팔 하나를 떼어놓고 살아 돌아왔다고."

금세 또 정옥은 훌쩍거린다. 한 쪽 팔이 없어진 창현의 농담조 설명이 더 가슴 아프더란 이야기이다.

"일이 그렇게 됐다면야 어쩔 거여. 앞으로 노력해서 잘 살아가면 될 거 아니냐?"

"창현이는 얼굴을 들지도 못하고 자신이 없다고 하더라. 팔이 두 개 있어도 험한 세상에 맥없이 눈물을 흘리는 창현이에게 내가 뭐라고 짐이 될 수야 있겠냐!"

이번에는 정옥이 천사표가 되어 있었다. 세월이 사람을 악마로도 만들고 천사로도 만드는 것일까.

"혜경아 너한테 부탁이 있어야."

"뭔디?"

"느그 고모할머니가 광주 동명동에서 고아원을 운영한담서?"

"고것을 어뜩게 알았냐?"

"우리 아부지가 거기 형제고아원 출신 아니냐." 정옥은 쓸쓸히 웃는다.

"이 아기를 그 고아원에 좀 맡겼으면 쓰겄다. 가수가 되는 것은 포기할 수 없승게."

"가시내가 어찌 그리 독해졌으까잉."

밤이 되어도 가을비는 그치지 않고 두 아가씨의 터미널을 흥건히 적시고 있었다.


### 〈5부〉 난초꽃 필 무렵


외팔이 송창현에게도 어김없이 봄날은 찾아왔다. 다도해슈퍼 건너편 단독주택 옥상 화분에 연분홍 앵두꽃이 제법 화사한 어느 날 슈퍼 잔일을 마치고 골방에 누웠으나 잠이 오지 않는다. 그 치열했던 월남전 짜빈동전투 수훈상과 맞바꾼 한 쪽 팔뚝의 혼령은 어디쯤 떠돌고 있을까.

'그깟 수훈상을 하나만 더 받았더라면 한 쪽 팔마저 떨어져나갈 뻔 했군.'

창현은 쓸쓸히 웃는다. 누워서 비스듬히 올려다 본 벽면에는 중학생 교복을 입은 정옥의 여쁘게 웃는 사진과 베트콩의 아내 응웬티린의 사진이 나란히 붙어 있다. 당시 응웬티린은 손짓발짓을 섞어가며 몇 마디 서툰 한국말로 따이한 군인에게 남편이 죽었노라고 했다. 그때야 송창현 상병은 응웬티린이 꽁까이가 아니라는 사실을 알았다. 송 상병은 그녀를 마주칠 때마다 나트랑항의 검푸른 물결을 닮았다고 생각했다. 하지만 이제 보니 입을 굳게 다문 사진 속 그녀의 얼굴빛은 잿빛이다. 진정한 사랑의 색깔은 무슨 색일까?

창현은 장식과의 약속대로 자투리 시간을 이용하여 고등학교 검정고시 공부를 시작했다. 장식은 주말을 이용하여 다도해슈퍼에 들러 창현의 공부를 도왔다. 중학교 졸업하고 담을 쌓았던 공부가 창현에게는 생각키보다 훨씬 힘에 겨웠다.

"신학대학에 진학하려고 도전하는 공부라서 하느님께서 단번에 붙여 주시겠지."

장식은 때로는 농담을 섞어가며 창현을 위로도 하며 공부를 다그쳤으나 창현은 친구의 가르침 앞에서 졸기 일쑤였다. 창현은 월남전에서는 죽지 않으려고 베트콩들에게 전의를 불태웠으나 이번엔 살기 위해 몸부림쳤다. 그러는 친구의 모습에 장식은 가슴 한편쪽이 아려온다.

창현은 고교졸업 검정고시에 세 번 연거푸 떨어진 후 마침내 합격하게 되었다.

"장식아, 나 합격해 부렀다! 화랑무공훈장이 별거더냐 작껏!"

그해 첫 눈발이 휘날리던 날 창현의 전화 속 목소리는 늘 불화만 하던 세상을 새롭게 이긴 듯 들떠 있었다. 그 후 대학 입시는 비교적 순조로워 다음 해 창현이 입학하게 된 대학은 서울 왕십리 외곽에 자리한 국제신학대학이었고 그 대학에서 가수 겸 작곡가 장조욱을 만난 것은 늦을 겨우 빠져나와 또 한 차례 맞닥뜨린 숙명이었을까.

강정옥은 정말이지 자신 앞에서 고개를 숙인 채 자신없어하는 창현의 모습에 절망했으나 윤혜경의 도움으로 7개월 된 아이를 광주 동명동 형제고아원에 맡기고 나오며 울지 않았다. 강정옥은 그날 밤 바로 서울 행 열차에 몸을 실었다. 유난히 정한이 많게 생긴 정옥에게 혜경이가 내뱉은 '독한 년'이라는 세 음절이 무궁화호 열차 바퀴소리에 감겨왔다가 스러지곤 했다. 서울에 올라왔으나 정해진 수순은 없었다. 배운 게 도둑질이라고, 노래가 그녀를 구원해줄 거라는 믿음만은 굳건했다.

"지배인님, 오랜만이네요. 저 난초예요. 강난초."

"오! 난초씨. 어찌 된 거야? 연락 한 번 없더니. 난 죽은 줄 알았지. 세상 인연을 그렇게 쉽게 팽겨치면 못 쓰지."

"죄송해요. 말 못할 사정이 좀 있었어요."

"조금이 아닌 것 같은데? 말 못할 사정이라면 굳이. 난초씨 내가 개업한 2번지스탠드바로 바로 올 수 있나? 신림동 난곡시장 뒤편에 있지롱. 하하."

2번지스탠드바라는 말에 두 사람은 동시에 웃음을 터뜨렸다.

"1번지가 있으면 2번지도 있는 것 아녀?"

그 바닥에서 닳고 닳은 지배인이었으나 그 사람은 악한 구석은 별로 없는 호인이었고 유머도 제법 갖추고 있었다. 정옥은 속으로 인생이 한 순배 더 돌면 3번지스탠드바도 생길지 모르겠다고 생각하며 웃었다. 얼마 만에 웃어보는 웃음이던가.

창현은 작곡가 겸 가수로 꽤나 인기가 높던 장조욱을 알게 된 것을 하느님의 뜻이려니 생각했다. 창현은 입학 동기생 조욱을 교회음악개론 시간에 처음 만나 이런저런 교유를 맺어오던 중 조욱이 자기보다 두 살 위로 고향은 무안에 있는 회산 백련지 근처 마을이라는 사실도 알게 되었다.

"조욱이 형! 뽕짝 〈고목나무에 물오를 때〉로 한참 날리던 시절 이야기 좀 해줘봐."

"뭐여? 나는 이제 속세하고는 인연을 끊었다.(으흠)"

"아니 속세와 인연을? 무슨 월출산 자락 무위사 스님이라도 되려고 시방?(푸웃)"

"그나저나 창현이 넌 신춘문예 준비는 잘 되어 가냐?"

"그러지 말고, 재밌는 연예인의 세계 살짝만 들쳐 주라니께."

"짜식 되게 보채네. 신성한 신학대 캠퍼스에서 할 소리냐?"

"아따 빼기는. 다 사람 사는 세상 아녀?"

"말도 마라. 〈기다리게 하지마〉로 그해 MBC 10대 가수로 뽑히고 하루아침에 유명해지니까 집으로 여성 팬들이 찾아오지, 전화로 진하게 구애를 하질 않나. 남진 나훈아도 안 부럽더라고 으흐흐."

"그 천상의 세계 화려한 불빛을 마다하고 어찌하여 가시밭길 골고다 언덕을 오르려 하느뇨?"

"지금 너, 날 놀리면서 시 읊조리는 거냐? 너 같은 싯발 갖고는 신춘문예는 택도 없어야."

"시팔이라고?"

"그래 임마 싯발, 시의 힘도 모르냐? 시를 쓴다는 놈이 하하."

"와! 그렇게 깊은 뜻이."

이처럼 창현과 조욱은 천상과 천하의 아스라한 경계에 서서 또 하나의 불가해한 세상을 향해 서투른 발걸음 내딛고 있었던 것이다.

서울 관악구 신림동 난곡시장 근처는 서민들의 발걸음이 잦았다. 5월이면 보라색 난초꽃이 흐드러진 계곡은 계곡물이 차방차방 흘러내려 아름답지만 늘 목이 마른 결핍의 지대가 아니었던가. 이름 하여 난초의 계곡, 난곡(蘭谷)! 난곡시장 바로 뒤편 허름한 지하건물에 들어선 2번지스탠드바 무대에 서서 강정옥이 난초라는 예명으로 노래를 부르는 모습은 고향의 물레방앗간 뒷전에 피어나던 난초꽃보다 몇 배는 처연하게 아름다웠다.

오랫만에 창현을 만난 정옥은 좀처럼 고집을 꺾으려들지 않았다. 신학대학에 나가는 동안만 슈퍼를 좀 봐달라는 창현의 간곡한 부탁을 정옥은 냉정하게 뿌리쳤다. 정옥은 정식으로 자기 노래를 취입하지 않고는 물러설 수 없다고 이를 앙다물었다. 세상에 어쩔 수 없는 일이 이것뿐이더냐. 창현은 군에서 막 제대하여 취직자리를 알아보던 고향 후배 녀석에게 일주일에 세 번 신학교에 나가는 날만 슈퍼를 대신 맡아주도록 부탁했던 것이다. 창현은 조욱의 말마따나 형편없는 싯발 때문인지 그해 연말 몇 군데 신춘문예에 도전했으나 입질조차 없었다. 조욱이 끝내 말해주지 않았지만 그의 발라드풍과 트롯이 믹스된 3집 타이틀곡 〈내 맘 같지 않네〉가 왜 쫄딱 망했는지를 조금은 알 것 같았다.

"에이 작껏! 우리, 노래하나 만들어볼까?" 송창현은 다음 해 3월 개강 일에 맞춰 장조욱을 일부러 만나서 벼르고 벼르던 제안을 한 것이다.

"뭔 노래를 만들자는 거야?" 조욱은 심드렁했다.

"내가 쓴 가사를 줄 텡께 형이 곡을 붙이면 되잖여!"

"나 이제 속세의 노래와는 담을 쌓았다니깐."

"또 속세 타령이구만. 담장은 무너지라고 존재하는 것 아녀?"

"짜식, 어디 가사나 이리 내놔봐."

그때 창현은 겟세마네 동산에 피어나는 보라색 아이리스 꽃잎의 환영을 보았다.

"야 임마! 이런 유치한 가사에 나의 신성한 곡을 붙이라고?" 창현이 건네준 가사를 몇 줄 훑어 내려가던 조욱이 이맛살을 심하다 싶게 찌푸린다.

"아니, 뽕짝 가사야 적당히 통속적이고 유치해야 제 맛이 나는 것 아녀?"

난초꽃은
물방아 찧는 소리로
피어난다요 부끄러움도
모르고요.

　가난한 날에는 그리움도 죄가 되듯 회색 사랑을 진정한 사랑이라고 부를
수 있을까? 다만 흑과 백이 만나 회색이 되는 것만은 피할 수 없는 숙명일
터. 창현은 여태까지 누군가를 죽도록 사랑하지 못한 것이 못내 아쉽고 죄
스러웠다. 그래도 창현의 가슴팍에는 몇 차례 아스라한 사랑의 냄새들이
물들어 있다. 중학 졸업 후 탐진강 뻘밭에서 짱뚱어 잡이를 하던 시절, 갯
벌 흙이 잔뜩 묻은 몸으로 하얀 교복을 입은 여고생 혜경이를 자전거에 태
우고 집으로 돌아가던 어스름 무렵과 월남 파병 전 봉제공장에 다니는 정
옥이를 만났던 날 목포 대반동 종점 앞 바다 물빛은 아직도 온통 회색으로
채색되어 있다. 월남의 중부전선 나트랑 항구로 이어지는 짜빈동 마을 언
덕은 또 어떠했던가, 베트콩 전사의 아내 응웬티린의 검고 깊은 눈동자를
한없이 바라보던 저녁나절은 온통 잿빛이었다.

　신학대 2학년이 되던 해, 창현은 벌써 불혹의 나이로 접어들었다. 흔들리
는 세월의 편린들이 제대로 된 삶의 밧줄로 엮어질 날은 아득할망정 그해
늦봄에도 어김없이 진보라 난초꽃은 피어날 것이었다. 5월 중순이 되어 송
창현 작사, 장조욱 작곡의 〈난초꽃은 피는데〉라는 디스코트롯 풍의 대중가
요가 제법 모습을 갖춰가고 있었다. 송창현과 장조욱 그리고 강정옥은 봄
비가 하염없이 내리는 날, 장조욱의 집 지하에 마련된 음악실에서 만나게
되었다. 속세와는 인연을 끊었다면서 조욱의 음악실에는 한때 잘 나가던
시절의 사진들이 벽면을 가득 채우고 있었다. 조욱은 피아노 앞에 앉아 직
접 반주를 넣으며 정옥의 노래를 몇 곡 듣고 나더니 특유의 곱슬머리를 곧

추세우고 놀라는 눈치였다. 정옥은 슈퍼스타급 작곡가 앞에서 눈물을 보이며 전율했다. 하지만 이내 조욱의 표정이 어두워진다.

"내가 몇 번 말했지만 노래 실력만으론 가수가 되기 어려워."

"정옥은 유명가수가 꿈이 아니라 자기 노래로 된 음반을 갖는 것이 소원이라니께." 창현은 정옥의 마음을 어떻게라도 달래주고 싶었던 것이다.

그날 저녁 창현과 정옥은 과천에 사는 장식과 혜경이 부부네를 찾아갔다. 혜경은 부러 포도주를 내오면서 얼굴이 붉어진다. 중학교 졸업식 날 창현이가 삼거리 가게에서 몰래 사온 국산 포도주 병에 아로새겨진 여배우의 붉은 입술이 떠올랐기 때문이었다.

"벌써 20년도 훌쩍 지난 일인디…." 창현은 고해성사하듯 목소리가 나긋해진다.

"그날 저녁 물레방앗간에 달만 뜨지 않았어도, 어쩌고저쩌고 또 말해보시지?" 장식이 창현을 놀린다.

"신학대학교 교양과목 시간에 죄와 벌 개념의 예로 등장한 알베르 카뮈의 〈이방인〉의 남자주인공이 햇빛이 너무 눈부셔 살인을 했다지만, 나는 그런 부조리한 상황은 아니었고 그날 밤 정옥이가 겁나 이쁘더라야. 흐흐."

하지만 옛 추억을 되새기던 두 쌍의 중년들은 정옥의 어두운 표정에 한동안 침묵이 흘렀다. "가시내야 좀 웃어라. 창현이를 봐서도." 혜경의 간절한 타박에 정옥은 또 눈물을 보인다. 물론 열아홉에 고아원을 나온 아이 생각 때문만은 아니었다. 그 아이는 전남공고를 졸업하고 고아 아닌 고아 신분으로 군대 면제를 받은 후 곧바로 광주 하남공단에 취업 중이라고 했다. 유장식은 한국대학 대학원 국제정치학 박사과정을 마치고 몇몇 대학에 시간강사로 출강하게 된다. 장식과 혜경의 사이에 뒤늦게 태어난 아들이 군 입대를 앞둘 만큼 세월이 흘렀던 것이다.

장조욱의 말대로 가수는 노래 실력만으로 되는 게 아니었다. 늦깎이 신학대학생인 두 남자에 의해 나름 완성도 높은 가요가 생겨났지만 정작 정옥은 쉽사리 가수가 되지 못하고 있었다. 음반 제작비부터 만만치가 않았던 것이다. 코딱지만 한 창현의 슈퍼에서 무슨 이문이 얼마나 남았겠는가. 강정옥이 난곡시장 뒤편 스탠드바에서 노래를 불러주고 받은 돈을 합쳐 봐도 음반 제작비는 턱없이 모자랐다. 이런 사정을 전해들은 장식은 창현과 정옥의 심정을 누구보다 절절히 느끼며 꼬박 석 달 치에 해당하는 시간강사 강의료를 내놓았으나 손이 부끄러울 지경이었다. 역시 세상은 요지경이라서 돈에 울고 사랑에 속는다지만 돈이란 돌고 돌아야 제 맛이 아니던가. 그것이 아니라면 돈이라는 글자에 받침 하나 바꾸면 돌이 되어버리는 장난 같은 세상에 누구를 원망하랴. 풋내기 국제정치학자 유장식은 한동안 돈타령이 퉁탕거리는 환청에 시달리며 돈 버는 경제학 공부를 하지 못한 것을 겁나 후회했다.

유장식은 목포 근교에 자리 잡은 대학에서 강의를 마치고 중학교 동창 하대성에게 전화로 연락을 했다. 대성은 강진 병영면의 명주 설송(雪松)막걸리 주조장에서 매일 직접 시음을 하여 막걸리 맛을 가늠하는 부서의 부장으로 일하고 있었다. 중학 졸업 후부터 막걸리통 배달꾼으로 잔뼈가 굵은 하대성은 아랫배가 제법 나온 중견 기업인처럼 얼굴엔 몰라보게 기름기가 흘렀다. 두 친구는 실로 몇 십 년 만에 막걸리를 앞에 두고 마주 앉았다.

"장식이 자네가 뭔 일이여? 무지렁이 촌놈 하대성이를 찾아오다니?"

"뭔 일은 무슨. 자네 생각이 문득 나더구먼."

"그나저나 샌님 같기만 하던 자네가 술도 제법 잘 마시네잉!"

"세월이 많이 흘렀잖은가. 자네 마누라 안풍덕 여사님은 잘 계시제?"

"마누라? 내 덕으로 별 시름없이 맨 날 묵고 자고 묵고 자고 하더니 몸땡이만 더 풍덕해져 부렀다네. 으하하하."

"몸 안 아프고 건강한 것이 얼마나 큰 복인가."

"그려! 까짓것 인생이 별거던가." 하대성은 인생을 다 산 것처럼 달관의 경지를 오르는 듯했다. 장식은 대성이가 눈을 지그시 감는 틈을 타 창현이 얘기를 살짝 꺼냈다.

"자네도 알다시피 창현이와 정옥은 여태 둘이 따로 산다네."

"맞어. 창현은 월남에서 팔뚝 하나를 잊어 묵고 와서 고생고생 한다더만. 그러고 정옥은 아직도 카수를 꿈꾸고?"

"돈이 없어서 꿈만 계속 꾸고 있다네."

"정옥이는 이쁜 얼굴에 노래도 징하게 잘 불렀는디잉."

둘의 대화는 아귀가 맞을 듯 말듯 하여 장식은 무척 안달이 났다. 그쯤해서 창현이가 짱뚱어 잡이로 번 돈을 대성이가 꼬셔갖고 몽땅 날려먹은 사연이 대성이의 입에서 고해성사하듯 튀어나올 법도 했기 때문이다.

유장식은 성진중학교 제23회 졸업생 동창회를 주선했다. 졸업한 지 30년만이었다. 난초꽃이 보랗게 피어난다는 5월 어느 늦봄 저녁이었다. 모임 장소는 서울 장충동 동국대 입구 엠배세더호텔 건너편 할매족발집이었다. 총 졸업생 27명 중 절반 가까이 참석했다. 꽤 널찍한 족발집 2층 벽면에는 '이루어서 전진하자'라는 성진중학교 교훈이 적힌 자그마한 플래카드가 걸려있었다.

"자, 오늘은 성진중학교 제23회 동창회 날입니다. 중학교 교문을 떠난 지 실로 30년만입니다." 유장식의 감회어린 사회로 동창회는 시작되고 있었다. 열서너 명의 중년 남녀들은 꿈을 꾸듯 모여 앉았다.

"오늘 특별히 기뻐할 일이 있습니다. 바로 강정옥의 노래 음반이 제작되어 나왔습니다. 타이틀곡은 '난초꽃은 피는데'랍니다. 앞으로 많이 사랑해 주시기 바랍니다. 그리고요, 음반이 나오기까지 우여곡절이 참 많았습니다만 무엇보다도 우리의 호프 대기만성의 화신 하대성 동문의 도움이 제일 컸습니다."

정옥은 약속대로 스탠드바를 그만두고 송창현이 목사가 될 때까지 다도해슈퍼를 맡기로 하고 비로소 창현이와 살림을 차리게 되었다. 강정옥은 다도해슈퍼 진열장 위에 놓인 라디오에서 자신의 노래 〈난초꽃은 피는데〉가 흘러나오자 딸내미가 가수 되는 것도 못보고 세상 뜬, 물레방앗간 아버지가 먼저 떠올라 또 눈물짓는다. 하필이면 그 계절이었을까. 삼년 전 꼭 이맘 때 정옥은 고향집 뒤뜰에서 난초꽃 몇 송이를 수습하여 아빠의 무덤 앞에 놓아두고 그저 눈물로 돌아서지 않았던가. 외팔이 송창현은 목사가 되어 성남시에서 양무리교회를 개척하였고 유장식은 고향 가까이에 있는 대학의 국제정치학과 정교수가 되었다. 둘은 이미 사십 중반의 나이를 넘길 무렵이었다. 목사의 사모가 된 강정옥은 이제 자기 노래는 좀처럼 매스컴에서 들을 수 없었으나 해마다 난초꽃은 마음속에서 무던히도 피어나곤 하였다. 천사표 윤혜경은 구순을 넘긴 전설의 '맬젓장시' 최분순 여사를 모시고 계절마다 자그마한 텃밭을 가꾸고 있었다.

유장식은 전라도 영암의 대불산단에 입주한 ㈜삼호전자 인사팀으로부터 베트남의 하노이 산업연수단을 위한 특별강연을 해달라는 요청을 받고 무척 마음이 설레었다. 강의 제목은 "한국과 베트남의 경제 외교적 역학관계"였다. 유장식 교수는 다른 어떤 강연보다 정성을 기울였고 송창현 목사로부터 몇 마디 베트남 말을 배워가기도 했다.

강연장에는 30세 전후의 베트남 청년들이 예의 검고 깊은 눈을 반짝이며 앉아 있었다. 통일 베트남은 비록 사회주의 국가이지만 과감한 개혁 개방을 표방한 도이모이(Doimoi) 정책으로 서방의 신자본주의를 별 거리낌 없이 수용하고 있었다.

유장식은 강연장에 들어서 사회자의 소개를 받고 미소를 지으며 연수생들에게 '여러분 만나서 반갑습니다'라고 베트남어로 첫 인사를 보냈다.

"차오안 랏부이 두옥 갑반?"

그러자 베트남 연수생들은 일제히 "선생님 캄사합니다 반갑쑵니다" 한국어로 공손히 인사를 하는 것이었다.

연수생들은 한국에 오기 전에 기초적인 한국어를 익히고 대한민국의 문화적 특성에 대해서도 나름 교육을 받은 듯했다. 유장식은 한국과 베트남은 모두 외세의 지배를 받았고 남과 북으로 갈려 같은 민족끼리 전쟁을 겪은 아픔이 있다는 공통점을 언급하며 강연을 시작했다. 프랑스의 가공할 외세에 맞서 분투한 베트남의 민족적 영웅 호치민처럼 한국에도 그에 버금가는 김구 선생이 존재했다는 대목에서 연수생들은 전율을 느끼는 것 같았다. 하지만 어떤 형태의 전쟁이든 결국 비인간적인 전란의 피해는 고스란히 힘없는 백성들의 몫이라는 설명을 듣고 연수생들의 표정이 어두워졌다. 또한 한국 역사 상 최초로 한국군이 베트남 전쟁에 참여했으나 그것이 오롯이 베트남의 평화와 인민들의 자유를 지켜내기 위한 것만은 아니어서 한국인으로서 반성할 부분이 있다는 주장에는 다소 어리둥절한 표정을 짓기도 하였다. 특히 한국의 따이한 병사와 월남처녀 꽁까이와의 사이에 태어나 고아 아닌 고아가 된 라이따이한의 수가 상당히 많다는 사실에 유장식 교수는 얼굴이 화끈거렸다. 과연 누구를 무엇을 위한 전쟁이었을까?라는 정치외교사적 의문은 강연 내내 풀리지 않았다.

유장식 교수는 강연 말미에서 창현으로부터 전해들은 가슴 아픈 사연을 하나 들려주었다. 장식은 베트남전에 참전한 절친한 친구가 한국군의 총탄을 맞고 죽은 베트콩 병사의 아내 응웬티린과 '회색 사랑'을 맺었다는 이야기를 하면서 눈시울이 뜨거워졌다. 응웬티린은 당시 송창현 상병을 '창엔 쏭'이라 불렀다고 한다. 과연 죽고 죽이는 전쟁터에서 적군의 아내를 사랑할 수 있을까? 너무 아픈 사랑은 사랑이 아니었음이 뼈저릴 뿐이다.

유장식 교수가 강연을 마치고 건물 복도로 나서려는데 베트남 연수생 중 하나가 황급히 장식을 따라오는 것이었다. 뒤돌아보니 유독 검은 눈동자가 반짝이는 앳된 연수생이었다. 그녀의 얼굴에는 형언키 어려운 온갖 감정이 실려 있었고 영어와 서툰 한국어를 섞어가며 장식에게 애원하듯 매달리는 것이었다. 그녀의 손에는 빛바랜 사진 한 장과 조개껍질로 만든 목걸이가 들려 있었다.

"선생님! 창엔쑹 아즈씨 지금 어디 있어요?"

그 앳된 베트남 연수생은 응웬티린이 자기 엄마라고 했다. 엄마는 몇해 전 숨을 거두며 창엔쑹과 함께 찍은 사진 한 장과 나트랑 항구 모래밭에서 쑹 아저씨가 조개껍질로 만들어준 목걸이를 자기 손에 꼭 쥐어주었다고 말하며 코를 훌쩍였다.

송창현 목사는 유장식 교수로부터 응웬티린의 딸이 아닌 자신의 딸이 산업연수생으로 한국에 와있다는 사실을 전해 듣고는 만감이 교차하는 듯 말을 잇지 못했다. 난초꽃이 '보랗게' 피어나던 어느 봄날, 송창현은 남쪽 바다로 이어지는 탐진강 어귀에서 응웬쑹이라는 이름의 베트남 꽁까이와 마주 바라보고 섰다. 엄마와 이국 아빠의 성을 하나씩 따서 이름 붙인 응웬쑹을 창현은 가슴에 꼭 안으며 그녀의 목에 하얀 조가비 목걸이를 걸어주었다. 그때 검은머리물떼새 한 마리, 물과 뭍의 경계를 딛고 회색 구름이 점차 붉게 물들어가는 서녁 하늘로 날아올랐다.

2부

# 너와 내가 통(通)하였느냐

구름이나 바람 없이는 어떠한 무지개도 만들 수 없다.

- 빈센트 반 고흐 -

# 전쟁은 미친 짓이다

한반도 최남단 탐진골(耽津谷)에도 눈이 겁나 많이 내렸다. 노루봉 등성이에 자리 잡은 장등사(長燈寺) 절간 큰스님은 발갛게 등불을 밝히고 제자들을 불러 모았다. 모두 엊그제 담근 생굴김치에 곡차를 한 잔씩 걸치고 선문답 시간을 갖는다.

큰스님 : 심심풀이로 내가 문제를 하나 낼 테니까 차례로 답을 하여 보거라. 네팔과 칠레가 싸우면 누가 이기겠느냐?

제자1 : 네팔이 이깁니다. 네팔은 팔이 네 개나 되니까요. 매우 효율적입니다.

큰스님 : 이런 모지리 같은 놈! 내가 고따구로 가르치더냐? 세상의 일을 단순 수치로 따지지 말라고 그토록 일렀건만.(쯔쯔) 다음!

제자2 : 칠레가 이긴다고 생각합니다. '칠레↑'라는 의문형 반어법은 '때리다'와 동의어인 '치다'에서 파생된 말이고요. 칠레는 '칠 테면 쳐봐라'는 식으로 대드는 꼴이니까 상대방이 겁나 겁을 묵게 되어 있습니다요.

큰스님 : 이런 빌어먹을 놈! 어디서 그럴싸한 것을 가져와서 이 늙은이의 마음을 흐리려 하느냐? 한글 문법이 다 얼어 죽게 생겼다잉?

제자3 : 제가 맞춰보겠습니다. 네팔은 불교의 나라이고 칠레는 천주교의 나라이므로 우리가 공부하는 불심으로 봐서도 당연히 네팔이 이깁니다.

큰스님 : 팔이 안으로 굽는다는 말이냐? 팔을 부러뜨려버릴 놈 같으니라고. 너는 그 동안 헛공부를 했네 했어. 자비와 사랑은 이음동의어니께 그 차이를 가르지 말라고 몇 번을 말했냐. 니 귓구멍에 쌓인 차별

과 증오의 귓밥부터 파내거라.

제자3 : 네팔은 내륙 국가이고 칠레는 해양 국가이므로 육박전이면 네팔이 이길 것이요, 해전이면 칠레가 승입니다요.

큰스님 : 잘난 체 하기는. 그깐 전제를 두고 물어본 질문이 아니니라. 너도 썩 물러가거라.

제자5 : 지는 것이 이기는 것이요, 이기는 것이 지는 것이라 배웠습니다. 그러므로 저는 무조건 지는 쪽에 서겠습니다.

큰스님 : 귀신 씨나락 까묵는 소리하고 자빠졌네. 니놈부터 예상 패전국으로 파병 보내야 겠다.

제자들(일제히) : 그러면 큰스님은 누가 이긴다고 생각하십니까?

큰스님 : 승자도 패자도 없느니라. 애초에 두 나라는 싸울 마음이 없으니께.(으흠~)

제자들(일제히) : 우리를 놀리니까 재미있으신가요? 이제 우리가 갚아 드리겠습니다. 마당에 나가서 5:1로 눈싸움 한 따까리 하실래요?

큰스님 : ('한 뚝배기 하실라예'라면 모를까) 로버트 할리가 왔나?(흐흐)

# 발가벗은 큰스님

 장등사 절간에도 무더위가 절정이다. 피할 길 없는 108개의 번뇌가 스님들 등짝에 검붉은 히드라처럼 붙어있는 것 같다. 절 마당 한편에서 혀를 길게 늘어뜨린 채 졸고 있는 누렁개 황구의 번뇌는 몇 개쯤 될까? 만허(滿虛) 큰스님은 회색 장삼 웃통을 벗어제끼고 싶은 충동을 겨우 억누르며 헛기침을 몇 번 하고는 애면 제자들을 불러 모은다.

큰스님 : 느그들 다 모였느냐? 내가 문제를 하나 낼 터이니 차례로 생각을 말해 보거라.

제자들 : (일제히) 쉬운 걸로 내주세용~.

큰스님 : 오냐 알았다. 한여름에 빤스만 차고 앉아 참선하는 행위에 대하여 각자 의견을 말하면 되느니라.

제자1 : 어떤 명제나 화두는, 그것을 만들어내는 당사자의 인식의 저변을 부지불식 간에 노정시킨 결과이므로 '속옷 참선'은 큰스님의 바램을 쓰리쿠션 돌려까기로 내보인 신공이라 생각합니다.

큰스님 : 이런 빌어 묵을 놈! 어려운 어휘를 나열한다고 유식하게 보인다더냐? 말을 한사코 알기 쉽게 해야 진실에 가까운 법이니라. 그리고 뭐 속옷 참선이라고? 누구 맘대로 출제자의 본말을 훼손하고 자빠졌냐. 빤스가 뭐 워때서. 똥을 변이라고 표현하면 된장이 되는 거냐? 짜샤. 다음!

제자2 : 육신은 본래 껍데기요 정신은 알짜배기입니다. 큰스님의 만허라는 법명처럼 허상에 불과한 외피(外皮) 따위로 맑은 정신을 온전히 지킬 수는 없습니다. 아담 성님과 이브 누나가 부럽습니다.

큰스님 : 야 이놈아! 그 동안 입이 간질거려도 아끼고 아껴둔 에덴가든 이야

기를 냉름 써묵어불다니. 고얀 놈!

제자3 : 저기 이웃 마을 흥룬사 스님들이 장사 잘 되는 가든으로부터 쐬주하고 괘기를 시켜 묵다가 걸렸다고 하던디요. 가든 얘기는 쪼깐 삼가주셔야 되겄구먼요. 유혹은 항상 떨치기가 너무 힘들어요.

큰스님 : 저런 미친! 밑장 빼지 말고 치던 화투나 곱게 쳐라잉. 가든이란 말만 들으면 육고기부터 연상하는 꼴을 보니 너 말짱 헛공부만 한 모양이구만. 에덴을 모욕하다니. 부처님 친구 예수께서 니 말에 혀 차는 소리가 여기까지 들린다야. 물어본 주제도 파악 못하고 꼴뚜기전에서 먹물 빼돌리는 놈 같으니라고.

제자4 : 사실 속계와 선계의 경계는 없습니다. 다만 치부(恥部)만 있을 뿐입니다. 보이는 것이 다가 아니듯이 안 보이는 것 또한 전부가 아닙니다. 감춘다고 안 보이는 것도 아니고 드러낸다고 다 보이는 것도 아닙니다. 도반 수업 10년이 되어가는 저로서도 보아야 할 것은 안 보이고 안 보아야 할 것은 보이므로 오늘 같은 무더위에는 차라리 전라(全裸) 참선이 훨씬 효과적일 듯합니다.

큰스님 : 전라라고? 무슨 욕처럼 들리는디?(크큭) 오냐오냐 했더니 못하는 소리가 없구나. 너 임마, 저기 방구석에서 깨를 홀딱 벗고 물구나무서 있어도 시원찮을 놈! 자, 그러면 마지막으로 말없이 앙거만 있는 얌전이가 한마디 해봐라. 실제로 빤스만 차고 불공을 드리는 나의 쭈그러진 몰골을 연상하면서잉.

제자5 : 색즉시공 공즉시색 옴마니 밧메훔. 뜨거운 열파가 내리쬐는 마당에 털옷을 입고 앉아서 말 한마디 없는 저 백구를 보십시오. 우리가 개만도 못해서야 되겠습니까. 채근담에 慾基中者(욕기중자) 波沸寒潭(파비한담)/虛基中者(허기중자) 凉生酷暑(양생혹서)라는 말이 있습니다. "욕심이 가득 찬 사람은 차가운 연못에서도 물이 끓고 마음을 비운 사람은 혹심한 더위 속에서도 서늘함이 일어난다"지 않습니까! 아무리 덥더라도 가릴 곳은 가리고 참선이든 탁발이든 해야 할 것입니다.

(제자5가 나긋나긋 이르는 말에 다른 제자들은 일제히 '우와~'라는 감탄사로 부러운 반응을 보인다.)

**큰스님** : 아따, 내가 너를 잘 못 건드린 것 같구나. 공부가 나보다 훨씬 앞서니 너랑 내가 자리를 바꿔 앉어야 쓸랑 개비여. 나 오늘부로 큰스님 은퇴한다. 가르치는 것은 겸손만큼 힘들구나.(흠~).

더위도 더위려니와 마지막 제자에게 한 방 얻어맞은 탓인지 큰스님은 평소와 달리 힘이 쭉 빠진 모양이다. 그 모습을 본 제자들이 합장을 하며 합창을 한다.

"만허 큰스님 힘내세요~. 우리가 있잖여요~♬"

큰스님은 살그머니 실눈을 뜨더니 한마디 한다.

"노래보다 시원한 분홍색 스크류바 아이스케끼나 하나 사다 주라."(으흐흥)

# 알뜰폰은 알고 있을까

잔설이 아직 남아있는 장등사 절간은 적막강산이다. 큰스님은 무료함을 견디지 못하고 늘어지게 하품을 하고 나더니 다섯 제자를 불러 앉힌다.

큰스님 : 자 모두 잘 듣거라. 내가 문제를 하나 내겠다. 저 '계곡물 소리'를 이 방 안으로 가져올 방법을 차례대로 말해 보거라.

제자1 : 무릇 소리는 물질이 움직이거나 부딪히면 발생하는 현상이므로 두 손으로 계곡물을 방 쪽으로 퍼 올리겠습니다.

큰스님 : 이~런. 고길동이를 놀려묵는 둘리 같은 놈! 이 늙은이에게 찬물을 끼얹겠다는 소리냐?

제자2 : 소리는 무색무취 무미하고 형상이 없으므로 유존무존 무존유존(有存 無存 無存有存)입니다. 즉, 소리는 존재하는 듯 존재하지 않고 존재하지 않는 듯 존재합니다. 간절한 마음으로 계곡물을 바라보면 물소리는 내 몸을 따라오게 되어 있습니다.

큰스님 : 귀신 씨나락 까묵는 소리하고 있네. 유전무죄 무전유죄 흉내나 내다니. 너도 썩 물렀거라.

제자3 : 소리 음(音)은 가로 왈(曰)을 밑바탕으로 이뤄진 글자입니다. 가로 曰은 입(口)에 가로로 줄을 그은 형상이고요. 글자 모양으로 봐서 묵언(默言)의 가치가 담겨 있습니다. 같은 이치로 세상의 모든 소리를 듣지 않는 묵청(默聽)도 때로는 필요합니다. 요즘 내 귀에는 계곡 물소리마저 안 들린다면 화를 내실 거죠?

큰스님 : 잘난 체 하기는. 늙은이 놀리면 죄받는다. 아직 답이 안 나왔니라.

제자4 : 오늘이 마침 발렌타인 데이니까요, 옛 여친이 저에게 쪼코렛을 들고 찾아올 겁니다. 별명으로 그녀를 '물소리'라고 부르곤 했지요.

그녀의 가슴에 귀를 대면 물소리가 들렸거든요. 자기를 찾을 때면 계곡을 꼭 지나서 오라고 했어요.

큰스님 : 이런 발랑 까진 놈 같으니라고! 탤런트 옥소리는 들어봤다만 '물소리'라고야? 이쁘냐?(큭큭) 쪼코렛 받으면 한 쪼가리는 나한테 주겠지.(으흠~)

제자5 : 물소리는 꼭 귀로만 들리는 것은 아닙니다. 눈에도 들리고 심장에도 들리고 대뇌의 전두엽에도, 하지말초신경 실핏줄에도 들릴 수 있습니다. 이를 문자화하면 다중공감각적인 글이 됩니다. 계곡 물소리를 온몸으로 들으며 시 한 편 지어오겠습니다.

큰스님 : 이런 미친 놈! 시방 너 영화 '앵무새 몸으로 울었다' 흉내 내는 거냐? 색즉시공 공즉시색 어머니 밭메요 식으로?

모든 제자 : (킥킥키 웃으며) 큰스님! 옴마니 밧메훔이어요. 대체 정답이 있기나 하남요?

큰스님 : 잘 들어 보거라. 강진 LG전자 베스트샵에서 개비한 알뜰폰으로 계곡 물소리를 담아오면 되느니라.(흐흐흐) 이런 좋은 세상이 워디에 또 있을꼬.

제자들 : (일제히 환호성을 올리며) 큰스님! '요기요' 배달 앱 깔아드릴 테니 오늘 저녁엔 치맥 한 따까리 하실래요?

큰스님은 졸지에 제자들의 놀림을 받고 알뜰폰을 슬그머니 장삼자락 속에 감추고 헛기침만 연신 해대었다.

어느새 저녁 어스름이 내려와 장등사에 희미한 불등이 켜지고 절간은 또다시 적막에 들었다. 대체 계곡 물소리는 어디로 흘러가는 것일까.

# '산오징어'가 산으로 간 까닭은

　장등사 절간 옆 산마을 입구에서 날마다 확성기로 '산오징어'를 외치는 장사꾼이 잠깐 조는 사이 돌달마(乭達磨) 주지스님은 제자들을 불러 모아 화두를 던진다.

"오징어가 산으로 간 까닭을 돌아가면서 한 번씩 말해 보거라."

제자1 : 산오징어는 무쟈게 싱싱해서 트럭을 박차고 산을 탈만큼 팔팔합니다요.

주지스님 : 산을 탄다고? 팔팔정(錠) 같은 소리 하고 자빠졌네. 너 공부는 안 하고 김국환이 타타타 노래만 들었냐? 산다는 것이 좋은 거 누가 모르냐? 짜샤.

제자2 : 오징어는 본래 흐물거리는 연체동물이지만 건조시키면 영원을 지향하는 화석처럼 운명적으로 산을 갈망하게 되어 있습니다요.

주지스님 : 저런 위험천만한 놈 같으니라고. 그럴싸한 말만 나열한다고 말이 된다고 생각하는 너야말로 세상을 어지럽히기 딱이다 이놈아.

제자3 : 산은 산이요 물은 물입니다만, 물과 뭍은 한 끗 차이이므로 시력이 안 좋은 오징어의 눈에는 산 그림자를 짙푸른 바다로 착각할 수 있습니다.

주지스님 : 한 끗 차이라고? 너 아직도 도박용어질이냐? 빠칭코에 빠져 헤매던 놈을 우리 절에서 겨우 건져 놨더니만 아직도 화투짝 쪼는 맛이 남아 있는 거구나?(ㅉㅉ)

제자4 : 죽음은 삶의 완성이라 했습니다. 산오징어는 사실은 죽어 있습니다. 트럭의 수조 속에 갇힌 오징어의 삶이 생불여사가 아니고 무엇이겠습니까. 그래서 차라리 산으로 가고 싶을 겁니다.

주지스님 : 이런 빌어 묵을 놈. 누가 죽음이 삶의 완성이라고 그러디? 너 나
　　　　한테 주글래? 죽음을 함부로 입에 올리는 거 아녀 임마, 어린놈
　　　　이.

제자5 : 불심의 최고 가치 중의 하나인 윤회를 범어로 잠자라(samsara)라 배
　　　　웠습니다. 스님이 낸 문제의 답을 알려면 오징어가 눈을 떴다 감았
　　　　다 한다는 오징어 장수한테 물어보는 것이 빠를 것 같습니다.

주지스님 : 자다가 봉창 뜯고 있네. 니가 꽤기 묵고자퍼서 환장을 한 거냐?
　　　　오징어 장수에게 아부까지 하고. 아직도 답이 안 나왔느니라.(음~)

제자들 : (일제히) 큰스님! 대체 산오징어가 왜 산으로 갔습니까?

주지스님 : 내가 산으로 올라오라고 했느니라. 우리가 못 묵더라도 한 번은
　　　　팔아드려야 산목숨 공양이라도 될 것 아니냐.

제자들 : 와우! 큰스님. 즉인다. 촥오!

주지스님 : 오징어는 갑오징어가 최곤디!(흐흐)

# 바람과 구름

바람 : 어이 구름씨, 굿모닝 구텐모르겐 봉쥬르 오하이요 부에노스 디아스?

구름 : 아니, 귀신들이 워디서 씨나락 까묵나? 뭔 요상한 소리가 들려부러
　　　야?

바람 : 나란 말이시. 나여, 바람이랑께!

구름 : 뭐여. 당최 쌍판때기는 보이질 않다가 불쑥불쑥 나타나서 놀래키는
　　　거여?

바람 : 으응. 늘 니 곁에 있었는디?

구름 : 뭐시라고? 너 이 새끼 뭘 알고자퍼서 내 곁에서 알짱거리는 거냐?

바람 : 와따 너 한동안 안 봤더니 입이 겁나 거칠어져 부렀구나. 뭔 일 있었
　　　냐?

구름 : 뭔 일은 임마. 내 몸이 흔들릴 때마다 내가 뭔 죄가 많아서 이런다냐
　　　하고 나를 돌아보곤 한다.

바람 : 너 답지 않게 한숨까지 쉬고 그러냐? 힘내라.

구름 : 세상이 나에 대해선 별로 좋게 얘기를 안 하니까 그러지.

바람 : 꼭 그런 것만도 아녀. ⑲선도 할아버지는 구름을 좋은 의미로 읊으
　　　셨던디?

구름 : 느그 할아버지라고? 우리 할아버지여 임마.

바람 : 아따 짜식 속 좁기는.(쯔쯔) 그러니까 니가 욕을 얻어 묵는 것이여.

구름 : 그래 그건 그렇다 치고, 선도 할아버지 말씀 한 번 다시 들어보자.

바람 : 어부사시사(漁父四時詞) 알제잉? 요런 구절이 나오잖아. 들어 봐라. "파
　　　도소리는 세상의 시끄러운 소리를 막아주고, 짙은 구름은 인간속세
　　　못난 구석을 가려주니 이 아니 좋을 소냐." 이렇듯 구름은 때때로 겁

나 좋은 일을 하잖여!

구름 : 그래야잉. 니 말 들으니까 쪼깐 기분이 업 되려고 그런다야. 어이 유
식한 바람씨, 그런디 요즘 가게에서 잘 팔리는 클라우드(Kloud) 맥주
는 대체 나랑 뭔 관계가 있는 거냐?

바람 : 아따 짜식 궁금한 것도 많네! 역시 5G폰이 좋긴 좋더라. 거기 찾아
보면 금방 나와부러. Kloud는 Korea와 cloud를 합성하여 맹근 상
표이고, 전지현하고 설현이가 그 맥주 모델이란다.(흐흐)

구름 : 나는 모델한테는 관심 없고, 술 이름을 지으면서 하고 많은 용어 놔
두고 하필 나를 써묵냐고?

바람 : 이런 깝깝한 놈! 술은 뭐하려고 마시냐? 사람들이 별의별 구실을 대
긴 한다만, 울적함을 달래기 위해 술을 마시는 경우가 제일 많을 것
이다. 나의 직관적 통계에 의하면 말이다잉. 아무래도 구름이 많이
끼고 비라도 내린다치면….

구름 : 너 임마 갑자기 왜 그래? 항상 명랑하던 녀석이?

바람 : 보이지 않는다고 실체가 없는 것이 아니여….

구름 : 음마 점점? 너는 갑자기 변하는 것이 탈이여야. "있는 것은 없는 것
이요, 없는 것은 있는 것이다"라고 쩌그 절간에서 했던 말 또 써묵을
라고 그러지?

바람 : 나라고 항상 마음이 편컸냐? 마음 줘야 할 곳이 너무 많아서. 사람들
바람(바램)이 원체 많으니까.

구름 : 모두들 욕심만 쪼끔씩 줄이면 좋을 텐디. 그나저나 자네 오늘은 어디
로 가려는가?

바람 : 정처 없이 떠도는 몸이 정한 곳이 있을 손가. 혹 다음에 골목길 지나
자네 집 문고리라도 흔들면 문이나 열어주시게.

구름 : 어허 그러지 말고 기왕 오늘 만났으니까 나랑 요 앞 슈퍼에 가서 클

라우드 맥주나 한 잔 하세.

바람 : 하기사 내일 모레면 자네는 눈(雪)으로 변할지도 모르니까 클라우드 구름샷이라도 찍어둘까? 쏘주도 살짝 타서 쏘·맥이 좋겠제잉. 하하

구름 : (모처럼 발까지 구르며) 기분 좋아졌어~.

# 생쥐와 바퀴벌레

바퀴 : 어이 생쥐 친구! 엄동설한에 안 죽고 잘 사는가?

생쥐 : 밖에 뉘기여? 누가 왔는 개비네?

바퀴 : 나여, 나란 말이시.

생쥐 : 나가 누구여? 연말에 날 찾아온 친구가?

바퀴 : 허참! 친구 목소리도 잊어 묵었는갑네. 나여 박회! 쥬라기초등학교 폐교 후 생긴 백악(白堊)초등학교 3회 졸업생.

생쥐 : 아, 백악초등학교에서 그 유명하던 박회!

바퀴 : 그래 임마. 요즘 말로 바퀴벌레. 너 말이여, 6학년 2학기 때 물에 빠진 생쥐마냥 꾀죄죄한 얼굴로 삼엽충과 함께 우리학교로 전학왔잖여.

생쥐 : 그랬던가? 어렴풋이 생각나네. 담임 별명이 '찰거머리'이었제.

바퀴 : 찰거머리 선생님 참 잘 쳤지. 대나무 뿌리로 만든 낭창한 회초리로 우리 엉덩이에 착착 감기던 찰진 매맛이라니!(으흐흑)

생쥐 : 시방 너 우냐? 매타작도 추억이라고?

바퀴 : 상처 없는 영혼이 어디 있겠냐만 모든 것이 아름다운 추억으로만 남아 있다.

생쥐 : 와따, 안 본 사이에 너 철학자가 다 되었구나.

바퀴 : 철학자가 따로 있간디 뭐.

생쥐 : 하기사 철학하신 니체 성님도 편승엽이 부른 '차디찬 그라스' 어쩌고 하는 뽕짝 노랫말 비슷한 글에서 거머리를 '아름답다'라고 했잖여.

바퀴 : 너 명문 백악초등 출신 맞냐? 차디찬 그라스라고야? 이런 모질이 같은 놈! 그 책 이름은 '차라뚜스뚜라는 요로코롬 말씀하셨다'여! 알겠냐?

생쥐 : 와, 명창 나셨네. 내용이 중요하지, 책이름이 뭐 별거라고.

바퀴 : 그래, 니 말도 일리가 있다. 그나저나 찰거머리 선생님 소식은 좀 아냐?

생쥐 : 잘 몰러. 혹 삼엽충 친구는 좀 알랑가? 찰거머리가 삼엽충 누나를 한때 좋아했잖여?

바퀴 : 맞어. 그 시절 코찔찔이 삼엽충이 겁나 부럽더라. 나도 그렇게 이삔 누나가 하나 있었으면 하고야.

생쥐 : 짜~식, 너도 엽충이 누나를 좋아했구나?

바퀴 : 그랬다고 말하지 아니할 수 없다고 말 할 수 있는 개연성을 증거할 자료가 없다고는 말할 수 없지.

생쥐 : 염병하고 있네 짜식. 솔직하게 이야기해 임마! 내가 모를 줄 알고.

바퀴 : 꼭 그걸 말로 해야 되냐? 이혜리 카수 노래에도 나오잖아. "립스틱 바른 이유를 꼭 말로 해야 되나요"라고.(흐흐)

생쥐 : 뭐 그런 노래가 다 있대?

바퀴: 인터넷 '나무 위키'에서 찾아보니까 너희 족속들은 10시간만 묵지 못해도 바로 죽어버리는 매우 열등한 DNA가 들어 있다더라. 우리 바퀴 부대는 6개월 동안 아무것도 안 묵고 버틸 수 있단다.

생쥐 : 부럽구나. 그래도 내 친구라고 나한테 관심도 가져주고.

바퀴 : 그나저나 인간들은 우리를 뭣 때문에 그토록 싫어한다니?

생쥐 : 그거야 생긴 모습도 그렇고. 조물주의 깊은 뜻이야 있겠지만 어쨌든 손가락질 받는 것은 기분 나쁜 일이지. '아름다운 거머리'라고 말씀하신 니체 성님만 괜히 미친 놈 취급받고.(으흐흐흐)

바퀴 : 너 시방 우냐?

생쥐 : 운다고 옛사랑이 올 것 같으면 몇날 며칠도 울것다만, 잊을 줄도 알아야지.

바퀴 : 하기사 나이 70이 되어도 정신 못 차린 놈들도 쎘더라만, 그래도 세월이 헛것은 아니어야.

생쥐 : 맞어! 내가 과문인지 몰라도 동서양에 걸쳐 수 천 년의 예술사에서 너와 나를 소재로 한 영화나 드라마 소설 등은 꽤 많지만 우리를 찬미하거나 안쓰러운 눈길로 쓴, 생쥐 관련 시가 딱 두 편 있더구나.

바퀴 : (두 눈을 반짝이며) 그것이 어떤 시여? 나도 쪼깐 갈쳐주라.

생쥐 : 역시 동방의 등불, 조용한 아침의 나라답게 두 편 모두 꼬레아 시인들의 작품이랑께!

바퀴 : 와! 자긍심 팍팍 올라간다야. 얼릉 말해보랑께!

생쥐 : 미안타만 공짜로는 안 되겠다.(으흐흐항)

바퀴 : 목소리가 왜 그 모양이여. 니 목소리가 아닌 것 같어?

생쥐 : 나는 기분이 최고조에 달하면 이런 목소리가 나온단다. 1년에 서너 번 정도?

바퀴 : 너 지금 뭐 묵고 잡냐? 소고기 등심 랍스타 송로버섯 앙뜨레, 말만해라. 애끼고 애낀 꾸렝이알 같은 돈 쪼끔 꼬불쳐 둔 게 있승께.

생쥐 : 너 날 잘 못 봤다. 너 춘향전 〈사랑가〉 구절 잘 알지야? "온갖 고량진미 나는 싫소. 그것도 나는 싫소. 서방님 사랑만 묵고 살료." 내가 지난 가을에 좀 아팠니라. 많이 묵은 것도 없는디 목에서 신물이 넘어와서 집 앞 이비인후과에 가보니까 뭔 역류성 식도염이라더라. 그래서 석 달 동안 약 묵고 좋아하는 술도 참았더니 이젠 싹 나았어.

바퀴 : 알겠다 친구야. 척이면 착이다. 내가 누구냐. 3억년 동안 눈치 하나로 살아온 내 이름 한박회(韓泊會). 조선시대 한명회와는 같은 돌림자니라. 밖으로 나가자. 이삔 아줌마가 새로 차린 홍탁삼합집으로. 너도 코로나 백신 3차 맞었지?

생쥐 : 응. 3차로 모더난가 뭐다란가 맞었으니께 꺽정은 하덜덜 말어.

(여기 홍어회와 수육, 묵은지에 무등산막걸리 두 뱅 주씨요.)

생쥐 : 술 따루는 소리는 언제 들어도 내 영혼을 맑게 하는군.

바퀴 : 두 말하면 이빨 아프제. 자 들세.(크으억) 이제 말해주소. 우리 둘을 불쌍히 여기는 시가 정말 있긴 있는 거여?

생쥐 : 내가 자네한테 술 얻어 묵으려고 술수라도 쓴 걸로 오해하는 거여?

바퀴 : 진정하게나.

생쥐 : 역시 시인들은 다르더만. 사물(사람)을 별의별 각도에서 바라보면서 천착하기도 하고 전복시키기도 하고. 우리 같은 미물도 단순히 미물(微物)이 아닌 미물(未物)로 바라보는 싼박한 가슴을 가졌더라고.

바퀴 : 아짐씨! 여그 막걸리 한 뱅 더 주씨요. 친구야! 이쯤해서 우리 둘을 노래한 시와 시인 소개 좀 해주라.

생쥐 : 그럼세. Y대학 국문학과 교수 이동순 시인의 「쥐구멍」이라는 시와 시인 같은 시 아닌 시인인 듯한 하월곡의 「바퀴벌레의 외출」이 바로 그것이여.

바퀴 : 아 그렇구면! 이동순 시인은 들어본 것 같은디, 하월곡은 무척 낯선디?

생쥐 : 그럴 것이네. 그래서 하월곡은 자기 스스로 '듣보잡 시인'이라고 한다네.

바퀴 : 나처럼 문외한의 눈으로 봐도 하월곡의 글은 문학성은 몰라도 독창성은 꽤 있어 보이는 것 같구면.

생쥐 : 그래잉. 돈 드는 일이 아닝께 하월곡씨 글에 '좋아요'라도 팍팍 날려드리세.

생쥐 : 오키. 자, 마지막 잔 채우고잉. 요렇게 묵은지에 홍어 수육 한 점씩 싸서 막걸리 원샷으로 마무리하세! (크~~~~~으~~~~~억)

# 목성과 토성

토성 : 어이 목성 친구! 새해 복 많이 받았는가?

목성 : 으응? 토성 니가 뭔 일이여? 요즘 코빼기도 안 보이더니 덕담까지 날리고?

토성 : 세상이 하도 험악해도 바로 이웃인디 잊힐리가 있겄냐.

목성 : 하기사 너랑 은하수다방 안 가본 지도 꽤 오래다.

토성 : 은하수다방 모닝코피 달달해서 겁나 맛있는디잉! 그나저나 너 알고 있지?

목성 : 뭘?

토성 : 한때는 너를 따라 댕기는 떠돌이들인 위성이 나보다 많았지만 지금은 내가 훨씬 더 많다는 걸 말이여. 하하.

목성 : 야, 너 아직도 숫자놀음이냐? 오합지졸들이 너에게 평생 충성할 줄 알아? 순진하기는.(ㅉㅉ) 그나저나 내 본래 이름이 뭔지 알지? 만인의 신 제우스와 동명인 주피터라니까.

토성 : 뭣이라고? 만인이 너를 우러러보긴 보는 거냐? 나는 말이다잉, 농자천하지대본을 일깨운 농경의 신 사투르누스(Saturnus)다. 우리 어무니는 땅의 여신 가이아(Gaia)이고 아부지는 너보다 한 참 위인 하늘의 신 우라누스(Uranus)여 임마. 쩝도 안 되는 것이 까불고 있어!

목성 : 이 새끼 봐라여, 아무 데나 막 갖다 붙이면 되는 거여?

토성 : 내가 아무 것이나 들이댄다고? LG 강진대리점에서 어제 개비한 5G 폰으로다가 꼼꼼히 검색해봤어 임마. 잘만 나와 있더만. 음하하하하.

목성 : 중고 4G폰은 나에게 넘겨주지 그랬냐?

토성 : 야, 바람둥이, 또 전화로 누굴 꼬실려고? 니가 제일 사랑하는 아프로

디테는 잘 있냐?

목성 : 말도 마라. 세월이 차암~ 무상하더라. 영원할 줄 알았던 사랑도 시들고. 다른 여자들한테 징허게 질투를 부리던 아프로디테도 지금은 어디서 사는지 앞태는커녕 뒤태도 가물가물하다.(흠~)

토성 : 그럴 것이다. 내가 뭐라디, '사랑은 흐른다'고 안 했냐!

목성 : 너랑 오랜만에 만났으니까 한 가지만 더 물어보자.

토성 : 뭔디?

목성 : 너는 내가 바람만 핀 것이라 생각하는지 모르겠다만, 실은 나는 알순남(알고 보면 순수한 남자)이여.

토성 : '순수'가 들으면 겁나 섭섭하겠다?

목성 : 놀리지 말고. 나도 진지할 때가 있다는 것을 좀 알아주라.

토성 : 너무 진지하지 말고 그냥 편하게 말해!

목성 : 나무별(木星)이라는 나의 또 다른 이름도 너무 거룩하잖냐! 만약 내 몸에 달린 사과가 땅에 떨어지면 그 사과는 죽었게 살았게?

토성 : 너무 진지하지 말래도 그러네. 겁난다야. 기왕 물어본 거니께 대답은 한다만, 사과나무는 내 몸의 일부인 흙이 없으면 금방 죽어부러. 그러니까 사과는 니 몸뚱이의 소유만이라고는 할 수 없을 것이다.

목성 : 그러면 너랑 나랑 이란성 쌍둥이?

토성 : 일란성에 더 가깝지.

목성 : 아따 오랜만에 너랑 마음이 통하는 것 같다. 이따가 '손을 잡으면 마음까지'라는 주·다·야·싸(주간엔 다방커피 야간엔 술파는 쌀롱)에서 내가 한 턱 쏘께!

토성 : 오키~.

# 굼벵이와 달팽이

굼벵이 : 어이 달씨! 새해 복 많이 받게나.

달팽이 : 굼벵이 친구! 세임투유.

굼벵이 : 그나저나 올해가 소띠라는디 어째 우리들 해는 없을까?

달팽이 : 너 모르고 있었냐? 올해는 나의 해여.

굼벵이 : 그것이 뭔 소리여?

달팽이 : 이래봬도 나의 근엄한 닉네임이 와우(蝸牛)여 와우! 소 牛자가 눈에
안 보이냐?

굼벵이 : 와우(Wow)! 놀래라. 진짜네.

달팽이 : 토우아(土牛兒)라고도 불러주라. 지상을 바람처럼 날아댕기는 풍운
아! 음하하하하. 다음부터는 나를 성님으로 모시거라.

굼벵이 : 나도 거창한 이름이 따로 있어, 임마!

달팽이 : 그것이 뭔디?

굼벵이 : 너 '제조'라고 들어는 봤냐?

달팽이 : 제조? 뭘 제조해?

굼벵이 : 이런 모질이 같은 놈. 나의 진면목을 잘 나타내는 제조(蠐螬)는 하도
귀한 글자라서 스마트폰 한자에는 안 나와야.

달팽이 : …?

굼벵이 : 제(蠐)는 곤충 충(虫)변에 제나라 제(齊)자로 이뤄진 글자고. 조(螬)는
곤충 虫 더하기 조나라 조(曹)로 맹글어진 문자여. 나는 말이다잉,
제나라와 조나라에서 아주 귀하게 여긴 곤충애벌레라는 뜻이여,
알겠냐?

달팽이 : 그렇게 깊은 뜻이!

**굼벵이** : 너 시방 서경석-이윤석 콤비 흉내 낸 거냐? 재밌는 녀석 같으니라고.

**달팽이** : 혹시 제나라 조나라 궁궐에서 간 기능과 면역력에 좋다고 너 같은 놈들을 고이 키워서 잡아 묵었던 것 아니냐?

**굼벵이** : 이런 써글 놈. 친구한테 못하는 소리가 없구나.(쯔쯔)

**달팽이** : 굼친구 미안허이. 농담으로 한 번 해본 소리네. 그나저나 요새 겁나 추운디 어찌 지내는가?

**굼벵이** : 지붕 속이라 제법 따뜻혀. 우리 집 주인이 보일러를 팡팡 때주니까 견딜만 하당께.

**달팽이** : 나는 텃밭 뽕나무 줄기 속에 폭 파묻혀 있으니까 북풍한설에도 끄덕없어!

**굼벵이** : 그러겄다. 그나저나 우리 심심하니까 낮에 햇빛 쨍긋 날 때 기어 나와서 느리게 달리기 시합이나 한 게임 해볼까나?

**달팽이** : 좋고말고. 너는 나한테 택도 없을 거여!

**굼벵이** : 뭐시라고? 너 말도 참 싸가지 없이 한다잉?

**달팽이** : 너 말이다, 작두날 위로 기어갈 수 있어? 몸 하나도 안 베이고?

**굼벵이** : 그것 식은 죽 묵기지. 내 몸을 C자형으로 또르라니 말아서 클로이드곡선 법칙을 이용하면 가능해 짜샤.

**달팽이** : 뭔 소리여. 난 그딴 어려운 법칙은 모르겠고, 칼 날 위에서는 니 몸땡이가 금방 굴러 떨어져불텐디?

**굼벵이** : 아무 때나 구르는 재주를 부리는 것이 아녀. 나의 초정밀 발가락이 있잖여. 어떤 마찰력도 몸으로 흡수할 수 있으니까 칼날에 잘리지 않고 기어갈 수 있다고!

**달팽이** : 그것은 내 몸뚱아리 시스템과 거의 같구면. 작두날 위 느림보 달리기는 너랑 나랑 공동우승으로 하자.

**굼벵이** : 오케이 좋아. 손자 성님께서 손자병법에서 일찍이 말씀하시지 않았냐, 부전이굴인지병 선지선자라. 싸우지 않고 이기는 것이 최고라고.

**달팽이** : 아따 오랜만에 만났더니 그 동안 너 겁나 유식해져 부렀다잉.

**굼벵이** : 놀면 뭐하냐. 한 자라도 더 배워야지.

**달팽이** : 하기사. 그래도 우리는 배움을 엄한 데다 써묵지는 말자꾸나.

**굼벵이** : 아무래도 자네가 나보다 한 수 위인 거 같아. 문경지우 수어지교 퐈이팅!

**달팽이** : 무슨 말씀을! 지란지교 송무백열 고고고.

# 사르르 녹는 샤를 보들레르

"샤르르 성님! 왜 그러셨어요?"

"내가 뭘?"

"그래도 성님은 젊었을 적에 법까지 공부하고 아버지도 제법 잘 나가는 국가공무원이었다면서요?"

"누구 맘대로 내 뒷조사까지 한 거냐 너? 강진경찰서에 신고해 부러야쓰 겄다."

"아따 샤르르 성님답지 않게 무슨 경찰서라요?"

"'샤르르'라니, 내 이름은 '샤를'이여 임마! 너 불어 발음이 왜 그 모양이 냐. 고등학교 때 불어 안 배웠냐?"

"저는요, 독일어반이었당께요."

"그래도 상식적으로 그 정도 불어는 알아야제."

"웬지 '샤를'보다는 '샤르르'가 제 입에 착 감긴단 말입니다. 성님은 워낙 낭만적인 분이라서."

"음마 요놈 보게? 낭만을 아무 데나 써묵으면 안 되야."

"아따 성님, 저도 그런 낭만적 구석이 쪼깐 있어놔서요. 어쨌든 성님 이름 한 번 참말로 잘 지었소. 샤르르 샤르르, 사르르 녹는 느낌이 무쟈게 달콤 하면서도 퇴폐적인 뉘앙스라서 성님한테 딱 맞는 이름 아닌가요!"

"와, 희한하다잉! 한국어에 내 이름과 비슷한 단어가 있다고? 사르르 사 르르. 내가 너랑 뭔 인연이 있기는 있는 갑다."

"인연까지는 좀 그렇고요. 그나저나 그 당시 바리는 왜 그렇게 우울했어 요? 대체 잔 뒤발이라는 몸 파는 여인을 진정 사랑했나요?"

"말을 가려서 해 임마! 그 여인은 몸을 판 게 아니고 몸을 움직이면 바로 춤의 예술이 된 거여. 뭘 알고나 말을 해야지."

"성님 지송합니다요. 아무튼 그 혼혈 여인을 '악의 꽃'으로 형상화했다면 서요?"

"짜식, 별 걸 다 아네. 그 일 때문에 비난도 겁나 받았니라. 지금은 프랑스 상징주의 시문학의 단초를 제공한 천재시인이라고 부른다는디, 그때나 좀 알아주지 염뱅맞을."

"성님의 욕은 참 찰져요잉. 기왕 욕 이야기가 나왔으니 빠리 거지들과 쌍 욕을 주고받으며 대판 쌈질한 사연 좀 말해주세요."

"야 임마! 쐬주라도 한 잔 사주면서 빠리 폭력사건 얘기를 해주라고 해야 징."

"참이슬로 하실래요, 잎새주가 나을까요?"

"나는 '처음처럼'이 끝내주더라, 으흐하하하."

"저는요, 성님의 문학적 업적이나 삶의 이력 중에서 거지와 똑같이 낮아 지려고 일부러 험한 말을 하면서 거지랑 싸워주었다는 부분이 젤로 맘이 듭디다?"

"그것은 니가 모르는 소리다. 그렇게 고매한 뜻은 전혀 없었고, 그저 우울 감을 떨쳐버리려는 한 방법이었니라."

"아 그래요잉. 현대 정신건강의학에서도 주목해볼만한 사례로군요."

"그렇지! 니가 나대신 '욕설과 싸움을 통한 우울증 치료법'의 공증이라도 받아 놓을래?"

"그럽시다. 아이디어는 저의 공이니께 이익금은 반반 나누는 걸로 합시다 잉?"

"좋아."

"성님 고마버요. 코로나 좀 잠잠해지면 한국에 한 번 건너 오씨요. 요 근 래 베르나르 베르베른가, 배를 나르는 나룻뱃가 하는 프랑스 작가만 자꾸

오던디요."

"오냐 고맙구나. 내 후배인 나룻배 아닌, 거시기 뭣이냐, 베르나르 작품을 몇 페이지 읽어봤는디 뭔 소린지 잘 모르겠더라."

"성님이 모르면 누가 알겠소. 나도 그 친구 소설 읽다가 말어부렀소."

"오랜만에 마셔서 그런가, 술이 취하는 것 같다. 늘 싸비스로 나오던 홍합 국물도 안 나오니까 좀 서운타. 이제 그만 끝내고 다음에 또 만나자."

"다음에 성님과 또 만나지려나 모르겠소. 아무튼 제 생각일랑은 너무 많이 하지 마시고 잘 사씨요."

"오 르보아 아비엥또!"

"와~ 성님 불어 발음 죽이네요잉."

# '이꼬루' 선생 아인슈타인

"아인슈타인 성님, 왜 그러셨어요?"

"내가 뭘?"

"바이올린이나 계속 연주하고 다니시지 않고요?"

"너 내가 물리학으로 돌아섰다고 시비하려는 모양인디. 나는 말이다잉, 어디까지나 음악인이여, 알겠냐?"

"모르겠는디요. 음악은 그저 취미로 한 것 아니었어요?"

"이런 무식한 놈. 음악은 나의 운명이었어!"

"상대성이론이 성님의 음악적 직감에서 나왔다는디, 그게 가능한 일인가요?"

"나도 잘 몰라. 직감이라는 것은 설명이 잘 안 되므로 직관이라고 하는 거여. 하하."

"그런디요, 왜 동서양의 거의 모든 유명인들은 꼭 수많은 여성들을 사겨요? 알버트 성님도 만만치 않으셨던디요. 혹 괴테 선배한테 물든 것 아니어요?"

"요놈 보게. 남의 사랑을 함부로 비틀고 폄하하면 벌 받는다 너."

"예 예~. 사랑이었구만요. 생각이 많으신 분이니 어련히 사랑도 고프셨겠지라."

"너 속으로 나 비웃고 있지? 내가 모를 줄 알고 짜식."

"(눈치도 빠르군) 아니어요. 부러워서 해본 소리고요. 그래서 성님께서 틈만 나면 '만유인력은 사랑에 빠진 사람을 책임지지 않는다'라고 말하고 다니셨군요."

"그래. 그게 명언 중 명언 아니냐. 뉴튼 선배의 기도 살려주고 말이여. 하하."

"성님의 인생성공 방정식이라는 것도 있던디, 설명 쪼깐 해주씨요."

"그것은 말이다잉, 간단혀. 성공 이꼬루(=) 일과 놀이 그리고 셧다 마우스여."

"성님! 정제된 용어를 좀 사용해주셔요. 대학자께서 '이꼬루'가 뭡니까 이꼬루가."

"알어묵었으면 됐지 뭔 말이 그렇게 많어."

"알고 보니까 성님도 말을 겁나 많이 하셨던디요. 성공과는 거리가 먼?"

"임마 느그 옆 동네 공자 맹자도 되게 말이 많었잖어. 세상이 자기 말대로 실천이 잘 안 되니까 계속 중언부언 했던 거고. 그 말들 속에 담긴 뜻은 그분들 스스로도 도달하기 어려운 덕목이 아니더냐."

"그렇긴 하지요. 말을 많이 하다 보니까 배가 고프네요. 딱 하나만 더 물어봅시다. 대체 왜 그러셨어요?"

"뭐가 임마?"

"원자폭탄 말이여요. 미국 루스벨트 대통령한테 전쟁에서 이기려면 원자탄부터 만드라고 부추겼다면서요?"

"그것은 말이다잉. 에~ 또 설라무네. 뭣이냐, 그런 것이 아니고. 나는 이론적 근거만 슬쩍 던졌는디 오펜하이머라는 녀석이 반색을 하고 나대더라고."

"어쨌든 성님을 평화애호자라 부르기엔 좀 거시기 한디요?"

"이유야 어찌 되었건 그 부분은 쪼깐 미안하게 되었다."

"제가 알면 얼마나 알겠어요. 아인스타인 성님, 너무 자책은 마시고요. 그나저나 세계는 언제쯤이나 평화로워질까요?"

"그걸 왜 나한테 물어보냐. 그래도 지구는 돈다고 말한 갈릴레오 선배에게 물어 보거라."

(아! 레오 성님은 지금쯤 무슨 별이 되어 있을까?.)

# '알부남*' 히틀러

"히틀러 성님, 왜 그러셨어요?"

"내가 뭘?"

"좋게 그림이나 그리시지 왜 그랬어요?"

"요놈 보게. 잊고 있었던 내 부아를 뭣 때문에 또 건드는 거냐?"

"부아 건드려고 그러는 건 아니고요. 성님은 어렸을 적부터 제법 그림을 잘 그리셨던디요잉?"

"너도 알다시피 내 고향 짤츠부르크는 모짜르트 선배님도 계셨던 곳 아니냐. 아주 평화롭고 유서 깊은."

"짤츠부르크의 짤츠(Salz)는 소금이라는 뜻이라면서요? 소금이 짜디짜니까 짤츠인가요?"

"너 나 놀려묵으려고 잠에서 깨운 거냐?"

"아니어요. 요것은 재미로 해본 소리고요. 그나저나 고3 때 비엔나 국립 미술대학 입시 이야기 좀 해주세요."

"그 얘기 하려면 몇날 며칠도 모자랄 것이여야."

"그래도 쪼끔만 해주씨요."

"흠~. 그날은 눈발이 좀 날리고 상당히 추웠니라. 그동안 그려둔 습작 그림 다섯 점을 가슴에 안고 가서 미술대 교수에게 보여주며 면접을 보는디 많이 떨리더구나."

"천하의 히틀러 성님도 떨렸다고요?

"너 나를 그러코롬 모르냐? 나처럼 마음이 여린 사람이 어디 있다고."

---

* 알부남 : 알고 보면 부드러운 남자

"하기사 성님이 그린 그림 중에 성모마리아처럼 생긴 귀부인이 갓난아이를 안고 있는 그림도 있던디요, 정말 가슴 따뜻한 그림입디다. 그런디 왜 그러셨어요?

"뭐가 임마?"

"그 따뜻하신 성님의 마음은 대체 어디로 가부렀냐고요?"

"들어봐라. 미술대 시험 면접관이 내 그림을 살펴보더니 바로 고개를 저으며 차라리 건축학을 해보라고 하더라고. 그래서 바로 문을 박차고 나와부렀지."

"좀 참으시지."

"그 다음 해에도 1년 전처럼 판박이로 또 한 번 낙방하고 막막하던 차에 군대징집이 나와서 독일 뮌헨으로 내빼부렀지. 하하."

"뮌헨 이후의 성님 행적은 다 아니까요. 성님이 미술입시에서 합격했더라면 세상은 어떻게 되었을까요?"

"너 시방 클레오파트라의 코가 1cm만 낮았더라면, 어쩌고 하는 영어 가정법 문장과 내 사연을 비교하려고 그러냐?"

"그러면 안 되나요?"

"언뜻 그럴싸할지는 몰라도 역사적 가정이란 모두 부질없는 일이니라. 내가 만약 화가가 되었더라면 세상이 오히려 더 나빠졌을지도 모르는 일이다."

"그게 무슨 말씀이어요?"

"개인의 역사든 집단의 역사든 마음대로 되지 않을 뿐더러 의도하지 않은 방향으로 엉뚱하게 흘러가기도 한다는 뜻이다."

"그렇군요. 제가 잘못했구먼요. 잘 주무시는 성님을 뭣할라고 깨웠는가 모르겠소. 마저 주무시씨요."

"오냐 알겠다."

# 부추와 개구리밥

개구리밥 : 어이 부추씨, 오늘이 소한(小寒)인디 안 죽고 잘 사시는가?

부추 : 뉘규? 누가 날 부르는 소리가 났는디?

개구리밥 : 나여 나! 나라니께.

부추 : 나가 누구여?

개구리밥 : 어허 참! 인제 동창친구 목소리도 잊어부렀는가?

부추 : (그제야 창문을 열며) 오메, 난 또 누구라고! 자네가 어인 일로 뭍으로까지 올라온 거여?

개구리밥 : 물 속 깊은 곳에 옹크리고 있기도 깝깝해서 슬슬 나와 봤구먼.

부추 : 자네나 나나 여러해살이 풀이니까 소한에도 얼어 죽지는 않지만, 추운 건 인간들이랑 마찬가지지.

개구리밥 : 그려! 그나저나 자네는 요새 뭐하고 지내는가?

부추 : 그냥 묵고자고묵고자고묵고자고.

개구리밥 : 허어 이 사람, 그 사이에 래퍼가 되셨나? 예사로 하는 음률이 아닌디?

부추 : 래퍼는 무슨 얼어 죽을. 요즘 겨울철이야 그냥 푹 쉬는 셈 치는 거지.

개구리밥 : 맞네 맞어. 숨고르기 중인 우리가 팔자 좋아 이러고 있는 것은 아닝께.

부추 : 근디 말이여, 사람들은 무엇 때문에 우리를 즈그들 맘대로 불쌍한 처지로 비유했을까? 한마디로 우리를 무쟈게 하찮게 본 것이겠지? 부추 이파리에 묻은 이슬 같다느니 부평초 인생이라느니.

개구리밥 : 그래도 자네는 사람들에게 입맛 나는 식재료가 되어 사랑을 받으니까 부럽네.

154

부추 : 부러울 게 따로 있지. 자네야말로 개구리나 올챙이들의 맛난 밥이 되잖은가!

개구리밥 : 하기사 누군가의 밥이 되어준다는 것은 거룩한 일이지.(음~)

부추 : 아따 자네, 소천하신 김수환 추기경 수준의 말씀이네 그려.

개구리밥 : 겁나 쑥스럽구먼. 우리가 시방 너무 진지한 거 아녀? 내가 재미난 이야기 하나 해줄까?

부추 : 그것이 뭔디?

개구리밥 : 우연히 인터넷 위키백과에서 봤는디, 아 글쎄, 나를 실험을 한 모양이여.

부추 : 뭔 실험을?

개구리밥 : 들어보소. 개구리밥 추출물을 개구리에게 투여했더니 개구리의 심장이 강심장이 되었다나 으쨌다나.(으허하하하) 이게 대체 뭔 소리여? 내가 그 기사를 보고 하도 웃어서 아랫배가 터질 뻔 했다니까.

부추 : (크크큭크큭) 요새 엉터리 정보도 많으니까. 웃자고 해놓은 말이겠지. 그런디 자네 아까부터 손에 쥐고 조물거리고 있는 것이 뭐여?

개구리밥 : 아 요것~. 나의 몸땡이를 태워서 만든 부평차(浮萍茶)라네. 일명 살신성인차라고나 할까.

부추 : 그 동안 뜸하더니 도라도 닦은 모양이네. 도술을 부리는 것 같기도 하고?

개구리밥 : 알고 보니까 내 몸은 양서류에게만 이로운 게 아니더군. 사람들에게도 겁나 좋은 성분이 들어있다니 내 몸 소중한 줄도 알게 되었고.

부추 : 약리적으로 보면 본래 내 몸은 뜨거운 성질이고 자네는 찬 성질이라던디, 우리 조합도 환상의 콤비가 아닌가!

**개구리밥** : 맞네 맞어! 차가움과 뜨거움이 만나면 뭐가 되는지 아는가? 눈물
이라네. 세상의 아픔을 씻어줄 눈물!

**부추** : 자네의 멋진 뜻풀이를 들으니까 나도 눈물이 나오려고 하네.

**개구리밥** : 오늘은 눈물은 거두고 차라리 참이슬이나 한 잔씩 하고 나서 부
평차로 입가심 하세나.

**부추** : 조오치!

# 불멸의 괴테 아저씨

"괴테 성님 왜 그러셨어요?"

"내가 뭘?"

"그러셨잖아요 성님이. 백만 명의 독자를 기대하기 어려운 작가는 단 한 줄도 글을 쓰지 말라고."

"뭐 별로 어려운 이야기도 아닌디 말뜻을 몰라서 시비냐 너 시방?"

"내가 성님 뜻을 몰라서 그래요? 아무리 좋은 말도 자칫 상대에게는 가시가 될 수 있다니까요."

"아따 너 상당히 쎄게 나온다? 니가 적잖이 상처를 받은 모양이구나. 그렇다면 내가 쪼깐 미안타."

"성님, 말 나온 김에 하나 물어 봅시다요."

"이 애가 왜 정색을 하고 그려? 대체 뭔 얘기냐?"

"여쭤보기가 좀 거시기 하지만 성님! 팔십이나 잡수신 나이로 열일곱 살 처녀 울리케를 사랑했다면서요?"

"그게 뭐가 워때서?"

"그래도 그것은 쫌…."

"너 말이다잉, 뭔가 오해를 하는 모양인디 너답지 않게시리."

"제가 뭘 잘못했나요?

"여성을 단지 이성적인 감정만으로 사귀지는 않는단다. 내 작품 속에 나오는 여성이나 내가 만난 모든 여인은 에비히카이트(Ewigkeit) 즉 '영원성'의 상징인 것이여, 알겠냐?"

"아 그렇군요! 그러면 성님이 독일 프랑크푸르트 마인강변에서 만났다는 그 처녀도 불멸의 여인이겠네요잉. 저는 그동안 불멸의 이순신만 계신 줄 알았거든요.

"그것이 뭔 소리냐?"

"아니어라. 하여튼 불멸은 좋은 것인 것 같아요."

"그렇다니까!"

"그러면 저도 불멸을 찾아 길을 떠나야 할까요?"

"아니다. 니 주변에도 찾아보면 있을 거여."

"괴테 성님 고마버요! 그만 안녕히 주무셔요."

"오냐 알았다. 앞으로는 이 시간엔 나를 깨우지 말어라."

(자기가 먼저 나를 깨워 놓고선)

# 미화원과 세신사

미화원 : 어이 세신사 친구! 그간 잘 있었는가?

세신사 : 웬일이여? 요즘 코빼기도 안 보이더니?

미화원 : 그나저나 자네는 사람들이 세신사라고 부르니께 기분 좋던가?

세신사 : 뜬금없이 그것은 왜 묻는가? 그러는 자네는?

미화원 : 괜히 요상한 말을 맹글어갖고. 별 감흥은 없어. 그냥 구두굽갈이가
더 정감이 가고 좋은디.

세신사 : 나도 몸땡이 하나 갖고 버텨온 인생이라 신사라는 말이 거추장스
럽구먼.

미화원 : 쩌 동네 미화원 청소부 친구는 무담씨 나한테 화를 내더라고.

세신사 : 뭣 땜시?

미화원 : 아 그랑께 뭐시냐, 자기 이름을 내가 뺏어부렀다는 거여.

세신사 : 대체 그것이 뭔 소리여?

미화원 : 그 청소부 친구가 하는 말이, 아침마당인가 하는 테레비 프로에서
미화원 삼형제를 소개하길래 한참을 뚫어져라 봤지만 구두 고치는
삼형제만 나온다고 괜히 나한테 화를 내고 난리더라니깐 허허.

세신사 : 그러면, 구두굽쟁이 자네도 미화원, 쩌그 청소부 친구도 미화원.
서로 사이좋게 지내소.

미화원 : 물론 서로 업종이 다른께 싸울 일도 없는디, 으쨌든 나의 새로운
이름이 나는 맘에 안들구먼. 그나저나 자네는 개명 후에 살림살이
좀 나아졌는가?

세신사 : 말도 말게. 가리봉동 때밀이 시절이 봄날이었지. 때 밀 맛도 나고
사람 사는 맛도 나고….

미화원 : 자네 시방 우는 거여?

세신사 : 울긴 내가 왜 울어. 하기사 신사가 따로 있간디. 내가 별의별 신사
도 때려서 눕혀본 사람인디 뭐 흐흐.

미화원 : 왐마 멋져부러! 나도 세신사 자리나 알어봐야 쓸랑개비여. 하하.

# 꽃과 가시

꽃 : 어이 까시! 이번 추석은 잘 셌냐?

가시 : 뉘기여? 나를 찾아올 사람이 없을 것인디?

꽃 : 나여, 인제 내 목소리도 잊어 묵었냐?

가시 : 니가 웬일로 나를 찾아 왔냐? 추석 전에는 카톡 문자 하나도 안 보낸 놈이.

꽃 : 그래. 미안하게 되었다. 혼자만 호사를 누리다가 퍼뜩 니 생각이 나더라야.

가시 : 너, 나를 위로하려고 온 것이라면 아예 생각을 접어라.

꽃 : 친구야! 고것이 뭔 소리여?

가시 : 친구라고야? 알짱대지 말고 너만 좋아하는 벌 나비나 찾아가거라.

꽃 : 아따 까칠하기는! 그러니까 니가 주변에서 환영을 못 받징~.

가시 : 뭐시라고? 못 받징? 요새 젊은 것들하고 놀아나더니 요상한 어법이나 쓰고. 그리고 니가 뭔가 크게 착각하고 있는 게 있다.

꽃 : 착각? 뭔 착각?

가시 : 너 교회는 안 나가도 성경은 읽을 줄 알지? 이사야 5장 6절에 나의 사연이 나오잖여.

꽃 : 와, 너 같은 놈이 성경에 나온다고? 출세했네.

가시 : 너, 나 비아양거리다 꽃길에서 자빠진다잉.

꽃 : 진정하고, 뭔 말씀인지 한 번 들어나 보자.

가시 : 하느님이 천지를 만드사 보기에 좋았더라고 했잖여. 천지만물은 지 나름대로 모두 쓸모가 있다는 소리 아니냐!

꽃 : 다 쓸모가 있다고? 잡초 가시덤불 모기 바퀴벌레 모두?

가시 : 그렇다니까! 천상천하 유아독존 전능하신 하느님께서 쓸모없는 것
　　　을 맹글 턱이 있겠냐. 쪼금만 생각하면 간단한 원리여.

꽃 : 천상천하 유아독존은 여기에 끌어다 쓰는 말이 아닌 것 같은디?

가시 : 그러니까 니가 유약(柔弱)하다는 말을 듣는 거여. 세상을 제발 좀 넓
　　　게 봐라.

꽃 : 추석 연휴에 니가 뭔 연구를 많이 하긴 한 것 같다만. 얼능 이사야가
　　　이사안가는가, 설명 좀 해봐라.

가시 : 야 임마 성스러운 성경 이야기에 말장난 섞을래?

꽃 : 워메 무셔라. 니가 뾰족한 까시를 잔뜩 세우면서 말항께 겁나분다야.

가시 : 야, 겉만 보덜 말라고 몇 번을 말했냐? 너 까시의 용도를 몰라서 그
　　　러냐? 각종 최첨단 시술에 쓰이는 미세하고 정밀한 의료기구는 나의
　　　생김새를 보고 착안해서 맹글었다는 설도 있어 임마. 무엇보다 된장
　　　물에 삶아낸 다슬기 속살 파묵을 때는 탱자 까시가 최고지.

꽃 : 옛날에 곪은 종기를 탱자 까시로 땄다는 말은 들어봤어도 첨단 의료기
　　　구는 금시초문인디? 그라고 이사야 말하다 말고 뜬금없이 섬진강 하동
　　　포구 다슬기 타령이냐?

가시 : 세상에는 길이 꼭 한 가지만 있는 게 아녀. 꽃길도 있고 가시밭길도
　　　있고.

꽃 : 니가 가르쳐준 로버트 프로스트의 '가지 않는 길'이라는 시가 생각난
　　　다야.

가시 : 이제 정신이 좀 드는 모양이구만. 이사야(5:6)에 보면 한때 번성했던
　　　포도원을 황무지로 맹글어 포도는 나지 않고 질려(蒺藜)와 형극(荊棘)
　　　만 자라게 할 것이라고 겁주는 장면이 나오는디, 요것은 진정한 하느
　　　님의 뜻이 아닌 것이다.

꽃 : 까시 너를 부정적으로 언급했다고 성경을 자의적으로 해석하면 안 되

지.

가시 : 그건 니가 모르는 소리다. 까시든 질려든 그 나름 존재가치가 있다는 대전제를 받아들여야 한다니까! 보잘 것 없는 질려(蒺藜)라고 무조건 질려 하면 안 되는 법이여. 알곡과 가라지도 마찬가지고.

꽃 : (질려? 가시 자기도 말장난하면서?) 가라지를 어디에 쓰는대?

가시 : 아따 짜식, 모르는 것도 많네. 가라지는 소 먹이는 여물에 들어가기도 하고 때로는 땔감으로 쓰이고 또 싹싹 갈아서 보리개떡에 넣어 쪄 묵기도 하고. 건강에도 겁나 좋아부러!

꽃 : 아니, 그렇게 깊은 뜻이! 까시 친구야, 입에 가시가 돋도록 책만 읽지 말고, 요 앞 '꽃가시' 까페에 가서 클라우드 삐루나 한 고뿌씩 찌클어볼자.

가시 : 와~, 우리 여리여리한 꽃 친구가 금세 나를 닮아서 말투가 요상해져 부렀넹. 요것이 바로 근묵자흑 근주자적(近墨者黑 近朱者赤), 스치다 서성이다 스미는 사랑의 이치가 아니겠냐!

  꽃과 가시는 어깨동무를 하고 카페 '꽃가시'를 찾아갔으나 오늘까지 휴무라서 딴 집으로 갔다. 별빛처럼 사랑과 우정이 쏟아지는 1366년 벨기에産 스텔라(STELLA) 맥주 4묶음짜리로 오랜만에 꽃과 가시는 회포를 풀었다. 새로 찾은 카페 이름은 '손을 잡으면 마음까지'

# '만인의 신' 노릇하기도 어렵군

제우스 성님! 참말로 오랜만이요. 그간 잘 계신거지라?

니가 뭔 일로 오늘따라 살갑게 말을 붙여오는 거냐?

대체 왜 그러셨여요?

내가 뭘?

성님의 양쪽 곁과 앞뒤로 여인들을 두시고 뭐할라고 대장쟁이한테 미모의 판도라 아가씨를 맹그라고 하셨나요?

너, 중국 한신이 유방 장군에게 한 방 먹여버린 다다익선이라는 말도 모르냐?

와따 언제 〈초한지楚漢誌〉도 읽어보셨는 갑소잉?

꼭 책을 읽어야만 알간디. 요새 유튜븐가 미튜븐가에 검색하면 없는 것이 없더라.

성님도 스마트폰 어진간히 보는 모양이요잉. 나이도 꽤 잡수셨으니까요 눈을 잘 보존하셔야죠.

내 눈 꺽정을 하떨덜 말어. 날개가 삼천척이요 구만리를 날아간다는 붕새도 나의 형안에서 발사되는 빛을 한 번 쪼이면 맥을 못추고 바로 추락해부러.

와 성님 칙오 짱!

나잇살께나 묵어갖고 요즘 그들 흉내나 내고 너도 참 짠하다.

짠하다는 말도 아시고, 올림포스 산정에 한국어학당이라도 생겼남요? 그나저나 판도라 누나 맹근 이야기 좀 해주시오.

짜식 되게 보채네. 니가 뭣 땜시 갑자기 판-아가씨한테 관심을 쓰는 거여?

저는요, 여태까지 판도라가 무슨 상자인 줄로만 알았걸랑요.

걸랑요? 그런 요상한 말투 어디서 배웠냐? 임마, 그런 말투는 침께나 뱉고 껌께나 씹는 싸가지 없는 중2 여학생들이 잘 쓰는 말이잖여.

성님 죄송허요. 주위 사람들이 내 생김새와 사투리가 안 어울린다고 해서 '걸랑요'가 세련된 말인지 알고 나도 한 번 써봤구먼요.

하기사 니가 뭔 죄겠냐. 바벨탑 때문에 세상의 말들이 달라져 사람들이 잘 소통되지 못하고 세상이 혼탁해진 것 아니냐! 태초에는 아-에-이-오-우 다섯 발음이면 다 통했니라.

그래요잉. 그때가 좋았던갑소?

부끄럽다만 좋기만 한 것은 아니었다. 너도 알다시피 신화 세계에서 가장 고약한 심사心思가 시기질투였니라. 남자의 질투가 더 무셔(웠)어야.

그래서 판도라 아가씨를 하나 더 맹근 거군요.

신의 노릇에 싫증이 난 놈들이 하나 둘씩 생겨났니라. 너 세상에서 제일 신나고 재밌는 일이 뭔지 아냐? 신분이 다른 두 남녀가 눈이 맞아 도망가는 일이란다.(ㅋㅋ큭)

그런 얘기는 우리나라에도 많은디, 주로 밤에 물레방앗간에서 만난답디다.(ㅋ큭)

짜식, 순진한 줄로 알았더니 많이 까진 것 같구나.(흐흐)

워매, 만물의 신께서 '까지다'라는 상스런 말을 쓰시다니 틸망(실망)임미다.

누구나 어른 노릇 하기도 겁나 힘든 법이다. 그래도 너랑 내가 쪼끔은 통하니께 이만큼 놀아주는 거다, 알겄냐?

옛썰! 울트라 엑설런시 제우스 충성!

쉬엇! 차분히 내 설명을 들어봐라.

얼릉 해주씨오 뜸들이지 말고.

나의 말을 거역하고 인간세계로 불을 훔쳐다준 프로메테우스 놈 알지?

요즘 장 건강에 좋다는 프로바이오틱스는 잘 챙겨 묵고 있습니다만.

너 어깃장 놀래? 사실 난 프로메테우스를 무척 사랑했니라. 물론 지금도.

그래요잉. 성님의 말을 어겼다고 카프카스산 꼭대기에 묶어놓고 독수리에게 간을 쪼아묵게 했다면서요?

그건 니가 모르는 소리다. 인류에게 전해진 신화이야기나 기록이 모두 진실일 거라 믿나? 나는 이미 메테우스가 불을 가지고 인간세계로 내려갈 것이라고 예견하고 있었고, 실은 내심 바라던 바였다.

아니, 그렇게 깊은 뜻이?

그 유행어 만든 서경석-이윤석 콤비는 잘 있냐?

저도 잘 모르겠소. 요새 텔레비전은 통 안 봐서. 그런데 정말로 메테우스를 징벌하지 않았단 말씀인가요?

그건 말이다잉, 독수리가 간 파묵은 이야기는 후세 사람들이 재밌게 꾸민 것이고, 사실은 프로메테우스가 지상에 내려가 인간에게 불자랑을 하는 모습을 보고 흐뭇했니라. 그 당시 그 녀석은 사귀는 애인이 있었지만 그의 남동생은 혼자여서 판도라를 짝지어주고 결혼 선물로 상자도 하나 챙겨준 거여.

그러면 성님! 뭣 땜시 그 상자를 열어보면 안 된다고 말씀한 거어요?

놀라지는 말아라.

저도 낼모레 칠십이라 웬만한 것에는 잘 안 놀랜답니다요.

짜식, 많이 컸네. 세상 오래 살고 볼 일이구면. 사실 처음엔 판도라상자에 아무것도 안 들어 있었다.

아니 그럴리가요? 판도라상자가 열리자 세상의 모든 질병, 슬픔, 가난, 전쟁, 증오의 망령들이 쏟아져 나왔다고 하던디요? 그래서 세상이 요모양 요꼴이 되어부러서 지금도 인류가 고통을 받고 있다고요.

내가 만인의 신이고 바보가 아니고서야 뭐하려고 상자 안에 보물은커녕 온갖 못된 것을 넣었겠느냐. 내가 그따위 것들을 넣지 않았어도 당시 신들의 세계에도 질병, 슬픔, 가난, 전쟁, 증오가 만연했단다. 신이 만능이 아니요 신화가 아름답지만 않다는 뜻이다.

166

오! 인샬라 옴마니 밧메훔!

하여튼 너도 간단한 놈은 아니구나.(흠~)

하시던 이야기마저 해 주세요.

음, 그러마. 판도라한테는 아무 잘못이 없다. 어차피 세상에 만연한 온갖 못된 것들이 상자 안으로 따라 들어갔을 뿐. 그나마 판도라 아가씨가 놀래서 상자 뚜껑을 재빨리 닫은 것은 신의 한 수였지. 내가 상자를 열지 말라고 당부한 것은 상자 맨 아래에 깔려있는 '희망'마저 날아가버릴까봐 겁이 나서 그랬던 거여.

아니, 전지전능하신 제우스 성님께서 겁이 났었다고요?

내 별명이 뭔지 아냐? '알겁남'이여. 알고 보면 겁 많은 남자라는 뜻이다 알겠남? 하하.

예 알겁남 아저씨! 이제 보니 빨간머리 앤과 비슷한 생각을 하시는 것 같네요.

그건 또 뭔 소리냐?

들어 보씨요. 빨간머리 앤이 보통 아이는 아니어요. "걷다 보니 길모퉁이에 이르렀어요. 모퉁이를 돌면 뭐가 있을지 모르지만 저는 가장 좋은 게 있다고 믿을래요."

듣고 보니 앤이 나보다 한 수 위인 것 같구나.

역시 꾼(선수)은 꾼을 알아본다니까요. 시간 나면 저에게 카톡 한 통 날려주시고 지상으로 한 번 내려오씨요. 앤도 불러서 셋이 한 바탕 놀아봅시다. 빨간머리 앤도 파뿌리 할머니가 되었을 거여요.

으응 그래. 나 알아주는 인간은 너밖에 없구나!

그 동안 한국어나 많이 익혀두씨요. 유튜브에서 '한국어 모르면 바보'를 검색해서 열씨미 연습하시랑께요. 하하.

오냐 알았다. 신 노릇하기도 겁나 힘들군.(휴~)

# 아폴론과 디오니소스

디오니소스 : 폴론 옵빠 방가방가~.

아폴론 : 뭐여. 너 또 술 마셨냐?

디오니 : 술? 하느님의 피를 뭘로 보고. 물하곤 달러. 진하잖여. 생명수라 니께(요).

아폴론 : 너 성님한테 존댓말 쓸려면 학씨리 써라잉.

디오니 : 음마. 누가 성님이간디?

아폴론 : 당연히 내가 성님이지.

디오니 : 아폴로눈병이나 옮기는 주제에 성님은 무슨.

아폴론 : 아무리 올림포스 산정의 인심이 변했기로서니 너 그러면 못쓴다.

디오니 : 그냥 막묵자 편하게. 어차피 너나 너나 우리는 만인의 신 제우스 가 바람피워서 나온 자식들 아녀.

아폴론 : 난 너랑 급이 달라 임마. 느그 어무니는 인간이고 우리 엄니는 신 급이었다니께.

디오니 : (큭큭큭) 그걸 믿으라고? 느그 누나와 이란성 쌍둥이라면서 누나보 다 니가 9일 후에 태어났다는 말을 요새 지구인들이 믿겄냐? 9분 후라면 몰라도.

아폴론 : 그때는 산파술이 형편없어서 그럴 수 있었어 짜샤!

디오니 : 그나저나 아르테미스 누나는 잘 있냐? 겁나 이뻤는디잉.

아폴론 : 짜~식, 관심 꺼라잉. 진정 누나를 보고 싶으면 쩌그 동방의 등불 꼬레아에서 맹근 드라마를 넷플릭스로 다운받어서 봐바.

디오니 : 와~. 정말? 드라마 제목이 뭔디?

아폴론 : '해를 품은 달'이라고 들어는 봤나?

**디오니** : 달이 해를 품었다고? 그게 가능하냐? 갈릴레오가 들으면 인상 팍 쓰겠는디?

**아폴론** : 그건 니가 모르는 소리다. 내가 두 가지 관점에서 설명해줄게. 너 다산 정약용 선생 잘 알지야?

**디오니** : 다산이라고? 애를 많이 낳는다고? 내가 '다산의 신'이기도 하잖 여. 흐흐.

**아폴론** : 이런 모지리 같은 놈! 맨날 포도주나 빨고 댕기니까 헛소리가 나 오잖여! 다산 선생이 일곱 살 때 지은 〈산〉이라는 한시에 이런 구 절이 나온다. 소산폐대산(小山蔽大山) 원근지부동(遠近地不同), 즉 작은 산이 큰 산을 가리니 멀고 가까운 것이 다르기 때문이라. 그러니 달이 태양을 품을 수 있는 거 아니냐.

**디오니** : 와따! 다산이 천재였구먼. 원근법을 어린 나이에 이미 깨우치고 대 단하셔. 그러는 넌 일곱 살 때 뭐했냐? '태양의 신'씩이나 된다면 서?

**아폴론** : 쌍둥이 누나인 아르테미스는 달의 여신인디 나를 일곱 살 때부터 많이 껴안아주더라.(히히)

**디오니** : 그걸 자랑이라고 하냐? 얼척없네! 그러니까 해를 품은 달이 된다 고 우기고 싶은 거지?

**아폴론** : 뭐 그런 셈이지. 우리들 신화는 믿거나 말거나 거의 다 허풍이니 까.(흠~)

**디오니** : 천하의 아폴론께서 한숨을 쉬는 것 보니까 세상이 만만치는 않은 것 같군.

**아폴론** : 넌 대체 몇 살 때부터 포도주를 마시기 시작했냐? 혹 네 살 때부 터?

**디오니** : 넘겨 집지는 마시고. 너나 나나 우리 엄니들을 겁나게 괴롭힌 질

투의 여신 헤라 큰엄니 말이여. 헤라가 나를 죽이려고 해서 나는 여장을 하고 이곳저곳으로 피해 다니다가 포도주 맹그는 소아시아 근처까지 가게 되어서리….

아폴론 : 그러니까 나중에 니가 포도주를 서방에 알리게 되어 와인의 신으로 등극했구먼.

디오니 : 나랑 포도주 한 잔 할텨? 세상엔 별의별 와인이 많은디, 놀랍게도 꼬레아산 천양포도주가 있었더군. 하월곡의 '회색 사랑'이라는 소설에도 나오잖여.

아폴론 : 나의 사랑하는 애조(愛鳥) 카라스(Karas)가 술 냄새는 싫어하니까 그냥 나는 환타 그레이프나 마실란다.

디오니 : 아! 그 백색 아가씨 카라스! 나도 몇 번 본 적이 있지롱. 뭣 하려고 꼭 너랑 붙어나닌대?

아폴론 : 질투하시는구먼. 내 맘이다 워쩔겨?

디오니 : 니체는 널 이성理性의 화신이라 하더니 이성異性을 즐기시는 취미는 여전하구만.

아폴론 : 비아냥거리는 것이 니 취미냐? 정신차려 임마.

디오니 : 나처럼만 정신차리고 살면 세상이 이렇게 시끄럽지는 않을 것인디. '이성이 너무 앞서면 영혼을 황폐화시킨다'는 명언도 있더라.

아폴론 : 그건 또 뭔 소리냐?

디오니 : 말 그대로여. 세상이 냉철한 이성이나 그럴싸한 합리성만으로 굴러가는 건 아니거든.

아폴론 : 어떤 놈이 그러디?

디오니 : 어떤 놈이라기보다 미쿡 프린스턴 대학 심리연구소의 연구에 의하면 세상에서 벌어지는 상당수의 일은 이성보다는 감성으로 이뤄진다더라. 나는 감성이 이성을 이기는 세상이 되었으면 좋겠다. 가을

도 무르익어 가니까.

아폴론 : 너 나를 이기고 싶은 거야?

디오니 : 단순히 너를 이기고 싶다기 보다는 널 넘어서고 싶은 거지.

아폴론 : 아따 얼마간 못 봤더니 너 말이 무쟈게 늘어부렀다. 와인의 힘인
가?

디오니 : 예이츠 시인의 말마따나 술은 입으로 들어가고 사랑은 눈으로 들
어가고 말은 가슴에서 나오는 것 아니겠냐!

아폴론 : 디오니 동상! 우리가 이러고 있을 때가 아니여. 나랑 올림포스산으
로 피크닉이나 가자. 카라스도 데리고 갈텡께, 널 좋아하는 아프로
디테 아가씨한테 카톡 날려라. 함께 가자고.

디오니 : 오키~. '밴또'는 내가 챙길껭. 완도 산 김으로 싼 김밥 네 줄하고
천양포도주 두 뼝, 그라고 건수루메(말린 오징어) 세 마리 준비하지
뭐.

아폴론 : 멋져부러! 오는 11월에 카타르 월드컵이 열리잖어. 파울루 '벤투'
감독이 이끄는 꼬레아팀이 우승했으면 좋겠다! 니가 싸올 밴또 맛
이 무척 기다려진다. 하하.

디오니 : 야, 벤투와 밴또, 라임 죽인다! 이번 월드컵에서 쩌그 아래 동네 전
라도 강진에 외갓집이 있는 이강인 선수가 자로 잰 듯 크로스 택배
를 보내면 그걸 받아서 우리의 쏘니 '소농민' 선수가 골을 넣는 장
면을 꼭 보고 싶다.

아폴론 : 올림포스산 꼭대기에서 경기 장면이 잘 보일까?

디오니 : LG 우라누스URANUS 대리점에 부탁해서 산꼭대기에 대형 멀티
비전을 설치해 달라고 하자.

아폴론 : 와~. 우리 디오니 동상 최오! 짱!

디오니 : 기분 좋아졌어! 포도주 한 궤짝 더 콜 넣을게!

디오니소스와 아폴론은 적막강산이던 올림포스산 골짜기에서 어깨동무를 하고 소리를 지르며 노래를 부른다.

대~한민국 오~ 필승 꼬레아~~~♬

# '싼도바꾸'는 사랑인가

"야가 뭣을 저라고 쥐얄리는 거여?"

"요거요? 샌드백이어요."(퍽퍽 퍼버벅)

"핸도바꾸?"

"아니요 할머니, 샌드백이랑께요."(퍽퍽퍽 퍼벅)

"뭐시라고? 싼도바꾸?"

"싼도는 크라운 과자고요. 샌드백이요."(퍼버벅 퍽퍽. 아뵤~)

"뭐시라고 한지 하나도 모르겠네."

"할머니, 보청기 약 갈아 끼었어?"

"니가 사다준 것으로 잘 끼고 있응께로 꺽정은 허덜 말어라. 뭣땀시 애먼 싼도바꾸만 쥐얄려 쌌는거냐니께?"

"하도 가슴이 답답해서 그러요."(파바박 팍팍 파바박)

"뭐시라고야 저 써글 놈. 또 사고쳐서 내 가슴을 곤자꼬를 맹글라고 그러냐 시방?"

"이제 사고 같은 것 안 친다니께요."

"옛날 같으면 장개도 갈 나인디."(끌끌)

"그나저나 할머니 곤자꼬가 뭐다요?"

"곤자꼬도 모르냐 이 모지란 놈아. 학교에서 고것도 안 가르쳐주디?"

(그때 할머니의 효도폰에서 신호음 노래가 나온다 : "님 주신 밤에 씨뿌렸네. 사랑의 물로 꽃을 피웠네~")

"노인당에 안 나오냐고? 아, 맞어! 오늘 노래선상님 오는 날이제잉?."(할머니가 전화를 끊는다)

"와, 할머니 노래 바꼈넹. 보리고개에서 일편단심 민들레로?"

"보리고개 생각만 해도 징상스럽다야. 용필이 동상은 여태껏 혼자 산다는
디."

"할머니, 울어?"

"내가 뭣 땀시 울겄냐! 울어서 시상이 좋아질 것 같으면야 몇날 매칠도 울
수 있겄다만은…."

"할머니 쪼깐만 기다리씨요. 농고 졸업하면 내가 하우스농사 잘 지어서
호강시켜 드릴게라."

"니가 싼도바꾸를 때래쌌더니 인제 사람이 쪼깐 되어 가는갑다잉."

"할머니 나 따라해 보씨요."

샌-드-백

싼-도-바-꾸

"아따, 할머니도 참. 하나씩 따라해 봐잉."

샌

샌

드

드

백

백

"옳지! 샌드백."

"싼도바꾸."

"워매 미쳐불겄네."

"너 미쳐불면 나 혼자 어찌케 살라고 그러냐."(훌쩍 훌쩍)

할머니, 나 안 미칠게 울지 마잉.(훌쩍)

# 영랑과 다산과 청자

**영랑** : 다산 선생님! 정말 오랜만입니다.

**다산** : 처음 본 얼굴이신디 뉘실까? 목소리가 낭랑하시구면?

**영랑** : 저, 모란 시인 영랑이어요.

**다산** : 아, 영랑! 오래 살다 보니까 이렇게 만나지기도 하는구면. 감격스럽네!

**영랑** : 예, 저도 눈물겹습니다. 선배님 그간 어떻게 지내셨나요?

**다산** : 나야 그럭저럭 잘 지냈네. 우리 사의재 앞뜰 주막집으로 자리를 옮겨 아욱국에 막걸리 한 잔 하면서 이야기 나누세.

**영랑** : 그러시지요. 음식 값 계산은 제가 할 겁니다. 요새는 주로 후배가 쏘는 것 아시지라잉?

**다산** : 허허. 그 사이 세상이 많이 변한 모양이구면. 나이만 많다고 무조건 선배 노릇 해서는 안 되는 법인디. 진짜 우리 대선배는 강진청자 아니실까?

**영랑** : 아하. 그걸 깜박했네요. 제가 상감(象嵌)청자 성님께 카톡 날릴랍니다. 강진관광택시로 바로 오시라고 할게요.

(이렇게 하여 영랑, 다산, 청자가 한 자리에 앉았다. 강진 삼보三寶가 다 함께 만난 것이다.)

**다산** : 나야 이곳 강진 출신이 아니지만 18년이나 이곳에서 살았으니 고향인 셈이지. 어디든 정들면 고향인 거고. 모두 수처작주(隨處作主)가 아니겠나!

**영랑** : 맞습니다. 사실 선생께서 처음 거처하신 사의재(四宜齋)와 우리 집은 몇 미터밖에 안 떨어져 있어요.

**다산** : 그러게 말일세. 아우님하고 나는 보통 인연은 아닌 게지.

**청자** : 좋은 말씀입니다만, 꼭 거리의 장단(長短)이 마음까지 붙잡는 것은 아

닐 수도 있지라. 아무리 거리가 가까워도 마음은 서로 딴 데로 흩어
질 수도 있고. 멀리 있으면 무수한 별이 되고 가까이 있으면 유일한
달이 된다지요.

다산 : 아하. 역시 청자 선배가 저보다 몇 수 위이시구먼요.

영랑 : 청자술잔에 술이 넘치니 청자 대선배의 웅숭깊은 말씀이 술술 나오
네요잉! 반했습니다.

청자 : 그려. 사의재 주막집 술잔에 막걸리를 따라서 내가 마시니 내가 나인
지 술잔이 나인지 모르겠구먼 하하. 꿈을 꾸는 것 같기도 하고 허허.

영랑 : 그것이 술이 베푸는 최고의 마력이요 매력이지라잉. 다산 선생님! 사
의재 처음 오셨을 적 이야기 좀 해주씨요.

다산 : 사의재 자리는 본래 주막집 할머니의 골방이었다네. 강진에 와서 처
음 4년 간 거처한 곳이라서 정이 많이 들었지. 어쩌면 이곳의 정서와
할머니의 마음 씀씀이가 내가 여러 편의 글을 집필하는 데에 밑거름
이 되었을 테고.

영랑 : 그러셨군요. 민중들의 삶을 오롯이 체험하시고 그것이 바탕이 되어
목민심서나 경세유표 같은 저서를 남기셨다는 말씀이군요.

다산 : 그렇다네.

청자 : 그나저나 오늘 꿈에도 생각 못한 이런 귀한 자리를 마련한 분이 계시
다면서요?

영랑 : 저기 아스라이 보이는 월출산 아래쪽으로 10여리 내려오면 '진밭들'
성전면(城田面)이 나오고, 이어서 복숭아밭 천지였던 도림리(桃林里) 장
등(長嶝)마을이 있습니다. 그곳에서 고희를 맞은 어떤 늙은이가 오늘
우리의 만남을 주선했당께요.

다산 : 참 고마우신 분이다. 인생백세고래다(人生百歲古來多)가 되도록 우리 축
복의 건배를 듭시다.

영랑과 다산과 청자가 외치는 건배소리가 고래 힘줄 같은 기세로 박꽃이 하얗게 핀 사의재 지붕 위로 한없이 날아오른다.

인생백세고래다!
인생백세고래다!
인생백세고래다!

3부

# 스치다 스미는 말(言)의
# 문 앞에서

인간의 마음속에는 아직 퉁기지 못한 현(絃)이 들어 있다.

- 찰스 디킨스 -

# 목욕탕 대소동

Y씨는 어릴 적부터 추석과 설날 직전, 1년에 딱 2회 목욕하던 습관을 환갑 지나서까지 지켜오던 참이었다. Y씨는 K광역시에서 가장 크고 시설 좋기로 유명한 물빛사우나 앞을 거의 매일 지나가면서도 소 닭 쳐다보듯 했고, 제발 몸 좀 자주 씻으라는 마누라 등쌀에도 "로마가 어째서 망했는지 알어? 목욕을 너무 많이 해서 그랬다니깐." 하면서 콧방귀를 날릴 뿐이었다.

그러던 어느 날 Y씨는 물빛사우나 앞을 지나가다가 무심코 입구에 걸린 플래카드를 보고는 몸에 전율을 느꼈다.

사우나 이용권 10장 55,000원 120장 100,000원

그래 뵈도 소싯적 산수시험에서 70점도 맞아본 가늠으로 아무리 계산을 해봐도 정답이 나오지 않다가 Y씨는 곧 그 이유를 알게 되었다. 물빛사우나가 창립 10주년 기념행사 중이었던 것. Y씨는 비록 60평생 1년에 두 번, 도합 120번 목욕을 했지만도 구렁이알 같은 돈일망정 10만원 주고 120장 목욕 티켓으로 60년은 거뜬히 쓰겠다고 중얼거리며 자못 호기스럽게 카운터로 다가섰다.

"먼저요잉, 물빛싸우나 10주년 겁나게 축하하고요. 저기 목욕사용권 10만 원짜리로다가 120장 줘부씨요!"

"예?" 사우나 카운터 직원은 얼척없는 사람 다 보겠다는 투로 되물었다.

"아, 저기 적혀 있는 대로 120장 얼른 주시요!"

"아저씨 지금 무슨 말씀을 하시는 거예요?"

"무슨 말씀이라니? 아, 여기 목욕탕 첨 온다고 괄시하는 거여?"

"아니 아저씨! 10만원이면 20장이어요."

"아니, 그러면 120장에 10만원이라고 써 놓은 것은 뭣이다요?"

"아 그것은요 슬러시어요."

"스라시? 스라시가 뭐다요?"

"경계를 표시하는 빗금을 슬러시라고 합니다."

"거기에 무슨 경계가 필요하간디? 그러고 무슨 놈의 빗금이 1자처럼 생겼다요? 내 눈에는 분명히 1자로 보이니께 120장 얼른 내놓으시오."

"이 양반, 아침부터 웬 어거지실까?"

"이 양반? 어거지라고? 이런 싸가지 없는 놈을 콱."

(목욕 때문에 송사 나게 생겼으니 세상사 번뇌 아닌 것이 없도다!)

Y씨는 그날 겁나게 후회를 했다. 늘 하던 대로 하면서 살 것을, 공연히 폼을 잡다가 낭패가 되었는가 싶어서였다. 그이의 눈에 빗금이 숫자 1로 보였던 것은 순전히 욕심 때문이었는지도 모르는 일이다.

# 사랑의 불시착

안달식은 늘그막에 G군청 문화관광과에서 마련한 무료 유튜브 제작 강습회에 하루도 빠지지 않고 나다니는 재미가 쏠쏠했다. 뭐 별로 눈에 띄는 콘텐츠도 없는 황복례 할머니와 손녀가 만든 유튜브 채널이 구독자가 100만 명에 달하고 한 달 수입이 수천만 원이 넘는다는, 강사의 설명을 들은 날부터 달식에겐 도통 잠이 오지 않았다.

"내가 인생을 헛살았어. 오냐 좋다! 나도 너튜븐가 물놀이용 튜븐가 맹글어서 돈 좀 벌어보자!"

달식은 혼자 된 지 꽤 된 마당이라 동영상을 함께 찍고 노닥거려줄 환상의 콤비를 구하는 일이 문제였다. 몇날 며칠 궁리 끝에 초등학교 동창으로 읍내에서 참기름 가게를 하면서 역시 혼자 사는 김 할머니를 떠올렸다.

"어이 김말자! 잘 있었냐?"

"저 작것이 뭣할라고 또 나를 찾아 왔으까?"

"말자씨! 내 말만 잘 들으면 앞으로 참지름 같은 것 안 짜도 되고잉."

"5학년 때 우리 외삼촌이 사준 고무지우개 반틈 짤라묵고 아직도 안 갚은 놈이 또 뭔 수작을 부릴려고?"

"아따 고것이 아니랑께. 우리가 이 세상에 나와 갖고 요따구로 살다 죽어 불면 억울하제잉."

"나 지금 겁나 바뻐. 꼴도 보기 싫은께 얼릉 가부러야."

"말자야! 그날은 참 미안하게 되었다. 메밀꽃이 희카가 피던 날 밤 물레방앗간 뒷전에서 만나자는 약속 못 지킨 거."

"지키지도 못할 약속 뭔 염뱅한다고 했드라냐?"

"아따 옛날 그 착하던 말자씨가 으짜다가 이렇게 변해 부렀을까잉. 이번

182

엔 진짜여. 내가 하자는 대로만 하면 말년이 꽃길이 될 테니께."

"대관절 무슨 일이관디?"

"너랑 나랑 한 집에 사는 것으로 하고잉. 내가 새벽에 잠에서 깨는 순간부터 밤에 잠들 때까지 요 핸드폰으로 영상을 찍으면 되는 일이여."

"오메 남사스러워라! 모질이가 꿈도 야무지네잉."

"아니, 진짜로 같이 사는 것이 아니고 그냥 그렇게 짜고 치는 고스톱이라니께."

"나는 고스톱도 모르고 나이롱뽕도 모릉께. 너 인제 정신 차릴 나이도 되었구먼."(ㅉㅉ)

"한寒데 앙거서 의지 꺽정하고 있네. 나야 기초연금 30만원으로 충분히 살 수 있제만, 우리 말자씨 보면 늘 안쓰러워서…."

말하는 본새는 좀 니밀거리지만 결코 밉상은 아닌 달식의 하소연을 끝내 마다할 말자는 아니었다. 둘은 결국 유튜브 제작을 함께 하기로 하였다. 기술적인 부분은 군청 유튜브 강사의 조언과 도움을 받기로 하고 드디어 '안달식과 김말자의 분홍빛 라브스토리'라는 유튜브 채널이 돌아가기 시작했다. 그러나 세상은 요지경이라 했던가. 엉성하기 짝이 없고 화질도 구린 동영상에 조회수와 구독자가 팍팍 늘어나리라 꿈에 부풀었던 것이 애당초 잘못이었을까. 한 달 동안 구독자 겨우 7명을 달성하고 좌충우돌 포복절도 실수연발 악전고투의 '달식과 말자의 사랑'은 결국 오발탄이 되어 불시착하고 말았다.

하지만 오늘도 말자씨의 고소한 참기름 냄새가 진동하는 가게 앞을 지나며 달식씨는 사람 좋게 찡긋 웃어 보인다. 리정혁(현빈)과 윤세리(손예진)만 사랑하라는 법이라도 있간디.


세상의 모든 사랑은 너와 나의 튜브를 타고 스치다 서성이다 스미는지 모른다.

# 앵두꽃 여인

"피고, '앵두꽃 여인'이라는 사진을 훔친 적 있습니까?"

"훔치지 않았습니다. 다만, 사랑했을 뿐입니다."

"피고! 묻는 말에만 대답하세요. 훔쳤습니까? 안 훔쳤습니까?"

"훔쳤습니다."

"왜 훔쳤습니까?"

"너무 아름다웠습니다."

"아름다우면 남의 것을 맘대로 훔쳐도 됩니까?"

"저는 그렇게 알고 있습니다."

"그런 식으로 애매하게 말하지 말고 '예, 아니오'로 대답하세욧!"

"…예."

"아름다우면 소유자 동의 없이 훔쳐가도 된다는 뜻으로 대답한 거지요?"

"예, 그렇습니다."

"피고는 평소 지적재산권에 대하여 인지하고 있었습니까?"

"조금은 알고 있었던 것 같습니다."

"수식어 넣지 말고 명확하게 답변하세요!"

"예, 반드시 알았다고는 할 수 없습니다."

"피고, 피고! 내 눈을 똑바로 보세요. 알았습니까? 몰랐습니까?"

"알았다고 해두겠습니다."

"지적재산권이 타인으로부터 심대하게 침해당했다고 판단될 때에는 당해 재산권 소유자에게 민사상의 보상권이 주어질 수 있습니다. 피고는 '앵두 꽃 여인'의 재산권 소유자의 동의 없이 무단으로 복제하여 인터넷상에 게 재하였으므로 지적재산권 침해가 명백합니다. 인정합니까?"

"인정할 수 없습니다. 무릇 우주 삼라만상 모든 것은 주인이 따로 있을 수 없다고 생각합니다. 존경하는 재판관님의 폐부에 들어가는 공기는 방금 제 입에서 뱉어져 나온 공기의 일부 아닙니까!"

(재판관은 매우 불쾌한 감정을 애써 억누르며)

"지금 공기 얘기가 아니잖아요! '앵두꽃 여인'의 주인이 따로 있어서 당신을 고소한 것 아니요!"

"저는 그 사진을 마음으로 찍었을 거라고 생각합니다. 마음으로 찍힌 앵두의 이미지가 인쇄물로 인화된 것입니다. 저도 그쯤은 할 수 있습니다. 마음을 훔친 것도 죄가 되나요?"

재판관은 속으로 '뭔 소릴 하는 거야. 무슨 유행가 가사 읊조리나?' 하면서 증거물로 채택된 '앵두꽃 여인'의 PPT 프로젝터 화면을 가리키며 말했다.

"원고! 저 사진은 피고인 말대로 마음으로 촬영하였나요?"

"사진작가는 피사체를 마음의 액자 속에 담아 빛의 속도로 이미지화 합니다."

"그렇더라도 사진을 순전히 마음만으로 찍는 것은 아니잖나요?"

"물론 그렇습니다. 그야 사진기를 손가락으로 눌러서 찍으니까요."

이 말에 법정에 모인 모든 사람들이 와르르 웃었다.

(썩은 미소를 잠시 날리던 재판관은 버럭 화를 내며)

"피고는 거짓말을 했습니다. '앵두꽃 여자'(흥분한 나머지 '여인'을 '여자'로 잘못 말함)는 전적으로 마음만으로 촬영된 것이 아님이 명백히 밝혀졌습니다."(일순간 법정 안이 다소 술렁거렸다.)

"원고! '앵두 속 여자'(계속 원작의 이름을 잘못 말함)의 값이 도대체 얼맙니까?"

"예술품을 값으로 따지기는 매우 어렵습니다. 0원일 수도 있고 무한대($\infty$)일 수도 있습니다."

"영-원(永遠)이라고요? 확실하게 한 가지로 말하세요."

"영원으로 하겠습니다."

(원고의 대답에 재판관은 '돌아버리겠다'는 표정을 지으며)

"그렇다면 무엇 때문에 요따구 사건을 법률당국에 의뢰했습니까?"

"그건 저 피고 분을 꼭 만나보고 싶어서였습니다. 제 마음을 훔친 분 아닙니까!"

# 봄날의 허망한 꿈

자동차 있는 분들
1대당 80만원 줍니다.
빨리 확인하세요!!!


　Y씨(70)는 정년퇴직 후 고향집 골방에 누워 알뜰한 알뜰폰에 구렁이알처럼 사랑스러운 모바일 데이터를 아끼고 아껴가면서 근근이 세상과 소통하고 있었다. 그러던 어느 봄날 Y씨는 눈이 번쩍 뜨이는 너(you)튜브 제목을 하나 만났다. 자리에서 벌떡 일어나 자세를 고쳐 앉은 Y씨는 제목 마지막 줄에 힘차게 찍힌 세 개의 느낌표가 좌심방을 콕콕 찔러대는 느낌이었다.

　하지만 Y씨는 100만 구독자를 거느린 유튜브 '시니어 전성시대'를 진행하는 아줌마의 설명을 서너 차례 연거푸 들어보았으나 당췌 뭔 소리가 뭔 소리인지 종잡을 수가 없었다. Y씨는 돌아보면 평생 기다리는 일에는 이골이 났지만서도 더 미적거리다간 8백 원도 못 건질 것 같은 조바심이 났다.

　"여보씨요. 거기 은행에서 자동차 한 대에 80만원씩 준다고요?"

　"할아버지, 무슨 말씀이신지?"

　"아, 그러니께 뭣이냐, 자동차 채권 환급 받을 수 있다고 하던디?"

　"아, 그거요 고객님!"

　자동차 구입 시 의무적으로 발행된 채권 환급업무를 위탁받은 K은행 담당자는 Y씨의 칭호를 할아버지에서 고객님으로 재빨리 바꾸면서 덧붙인다.

　"저희 은행은 채권 관련 업무를 대행할 뿐, 고객님께서 환급 대상인지의 여부는 K광역시청 채권 예산담당관실로 문의해 보세요."

"여보씨요. 지가요 2014년 5월 20일자로다가 차를 구매했는디 80만원 돌려받을 수 있소?"

Y씨는 조바심을 넘어 안달이 나서 군데군데 선후 좌우 사정을 건너뛰며 말을 하는 바람에 시청 예산담당관실 직원은 다소 황당한 듯 멈칫거렸다.

"…? 아, 그 껀(件)이라면 K은행 담당자가 보다 상세히 아실 겁니다."

Y씨는 K은행 시청지점으로 다시 전화를 걸었다.

"여보씨요. 80만원은 언제 주는 거요?"

Y씨는 80만원을 별나게도 힘차게 발음하며 대뜸 환급받을 계좌부터 부르려 했다. Y씨는 주민번호를 불러주면서 또 긴 한숨을 쉰다.

"고객님, 주민번호 확인 감사합니다. 고객님은 신차 구입 시 이미 지역개발채권을 매도하셨으므로 환급 대상이 아닙니다."

Y씨는 신차 구매자는 거의 대부분 구매와 동시에 채권을 매도한다는 사실을 추가로 전해 들었던 것이다. 그때 Y노인의 핸드폰에서 문자 알림 음이 울린다.

'고객님의 모바일 데이터 사용량은 2022년 10월 5일 16시 27분 현재 48.25 메가바이트입니다. 추가 이용료는 6만 7천 5백 13원입니다.'

"뭐여. 이런 젠장맞을!"

# 도토리 수습사건

"피고는 자연 생태 도토리를 채취하는 행위가 불법인지 몰랐습니까?"

"알았다고는 말하지 못하겠습니다."

"알았다/몰랐다로 짧게 말하세요!"

"몰랐습니다."

"도토리를 왜 채취했습니까?"

"채취하지 않았습니다. 떨어진 것을 몇 개 주웠을 뿐입니다."

"그 말이 그 말 아니에요?"

"아니지요! 채취라 하면 도토리나무에 달린 열매에 물리력을 가하여 잡아 딴 것을 말하고요, 저는 그럴 힘은 없습니다."

"그건 그렇다 치고, 도토리를 무엇에 쓰려고 주웠습니까? 혹 그것으로 도토리묵을 만들어 불법으로 납품할 의도 아니었나요?"

"존경하는 판사님! 도토리 서너 개로 어떻게 묵사발을 만들 수 있답니까?"

(요놈 봐라 '묵사발'이라니? 재판관은 묵사발이라는 말에 미간을 찌푸렸다)

"피고, 피고 내 눈을 바라보세요! 누군가가 고의든 실수든 땅에 흘린 것을 수습하여 소유하는 행위는 불법입니다."

"결코 소유하려고 주운 게 아니고요, 그저 어린 시절 구슬 대용으로 도토리를 갖고 놀았던 기억이 불현듯 떠올라 도토리에게 손이 갔을 뿐입니다."

"피고, 여기 법정에서는 '불현듯'이라는 표현은 양형에 오히려 악영향을 미칠 수 있으니 자제하세요."

마침내 재판관은 근엄한 표정으로 판결문을 읽어내려 갔다. "피고는 17년 전 빛고을 남구에 위치한 횡단보도 적색 신호 시 차량 무단통과로 5만원 벌금을 부과 받은 것 외에는 범죄사실이 없고, 나이가 비교적 연로한 것에 비추어 도토리를 수습하는 행위가 도토리를 주식으로 하는 다람쥐나 청솔모의 생존권을 심대하게 훼손할 목적의 행위로는 보이지 않으나, 여타의 행인에게 피고가 저질은 유사행위에 대한 법적 제재 효과를 떨어뜨릴 위험성을 내포하므로 사회적 공동선을 해치는 행위라고 치부하지 아니할 근거를 찾기가 용이하지 아니하므로 내일 다시 심리하기로 하고 이만 휴정합니다." (이게 대체 뭔 말이여? 유죄라는 거여, 무죄라는 거여? 내일 또 오라고? 내일은 밤 주우러 가야 하는디)

# 몽구(夢九)씨의 동전 탐색기

아직도 꿈이 아홉 개나 남은 장몽구는 77년도 한정판으로 발행된 10원짜리 동전이 100만원을 호가한다는 인터넷 정보를 접한 후, 도무지 마음이 잡히지 않고 꽁무니에 성냥불이라도 붙은 망아지처럼 허둥댔다. 동사무소 주민 센터 어르신 댄스 무료강습회에서 사귄 연상의 홍싸리(洪솔利) 여사와의 약속도 까맣게 잊어먹고 동전을 찾느라고 온 집안을 샅샅이 뒤지기 시작했다.

몽구는 본래 여린 심성을 타고나 시골에 살 때에도 달구새끼 한 마리 제 손으로 잡지 못한 위인이었다. 하지만 이번만은 달랐다. 그이는 돈의 망령에 홀려도 단단히 홀려 제 정신이 아니었던 것이다. 부엌에서 식칼을 들고 나와서 구들장 방구석에서 천덕꾸러기 신세로 나뒹굴던 돼지저금통 배때기부터 냅다 가르는 것이었다. 무지막지한 단칼로 통돼지가 맥없이 스러지자 푸르스름하게 곰팡이가 서린 엽전들이 중생대 삼엽충 내장처럼 방바닥에 널브러졌다.

평생을 요 모양 요 꼴로 살아왔다만, 누구한테 못할 짓 한 번 안하고 여기까지 왔으니 조상님도 부처님도 예수님도 사람이라면 이 가련한 늙은이를 내치지는 않으리라. 스스로 다짐하는 몽구의 효성과 합장과 기도가 참으로 절절하였다. 몽구는 가슴이 너무 떨려 합격자 명단을 가까이서 확인하지 못하고 먼발치서 자기 이름을 가늠해보는 수험생처럼, 방바닥에 쏟아진 동전 앞에 바로 눈길을 주지 못한 채 숨을 깊게 한 번 들이마시며 호기스럽게 외쳤다.

"77은 뺑끼칠이다. 작껏!"

몽구가 전혀 앞뒤가 맞지도 않은 말을 거침없이 내뱉은 것은 순전히 100

만원이라는 숫자가 그이의 뇌세포를 혼란에 빠트린 결과였을 것이다.

몽구는 도시로 나와 나무도장 파는 일로 목구멍 풀칠을 했다만, 그놈의 컴퓨터가 웬수지, 어느새 자필 서명이 인감도장으로 둔갑했으니 별 도리가 있겠는가. 그래도 궁즉통이라! 다시 한 번 몽구는 스스로 다짐을 하며 구렁 이알처럼 소중하기 짝이 없는 동전에게 60년 넘게 묵은 손길을 내밀며 주 문을 걸기 시작한다.

'그 동안 제가요, 당신을 업신여긴 것은 결코 아니었으니 무심타 타박하 지 마시고, 제발 마음을 넓게 여시어 제 눈앞에 투-쩨븐 77이 현현하는 기 적을 보여 주시라요.' 몽구는 순간순간 당골래도 되고 보살도 되고 신부님 도 되는 멀티 페르소나의 연기자가 되어가고 있었던 것이다. 몽구는 마흔 개 남짓 10원짜리 동전들을, 마치 심산유곡에서 불로초라도 찾는 심정으 로 지극정성을 다해 어루만지고 몇 번이고 다시 캐어보느라 한나절이 훌쩍 지나가는 줄도 몰랐다. 이제 해는 서산으로 뉘엿거리고 그놈의 77이 어디 로 내뺐는지 절망의 나락이 가물거리는 순간, 구원의 숫자 7이 두 개 포개 어져 꼬리를 살짝 말아 올린 한 쌍의 꽃뱀처럼 혀를 날름거리며 몽구의 퀭 한 망막에 맺히는 것이었다.

"와~~ 77 봤다~~~."

산삼 캐는 심마니의 울림보다 몇 배는 더 우렁찬 '돈마니'의 외침이 최고 조의 청각 데시벨로 방안에 울려 퍼졌다.

며칠 후 몽구는 프랑스제 샤넬 손수건에 귀금속이라도 보관하듯, 불면 꺼 질세라 동전단지를 가슴에 꼭 껴안고 집을 나섰다. 어렵사리 판로를 통해 알게 된 동전수집상을 마치 간첩 접선하듯 만나러 간 것이다.

"자 그럼 물건부터 봅시다."

"아따 성질도 징하게 급하요잉."

"그 정도 물건은 그다지 귀한 건 아니니까요, 빨리 거래를 끝냅시다."

192

"뭔 말씀을 그리 섭하게 하시요. 나한테는 참말로 옹골진 동전이라니께요."

"그래요. 물건부터 주시면 바로 100만원 현찰로 드립니다."

동전수집상은 100만원과 함께 한 손에는 큼지막한 돋보기렌즈를 들고 있었다. 이게 불길한 예감이었을까. 그 돋보기는 몽구의 가슴을 순간 덜컹거리게 했다.

"아니, 이건 72년도 동전 아니에요? 사람을 놀리십니까?" 동전수집상은 대번에 미간을 찌푸렸다.

"아니, 그럴 리가요? 내 눈에는 분명히 77이었는디?"

"이 양반 가관이시네. 숫자도 몰라요? 마음 같아선 사기죄로 경찰 불러야 하겠지만, 그냥 오늘 허비한 경비로다가 7만원만 내놓으시오."

장몽구는 황당하게 벌금조로 7만원과 다방 커피 값까지 합계 77,000원을 내다버리고 집으로 돌아오는 길에 동사무소 근처에서 어르신 댄스 동호회 그 할마시를 부딪치게 되었다.

"몽구씨! 워디를 댕겨 오시요? 손잡아 줄 사람이 없어서 참 허전했구면."

장몽구는 아무 대꾸 없이 시무룩하게 발밑을 내려다보았고 그때 허기진 늦겨울 찬바람이 한바탕 헛헛하게 지나가고 있었다.

# 운수 좋은 날

K광역시에 사는 Y씨는 모바일 문자를 받고 가슴이 덜컹거렸다.

'귀하께서는 우수고객으로
이번 봄맞이
랜덤 추첨행사에서
당첨되셨습니다.
진심으로 축하드립니다.'

세상에 당첨이 웬 말이냐! 돌아보면 평생 거의 꽝 인생이 아니었던가. Y씨는 당첨이라는 글자에 자못 흥분이 되었다.

'그런디 랜덤이 뭐여?' Y씨는 문자를 보낸 P사의 전화번호를 찾아내 전화를 걸었다.

"거기 요구르트 맹그는 곳 맞는가요?"

"네. 고객님! 무슨 일이신가요?"

"지가요, 문자를 하나 받었는디, 뭔 랜덤을 추첨했다고요?"

"아, 그거요. 랜덤을 추첨한 게 아니구요. 이번 봄맞이 대잔치 행사로 우수고객 대상으로 사은품 추첨을 진행했거든요."

"나는 또 랜덤이 새로 나온 상품이름인 줄 알았구면. 그나저나 사은품으로 뭘 주는 거요?"

"고객님. 잠깐만 기다리세요. 고객님의 전화번호를 검색해보구요."

"뭔놈의 전화번호를 또 검색한다는 거요?"

"네. 고객님의 고유번호는 KN 95431이시군요."

194

"아니, 뭘 주시냐니께 자꾸 옆길로 새시네. 궁금해 죽겄구먼."

"절차가 있으니까요. 조금만 침착해주시구요."

"내가 뭘 침착 안 했다고 그러요 시방?"

끝내 사은품 종류에 대해서는 말을 하지 않는 직원의 응대가 못마땅했으나 그것이 오히려 Y씨의 사은품에 대한 기대치를 한껏 고조시켜주었다. 그때 문자 알림음이 또 울린다.


'P사 홍보실입니다. 다음 설문에 답해주신 분께

원플러스원(1+1) 특별 선물을 드립니다.

소요시간은 약 10분입니다.'


Y씨는 억지로 설문에 체크하여 문자를 보낸 뒤 P사에 다시 전화를 걸었다.

"선물 내용은 뭔가요?"

"아주 작은 선물입니다. 오늘 오후 3시에 고객님 댁으로 선물이 전달될 거예요."

작은 선물이라고? 작을수록 고가품일 수 있다는 터무니없는 욕심이 Y씨의 가슴을 울렁거리게 하였으나 적잖은 나이인 Y씨에게는 기다림은 결코 쉬운 일은 아니었다. 하루네 무슨 추첨마귀에라도 썰 듯 정신이 몽롱해지려고도 했고 사은품 배달 시간인 오후 3시까지의 시간이 너무도 더디 가는 것만 같았다.

정확히 오후 3시에 베이지색 배달아줌마가 전해준 당첨 선물은 P사의 신상품 바이오셀(Bio Cell) 요구르트 두 개였다. 단가는 500원이라고 했다. Y씨는 지난 밤 꿈속에서 무궁화꽃이 피더니 이런 무궁한 복을 받을 줄은 꿈에도 몰랐던 것이다.

# 늙은 식자공의 넋두리

고희를 눈앞에 둔 윤창석 노인은 정년 규정도 없는 조그만 인쇄소를 그만
두고 하루 쉬고 하루 노는 나날이 계속되고 있었다. 그러던 어느 날, 그이
는 고추장에 밥을 비벼먹다 말고 불현듯 고추장회사에 전화를 걸었다.

"거기 우창고추장 회사 맞지요?"

"예, 맞습니다만, 무슨 일이신가요?"

"큰 회사가 그러시면 안 되지라잉!"

"고객님, 저희 제품에 무슨 하자라도 있나요?"

"아니 고것이 아니고, 방금도 우창고추장에 비벼 묵으니께 밥맛이 참말로
좋습디다."

"아 그래요. 그 말씀 하시려고 전화까지 주셨습니까? 저희 제품을 애용해
주셔서 감사드립니다."

"감사하고 말고는 뭐 그렇고, 꼭 알고 싶은 것이 하나 있소."

"무슨 말씀이신지?"

"우창고추장 상호는 대체 누가 지었소?"

"그건 왜 물으시나요?"

"그야 물어볼 만 하니께 물어보는 거 아니요?"

"꼭 그것을 아셔야 할 이유라도 있나요?"

"있다마다요. 이래봬도 내가 평생을 식자공으로 뼈가 굵은 사람이요."

"식자재라구요?(전화 받는 직원은 식자공植字工이라는 낱말이 무척 낯선 모양이다.)

"아니, 이 사람 식자공도 모르남? 지금도 서울 을지로 인쇄골목에 가면
옛 식자공들 천지요. 젊은 양반, 팔만대장경 알아요?"

"왜 갑자기 팔만대장경 말씀을 하시나(요)?"(직원은 스멀스멀 짜증이 올라 온다.)

196

"우리는 비록 기름때 묻혀가면서도 글자 하나하나에 온힘을 다 바쳐 인쇄를 하곤 했지. 팔만대장경을 찍는 기분으로 활자를 만지면서 겁나게 자부심을 갖고 일을 했거든."

"죄송합니다만, 고객님과 잡담이나 할 시간은 없으니 이만 끊겠습니다."

"잡담이라니! 한 가지만 더 묻겠소. 우창고추장 창업주가 누구요?"

"대체 저희 회사 사장님을 아셔야 할 이유가 뭡니까?"

"당연히 이유가 있지. 우창고추장이라는 상호에 우리 아버님 성함과 내 이름 중에서 각각 한 글자씩 들어가 있단 말이지. 집 우(宇)에 창성할 창(昌) 우창고추창. 날로 번창하는 회사가 되라고 그렇게 회사이름을 지은 것 아니요?"

"그게 어때서요?"

"이 사람 참. 지적재산권도 모르시나?"

"지적재산권?"(이제 직원도 반말 투다.)

"남의 이름을 갖다 쓰면 쓴다고 말씀을 하셔야지."

"글자가 무슨 주인이 따로 있다고 그러시나?"

"777사건도 몰라요?"

"그건 또 뭔 소리입니까?"

"우리나라 쓰리세븐 777손톱깎이 회사가 미국의 보잉 쓰리세븐 항공기 제작사와 소송이 붙었었잖여. 777이 서로 자기 것이라고."

"그래서 어떻게 되었나요?"

"상호 간에 수억 원의 소송비가 들어가고 결국 양측에서 조금씩 양보하여 777 숫자 디자인을 약간씩 바꾸는 것으로 합의를 봤다니께."

수억 원의 소송비 어쩌고 하는 말에 직원은 조금은 겁이 나는 듯 말을 얼버무리더니 전화통화 내용을 사장께 그대로 전달하겠다고 약속하고 전화를 끊었다.

며칠 후 윤창석 어르신에게 우창고추장 회사로부터 택배가 하나 도착했다. 선물용 고추장 세트에는 사장 명의의 메모가 함께 들어있었다.

'글자 하나도 사랑하시는 고객님의 세심한 마음처럼
저희 우창고추장에도 혼과 정성을 그득 담겠습니다.
감사합니다.'

# 점 하나에 울고 웃는

Y씨는 어릴 적부터 개를 워낙 좋아해서 정년퇴직 후에도 개만 보면 어쩔 줄 몰라 한다. 뿐만 아니라 복날이면 곧잘 듣게 되는 '개 혀?'라는 사투리식 우스갯소리도 세상에서 제일 못돼먹은 막말로 생각할 정도다.

그러던 어느 봄날, Y씨는 우연히 '이모작 투모로'라는 인터넷 매체에서 '반려동물 전문가. 치매예방 지도사 양성과정'이라는 광고를 접하고 반색을 했다. "하기사 동물도 치매가 올 수 있겠제잉. 반려동물 치매예방 지도사라고? 요것이야말로 나한테 딱 맞는 일이구먼 흐흐." 곧바로 Y씨는 광고에 적힌 안내전화를 돌렸다.

"그곳이 페트 스페샤루 학원인가요?"

"아 예, 펫 앤 올드 스페셜입니다. 뭘 도와드릴까요?"

"내가 전화를 잘 못 걸었나? 그곳이 개 훈련시키는 곳 같은디 페트는 패트병 아닌가?"

"하하. 선생님. 패트병이 아니고요. 애완동물을 펫이라고 합니다."

"아, 그러면 애완동물이라고 부를 것이지 뭣땜시 펫이라고 하남?"

"요즘은 영어를 발음 그대로 우리말로 많이 사용하잖습니까."

"허허. 외국말께나 좋아들 하시는구면. 그나저나 그곳에서 패튼가 펫인가 치매가 올려고 하면 스페샬로 고쳐주고 예방도 하는 자격증 딸 수 있어요?"

"아니, 그게 무슨 말씀인가요?"

"애완견 치매예방 자격증 따는 곳이라고 광고를 내놓고선 뭔 딴소리여?"

"아저씨! 우리가 언제 반려동물 치매예방 광고를 냈다고 그러시나요? 이곳은요 펫 전문가와 노인치매 예방 지도사를 양성하는 곳이란 말입니다.

혹 치매 걸리신 것 아니세요?"

"아니, 이런 싸가지 없는 놈 가트니라고! 뭐 내가 치매? 여보씨요. 여보씨
요. 여보씨욧? 이런 젠장맞을 전화가 끊어져 부렸네."

Y씨는 전화를 끊고 난 후 그 광고 문구를 다시 뚫어져라 뜯어보다가 큰
충격에 빠졌다. '반려동물 전문가와 치매예방 지도사' 사이에 찍힌 마침표
(.)를 허투로 보고 두 번째 자격증도 앞 구절과 연결하여 개의 치매예방으로
잘못 이해했던 것. 점 하나에 울고 웃는다더니 참! 진갑을 바라보는 Y씨의
헛헛한 가슴팍 위로 아직 여물지 못한 이모작 인생이 아스라이 가물거렸
다.

# 고지식한 Z씨의 외래어습득 분투기

Z씨는 이제 70고개를 넘어가는 길목이니만큼 기억력도 옛날만 못한 것 같아 티비에서 알려주는 각종 뉴스와 정보를 잊어먹지 않으려고 무진 애를 쓰는 중이었다. 하지만 하루가 멀다 하고 티비 자막을 수놓는 영문으로 된 각종 용어들은 영문도 모르는 것이 너무 많아 짜증이 났다. 며칠 전에도 대한노인회 G군 지회 노인놀이방에서 옆 마을 김영감에게 LTV를 쌍방향 디지털 TV라고 우기다가 그것이 정작 주택담보대출 약자라는 사실을 뒤늦게 알고 스타일을 팍 구긴 사건 이후로 한동안 티비 시청을 기피하였고 TV라는 글자만 봐도 기함할 정도였다. 하지만 며칠 못가서 Z씨는 티비를 힐끔거리다가 전문용어를 또 만나고 말았다. 노인성 치매 예방에는 DHA가 많이 들어있는 식품이 좋다는 것이 아닌가. Z씨는 슬그머니 노인정 문을 나서서 바로 앞 다도해슈퍼 안을 서성거린다. DHA가 많은 상품을 찾아 나선 것이다.

슈퍼 곳곳을 뒤진 끝에 DHA라는 글자가 큼지막하게 적힌 꽁치통조림을 발견하고 희색이 만면하여 일곱 통이나 사들고 집으로 돌아오면서 콧노래까지 흥얼거렸다. 노인정에서 무료로 스마트폰 다루기 강습을 받은 실력으로 '꽁치 맛나게 끓이기'를 검색해서 나름 요리를 완성한 것까지는 애교스럽게 봐줄만 했으나 꽁치찌개 분량을 너무 많이 끓여놓고 끼니마다 꽁치찌개만 먹어대는 바람에 배탈이 났으니 이를 어쩐다?

Z씨는 배를 움켜쥐고 읍내 병원을 찾았다.

의사 : 어르신, 뭘 잡수셨어요?

Z씨 : 노인정에서 에치디에이디치든가, 고것이 몸에 좋다고 갈케 줘서 삶아 묵었제잉.

의사 : 뭘 삶아 드셨다고요?

Z씨 : 아, 디에이디에이치디라니께!

의사 : 하하 어르신. 디에이치에이 말씀이시군요.

Z씨 : 그렇다니께! 에이치에이디에이치디.

의사 : 어르신께서 티비나 스마트폰을 너무 많이 보신 모양이군요. 꽁치에
는 오메가3에 해당되는 DHA가 많이 함유되어 있고요. ADHD는 주
의력 결핍 아이를 말하는 겁니다. 아마 두 용어가 비슷해서 혼동을
일으키신 것 같네요.

Z옹 : 헐~ 젠장맞을!

# '전지' 대소동

 G군청 문화관광과에서 마련한 3개월짜리 '어린이 한자 공부방' 훈장인 윤항구는 농협에서 운영하는 파머스마켓에 모처럼만에 들렀다. 윤 훈장은 파머스 마켓 문을 들어서며 그곳을 농부장터라 부르면 얼마나 좋을까 싶었다.
 "여그서 전지 살 수 있나요?"
 "예 어르신. 저기 가정용 소모품 코너에 있어요."
 윤항구 노인은 왜 하필 그걸 소모품 진열장에 갖다놓아을꼬 투덜대면서 그곳으로 다가갔다.
 "여보씨요. 여그 전지 없는디?"
 "바로 그 앞에 있잖아요."
 "워디?"
 마켓 직원은 살짝 짜증난 얼굴을 하고는 직접 배터리를 집어서 윤 노인에게 건넨다.
 "아니! 나더러 이걸 묵으라고? 날 놀리는 거여, 시방?"
 "무슨 말씀이세요, 할아버지. 배터리 찾으신 거 아니었어요?"
 "밧데리? 아, 전지 사러 왔다니께! 디아지 앞다리살!"
 윤항구는 전지 8,000원어치를 사들고 군청 한자공부방으로 향했다.
 "자 모두 모였느냐? 오늘 한자공부는 여러 가지 전지에 관한 한자니께 귀담아듣기 바란다."
 윤 훈장은 간이칠판에 세 가지 종류의 전지를 한자로 써놓고 조무래기 아이들에게 큰 소리도 따라 읽도록 했다.
 電池는 밧데리~

전지는 밧데리~

剪枝는 나무가쟁이 짜르기~

전지는 나무가쟁이 짜르기~

前肢는 디아지 앞다리살~

전지는 디아지 앞다리살~

# 고지식한 Y씨의 겨울 분투기

70을 바라보는 Y씨는 '아끼다가 똥 된다'는 말을 제일 싫어할 정도로 평생을 '아끼다'로 살아온 사람이다. 또한 우리 것을 너무 사랑하사 외국 물건은 쳐다도 안 볼뿐만 아니라 순우리말도 좋아해서 비행기는 '날틀', 이화여자대학교는 '배꽃계집애 큰 배움터'라고 말하고 다닐 정도였다.

Y씨는 집안에서 제일 잘나가는 손위 6촌 형님이 20여 년 전에 미국으로 이민가면서 입다 남겨준 겨울 잠바를 아끼고 아끼다가 첫눈 오는 날 드디어 꺼내 입었다.

"아따 징하게 따땃하구만. 성님 고마버요. 내가 누구라고 요런 것을 선물로 주시다니." Y씨는 찬바람에 손이 시려 잠바 호주머니에 손을 넣으며 코끝을 훌쩍거리다가 다음 순간 깜짝 놀라고 말았다.

"요것이 대관절 뭔 일이여. 뭔 놈의 천원짜리가 여그서 나오까?"

Y씨는 큰 충격을 받고 한참을 멍하니 서 있다가 정신을 다시 차리고는 1,000원짜리 주인은 바로 육촌 형님이 틀림없다고 생각했다.

"돌려드려야제. 암은."

평소 영어로 된 것은 쳐다도 안 보던 Y씨는 하는 수 없이 영어공부를 시작했다. 일단 미국으로 전화를 걸면 그곳 전화 교환원이 영어로 말할 것이고 우리말은 안 통할 거라 생각했기 때문이다. Y씨는 1,300원으로 군내버스를 타고, 읍내서점에서 〈쌩초보를 위한 영어회화 첫발 떼기〉라는 책을 거금 10,000원에 사왔던 것이다.

'여보씨요'는 헬로.
'안녕하신게라'는 하야유.

'사랑혀유'는 아이 라브 유.

'성님'은 브라다.

'참말로 고마버요'는 쌩쏘 마치.

'교환 아가씨, 미국 뉴요꾸 성님 좀 바꿔 줘유'는???

요것은 책에 없는디 으째야쓰까잉?

# 낮술

Y씨는 비도 오고 출출해서 호박부침개에 막걸리를 한 잔 걸치자 몸과 마음이 모처럼 고양되었으나, 무심코 쌀막걸리 술병에 적힌 쌀의 함량을 보는 순간 절망하지 않을 수 없었다.

"거기 막걸리 회사 맞는가요?"

"예 맞습니다만, 무슨 일이시죠?"

"내가 30년 동안 청청막걸리만 마셔온 사람인디 그러시면 못쓰지라잉."

"무슨 말씀이신지?"

"아 그러니께, 거기 쌀막걸리 맹그는 곳 맞소?"

"당연하지요! 저희 막걸리에 무슨 문제라도 있나요?"

"문제가 많다마다요! 쌀막걸리에 쌀이 7점 5퍼센트 밖에 안 들어 있는디, 어뜨케 고것을 쌀막걸리라고 할 수 있겠소?"

"그래도요, 쌀이 들어 있으니까 쌀막걸리라고 할 수 있지요."

(엥, 이것이 말이여 막걸리여?)

"그라면, 보리밥에 쌀이 한 톨만 있어도 쌀밥이겠네요?"

"그거야 보리밥이겠죠. 하하."

순간 Y씨는 가슴이 턱 막혔다. 괜히 전화를 걸었나 싶었다. Y씨의 가슴 속에 7.5% 쌀의 함량과 100프로 지고지순한 쌀막걸리라는 명함은 영원히 합치할 수 없는 기호로 남았다.

(그때 어디선가 〈타타타〉라는 노래가 환청처럼 들려왔다 : "니가 나를 모르는디 난들 너를 알겠느냐 한 치 앞도 모두 몰라 다 안다면 재미없지~")

# 반어법 대소동

Y씨는 마누라 등쌀에 평생 거의 안 가던 백화점에 들렀다. 체크카드에 남은 돈으로 마누라에게 만 원 짜리 치마라도 한 벌 사줄 요량이었다. 백화점 객장은 평일인데도 별의별 쇼핑객들로 붐볐다. 불황이니 어쩌니, 장사가 안 돼 못 살겠다는 말도 모두 허사로 들릴 정도였다. 유년시절 시골 오일장 터에서 보았던 점포들이 이제는 초현대식 백화점으로 바뀌어 Y씨는 살짝 현기증을 느꼈다. 그때, 목에 줄을 매단 귀엽게 생긴 애완견을 한 마리 마주했다. 순간, Y씨는 백화점에서는 결코 해서는 안 될 말을 하고 말았다.

"와! 이 개 징하게 못생겼다."

Y씨는 자신도 모르게 이 말을 해놓고 아차 싶었다. 대뜸 개의 여주인은 오만상을 찌푸리며 Y에게 대들었다.

"아저씨! ('할아버지'라고 안한 게 다행이군.) 지금 우리 아기한테 뭐라고 했어요?"

"아, 그러니께, 귀엽다고 했는디?"

"뭐라고요? 못생겼다고 했잖아요!"

"아, 그것은, 반어법으로다가 한 말이구먼."

"반어법? 이 양반이 나이 살깨나 먹어가지고 무슨 헛소릴 하시나?" 개의 여주인은 거의 반말투다.

"제 말씀을 쪼끔 오해하시는 것 같소. 10여 년 전에 저세상 간 우리 집 개는 못 생겼다는 말을 들으면 네발을 하늘로 쳐들고 좋아서 어쩔 줄 몰라 했구먼."

"이 사람 점점 가관이네. 얼른 우리 '아기'한테 사과하세욧!"

"사과하는 것이야 뭐 어렵지 않소만, 잘 생겼다고 말해버리면 아줌마의 개는 반대로 못 생겨지는데요?"

"아무리 봐도 이 사람, 제정신이 아닌 것 같아. 경찰을 불러야 되겠네요."(제 정신이 아니라면 차라리 의사를 부르지?)

아줌마가 경찰이라는 말을 별나게 크게 발음하는 바람에 쇼핑객들이 무슨 큰일이라도 난 줄 알고 몰려들었다.

"경찰은 하나도 안 무섭고, 나는 저 강아지가 참 안돼 보이네요."

"그건 또 무슨 개 풀 뜯어 먹는 소리예요?"

애완견의 모습으로 봐서는 꽤 순진할 줄 알았던 아줌마에게 된통 걸린 기분이었으나, Y씨는 집에서도 반어법을 곧잘 써서 마누라를 억지로 웃게 하는 재주를 못 알아 주다니, 개주인 아줌마가 무척 야속했다.

"아줌마 애기 쉬 마려운가 봐요. 얼른 저기 화장실 데리고 가서 쉬나 뉘이세요. 애기가 많이 힘들어 보이는구먼."

"무슨 놈의 남의 애 걱정까지 하시나?"

"사실 나도 개를 무지하게 좋아하는 사람이요. 경찰은 오지 말라고 내가 전화할 테니께, 염려는 마시고."

"이제 보니까, 할아버지, 좀 재밌는 분 같으시네요."

"아니, 아까는 '아저씨'라고 하더니 금세 내가 폭삭 늙었는 갑소잉? 허허."

"아니에요, 저희 시아버님처럼 머리도 하야시고 안경도 끼시고, 제가 너무 말을 함부로 해서 죄송해요."

"아주머니 애기 쉬 마려운 표정을 보니께 더욱 못난이 같네요. 하하."

(역시 반어법은 아무한테나 함부로 사용할 말은 아닌 것 같아. 흐흐.)

# 고지식한 H씨의 한여름 분투기

H옹은 며칠 전부터 배가 살살 아파서 읍내 약국에서 P제약사의 생로천(生老天) 한 병을 사왔고, 까만 생약 알갱이가 총 120丸(환)이라고 적힌 약병 라벨을 보고는 작은 약 알갱이를 모두 마룻바닥에 쏟아놓고 세어보기 시작했다.

"워메, 요것이 뭔 일이여? 한 개가 부족한디? 백열아홉 개밖에 안되잖여."

H옹은 배 아픈 일도 잊어버리고 약 알갱이를 몇 번이고 다시 세기 시작했다. 어쩔 때는 118개 어떨 때는 119개 또 어떨 때는 121개가 되기도 했다. 가장 많이 나온 숫자가 119개이니만큼 H씨는 확신을 갖고 제약회사에 전화를 걸었다.

"여보시요. 거기 생로천 맹그는 곳 맞지라?"

"예 P제약회사입니다. 무슨 일이신가요?"

"내가 요새 배가 아퍼서 군내버스비 1,300원 주고 생로천을 사왔는디, 그러면 못쓰지라잉."

"할아버지? 저희 제약회사 약품에 무슨 문제라도 있으신가요?"

"아, 약병에는 분명히 약 알갱이가 120환이라고 적혀 있고, 몇 번을 세어봐도 한 개가 부족한디, 요것이 어뜩케 된 요다구요? 대체?"

"할아버지, 진정하시구요. 제 말씀을 좀 들어보셔요. 제 말은 잘 들리세요?"

"얼마 전에 우리 큰놈이 세계에서 제일 비싼 보청기 사다줘서 끼었으니께, 싸게싸게 말해보드라고."

"예 할아버지! 물론 정확히 120알 들어가야 맞습니다. 저희가 포장관리를 철저히 합니다만, 아주 드물기는 해도 혹간 한 두 개 정도는 오차가 발생할 수는 있습니다."

"그래도 그렇제. 그러면 처음부터 한두 개는 덜 들어갈 수 있다고 병에 써 붙여놔야지. 그래야 얼른 약국에 가서 바꿔올 수 있을 것 아니겄어?"

맞는 말이긴 한데, 제약회사 직원은 갑자기 실어증에 빠진 기분이 들었다. 곧이어 수화기 너머로 '황혼의 소비자'가 혼자 중얼거리는 목소리가 들려오는 것이었다.

"젠장 맞을. 약 바꾸러 갈라면 또 차비 들게 생겼구먼."(끌끌)

# 봄날의 백일몽

신입사원 허영운은, 지금 하는 일이 어릴 적 꿈과 많이 달라 마음에 들지 않았으나 세상에서 가장 체질에 맞는 일인 양 최선을 다하고 있었다. 비라도 내릴 듯 봄바람에 벚꽃 이파리 날리던 어느 날 오후, 사무실 전화벨이 울렸다.

"허영운 맞지? 그치?"

"…예?"

"영운이 맞자나. 나 연화야. 홍연화."

영운은 수화기속 여자가 단번에 말을 놓는 본새가 심상치 않다고 생각했다.

"연화라고요? 누구신데?"

"나 몰라? 홍연화, 칡넝쿨 멤버!"

"아, 칡-넝-쿨."

허영운은 어렴풋이 떠오른 '칡넝쿨'이란 낱말이 갑자기 온몸에 감겨오는 전율을 느꼈다. 대학 신입생 때 뭣도 모르고 가입한 야학서클 이름이 칡넝쿨이었던 것. 어릴 적 시골에서 초봄이면 물오른 칡을 캐먹으며 놀았던 추억 때문에 덜컥 그 서클에 들어갔으나, 첫날 자기소개하면서 '잠'이 취미라고 말했던 것 말고는 칡넝쿨에 대한 기억은 남아 있지 않았다. 그도 그럴 것이, 어디 서클활동에 열심일 만큼 성건지지 못해서 두 번째 모임부터는 아예 발길을 끊었던 것 아니던가. 그래도 그 모임에 예쁘장한 여학생이 한 명 있었다는 환영이 떠오른 것은 순전히 사무실 유리창에 흘러내리는 봄비 때문이었을 것이다. 연화라? 순간 염화미소 같은 이미지가 마음의 망막에 어렴풋이 맺혀 왔다.

"어떻게 내가 여기서 일하는 걸 아시고?" '연화'의 실체를 알아보고 싶다는 욕망이라는 이름의 전차표가 눈앞에 어른거렸다.

"너네 회사 지하 코피숍으로 빨랑 내려와."

"⋯⋯."

수화기를 내려놓으며 건너편 미스 킴이 입을 삐죽거리는 모습을 보고 여름날밤 거미줄을 잘못 건드린 것처럼 얼굴이 끈적거렸다.

이은하의 〈봄비〉가 촉촉이 흘러나오는 다방 안은 얼른 사람을 알아보기에는 너무 어두웠으나 여자는 긴 생머리를 쓸어 올리며 배추흰나비처럼 손을 흔들었다.

"어머, 하나도 안 변했네! 어쩜."

"⋯⋯."

영운은 다방 안에 떠도는 묘한 지분냄새 때문인지 약간 현기증을 느끼면서, 손짓하는 여자 쪽으로 조금씩 다가갔다. 열대어 두어 마리 떠다니는 모조대륙붕 사이로 수초(水草)가 하늘거리는 둥근 어항에 여자의 갸름한 얼굴 실루엣이 얼비쳤다.

숨을 고르며 마주 앉은 허영운은 도무지 그 여자가 낯설다는 느낌뿐이었으나 살짝 미소 띤 그녀의 입 매무새는 연꽃을 닮았다고 생각했다. 커피 잔의 온기 때문인지 가슴이 점점 데워진다는 느낌이 드는 순간, 여인은 전혀 예기치 않은 말을 꺼냈다.

"너, 철학 좋아했잖아. 항상 생각에 잠긴 듯 걸어가는 뒷모습은 암울했던 70년대의 사회상을 반영한 것 같기도 했구."

"그랬었나요?"(아무리 뜯어봐도 이 여자는 전혀 낯선 얼굴이야.)

"지금도 모습이 여전히 철학적인 것 같아."

"내가 그렇게 보이는가요?"

(그 순간, 이기주의와 개인주의의 차이점에 대해 설명해보라는 철학교수의 물음에 전혀 답을 하지

못했던 기억이 떠올랐다.)

"철학이 뭐라고 생각해?" 여자는 당돌하게 계속 반말 투였다. 그게 외려 남자를 묘하게 끌어당기는 힘이 있었다.

"뭐 철학이야 뭐 그렇죠 뭐." 더 이상 순진할 수 없다는 투로 '뭐'만을 되뇔 뿐이었다.

그때, 여자는 눈밭의 사슴 같은 하얀 목덜미를 살짝 만지더니 핸드백을 열었다. 연보라 매니큐어가 칠해진 긴 손가락에 잡혀 나온 것은 열 권짜리 '철학대사전'이라고 적힌 광고지였다.

"이건, 철학적 인간학의 창시자 막스 쉘러가 집필한 철학사전이란다, 너. 이 책속엔 험악한 세상에 악마의 마성과 결탁하지 않을 지혜가 그득하거든!"

"아 그렇군요."

"저 봄비의 하강은 자기 무게 때문에 내리는 게 아니야. 세상이 너무 무겁기 때문에 내리는 거지."

"…그럴까요?"

"이 책 한 번 읽어볼래?"

"사실, 나 책 잘 안 읽어요, 생각은 좀 하는 편이지만…."

"생각만 자꾸 하지 말구, 이 책 꼭 한 번 읽어보라니깐."

영운은 생각을 너무 많이 하느라 세상이 좀 싫어진다는 생각에 어쩌면 저 두툼하기 짝이 없는 철학책 속에 길이 있을지도 모른다고 생각했다. 커피 잔은 미열만을 남긴 채 식어가고 있었지만 무언지 모를 신열 때문인지 여자에게 건네받은 철학대사전 계약서에 자기 이름을 적고 있는 남자의 손끝이 다방 불빛에 흔들거렸다.

정확히 3일 후 허영운의 사무실 책상 위에는 40만원이 찍힌 지로용지가 놓여 있었다. 당시 그의 월급은 267,000원이었다. 그런 일이 있은 후 한

214

번도 펼쳐보지 않은 채 이사할 때마다 짐만 되곤 하던 철학대사전은 30여 년 전, 칡넝쿨처럼 질긴 그 봄날의 백일몽을 떠오르게 한다.

어쩌면 이번에는 불현듯 접시꽃 같은 중년여인이 옥장판 광고지를 들고 찾아올지 모른다는 환각이 헛헛한 노년의 가슴팍을 한바탕 훑고 지나갔다.

# 운수좋은 날

 뭔가 이상했다. 아무튼 좀 걸어야할 것 같았다. 계절병을 앓는 후조처럼 날갯짓이라도 해봐야 할 것 같았다. 몸이 가려운 것 같기도 하고, 발바닥이 가려운 것 같기도 했다. '이상李箱의 이상理想은 무엇이었을까?' 새삼 이상을 생각하니 가슴이 아파왔다. 가을 하늘은 금방이라도 비를 뿌릴 듯 음산했고 바람이 스쳐갈 때마다 낙엽이 무더기로 떨어져 포도 위에 나뒹굴었다. 나는 이 가을을 외면한 채 질주하는 자동차들을 경멸했다. 운전수의 치기 때문이 아니라, 뒷좌석에 몸을 묻은 승객의 득의한 얼굴 때문이었다. 그들은 이번에는 차창 밖으로 담뱃불을 내던졌다. 갈증이 났다. 호주머니를 뒤졌으나 빈 담뱃갑만 손에 잡혔다. 실망했다. 구겨진 담뱃갑을 내던질까 하다가 그만두었다. 이런 날에 그런 짓은 부질없는 일이겠기 때문이었다.
 바람이 한바탕 회오리쳐 오는가 싶더니 낙엽이 한 무더기 얼굴을 덮쳤다. 순간 낙엽에서 풍겨오는 메마른 냄새가 약간의 토악질을 일으키는가 싶었는데, 일단의 낙엽 속에 섬광처럼 내 동공을 가르는 것이 있음을 감지했다. 그것이 분명 낙엽이 아닐 것이라는 생각이 들자 나는 아연 활기를 띠었다. 그때 한 줄기 바람이 지나갔으므로 그것은 다시 낙엽이 되어버렸다. 나는 바람이 지나간 쪽으로 몸을 돌리며 바람이 스쳐간 언저리를 주시했다. 그것은 암갈색의 낙엽 속에서 희끗희끗 얼굴을 내밀었다. 그것이 내 눈에 띄었던 것은 순전히 그것의 날카로움 때문이었다. 무정형한 낙엽들 속에 유독 규격적인 것이 있었다.
 '수표!'
 나는 외마디 소리를 질렀다. 몸은 석고처럼 굳어져 바람과 함께 교차하는 난무, 낙엽과 유가증권이 벌이는 숨바꼭질을 망연히 바라보고 있었다. 기

216

실 나는 먹이를 유혹하는 꽃뱀암처럼 혓바닥을 날름거리는 술래에 정신을 빼앗기고 있었다. 지남철에 끌려가는 쇳가루처럼 몸은 더욱 경직되어 점점 그 중심권으로 함몰되어 가는 것이었다. 그것은 분명 늪이었다. 나는 그 늪 속으로 맥없이 빨려들었다. 나는 낙엽과 수표가 벌이는 난무 속에 극적으로 참여한 것이다. 나는 두 팔을 휘저으며 함께 춤을 추었다. 그때마다 스쳐가는 바람 때문에 그 춤은 꽤나 오래 계속되었다. 마침내 수표를 움켜쥔 손이 바르르 떨렸고, 야릇한 쾌감에 몸을 떨었다. 그러나 곧 고뇌의 늪이 다가왔다.

이놈의 수표를 어찌할 것인가. 가을날에 무슨 해괴한 운명의 장난이란 말인가. 나에게 이 영광을 안겨준 서글픈 시혜자는 누굴까? 운명이다. 운이야. 운수가 좋은 거야! 그래도? 아니야! 모든 게 다 그렇잖아?

낙엽 때문에 잊어버렸던 일상이 고개를 들었다. 가을을 외면한 채 질주하는 자동차들을 경멸했던 나의 순수는 전혀 우연으로 현실을 호도하고 싶은 욕망으로 퇴색하기 시작했다.

하지만 몇잔의 술로 가을날의 순수는 용케 되살아났다. 한없이 이완된 기분으로 술집을 나서는 순간, 순경의 불심검문에 걸렸다.

"내놔!" 순경이 다그쳤다.

"뭘요?"

"수표 임마!"

"현찰밖에 없는데요."

"수표는 어쨌어?"

"술 마셨수다."

"그걸 다?"

"미쳤어요? 그걸로 술을 다 마시게요."

술집에서 나와 곧장 파출소에 신고할 참이었노라고 소리쳤으나, 순경은 이미 마음을 작정한 듯 나를 앞장 세웠다. 파출소에 들어서자 사색이 되어 서있던 중년 부인이 나에게 반사적으로 매달렸다.

"이 놈이 허우대는 멀쩡해갖고 뭐 할 짓이 없어 남의 돈을 훔쳐?"

아주머니가 하도 설쳐대는 바람에 술집에서 수표를 주고받은 거스름돈이 낙엽처럼 쏟아졌다. 그 여자는 정신이 나간 사람처럼 돈을 따라 허우적거렸다. 나는 쿡쿡 터지려는 웃음을 겨우 참았다. 그날 밤 나는 순경들로부터 "당신 어쩌고 저쩌고" 하는 소리를 귀가 아프도록 듣고 하룻밤을 보호실에서 묵은 뒷날 극적으로 석방되었다. 그 수표가 가짜라는 것이었다.

# 김일 선생 새벽반 강의록

김일 선생은 한빛학원 새벽반 강의실에 보무도 당당하게 들어섰다. 두꺼운 까만 뿔테 안경을 한 번 더 치켜 올리며 교실을 휘둘러보는 순간, 아연하지 않을 수 없었다. 수강생이 딱 두 명밖에 없었던 것이다. 그것도 재수생 차림의 남녀 각 한 명이었는데 널찍한 교실 양쪽 맨 끝자리에 심드렁하게 앉아 있었던 것. 김일 선생은, 그래도 명색이 서울 S대학 원자력공학과를 수석 졸업한 처지에 마땅한 일자리가 없어 몇 개월째 반지하 자취방을 백수로 뒹굴다가 어찌어찌 해서 한빛학원 수학 새벽반 강사로 나서게 되었다.

김일 선생은 긴장과 동시에 실망감으로 일그러지려는 얼굴 근육을 재빨리 수습하며 강의를 시작했다. 며칠 전부터 자취방에서 첫 강의 리허설을 수없이 반복하면서 현란한 강의기법으로 수강생들을 압도하리라고 다짐했건만, 〈수학 정석〉 첫 페이지를 열자, 근의 공식도 스멀스멀 빠져나가버릴 정도로 머릿속은 하얗게 변하고 말았다. 무어라 중얼거리긴 한 것 같은데 진땀이 흘러내려 연신 안경을 치켜 올리느라 금방 했던 말도 기억이 잘 나지 않았다.

첫날 강의를 죽을힘을 다해 겨우 마치고 교무실로 돌아가는 복도에서 수학도사 피아골 선생이 반색하며 묻는다.

"김 선생, 할 만합니까?

"……." 김일 선생은 대꾸할 기분이 전혀 아니었다.

"수강생은 많던가요? 내 수강생은 일흔셋이나 된다니깐요. 하하."

"……."

피아골 선생의 두 번째 말에는 무슨 대꾸라도 해야겠다고 생각했지만, 김

일 선생은 몸에서 모든 힘이 다 빠져 나가버린 듯 입이 떨어지지 않았다. 새벽시간에 대느라고 봉천동에서 종로 2가까지 시내버스를 두 번이나 갈아타고 오느라고 그나마 먹던 자취밥을 굶은 탓도 있었지만, 교무실에 들어서자 김일 선생은 맥이 풀려 그만 의자에 털썩 주저앉고 말았다. 3층 교무실 창문으로 밖을 망연히 바라보자 '행복여관' 물받이 차양 위로 맨발 벗은 잿빛 참새 두 마리 빨간 발로 종종걸음을 치는 모습이 눈에 어른거렸다. 김이 모락거리던 머리칼이 점점 식어간다고 느끼는 순간, 살아야겠다는 신호인지 허기가 몰려왔다.

다음 날도 김일 선생의 남녀 이인 일조 수강생은 교실 양 끄트머리 자리를 하나씩 꿰차고 꿈쩍도 하지 않고 앉아 있었다. 김일 선생은 내심 둘 중 한 놈이라도 안 나왔으면 그것을 핑계로 폐강이라도 할 참이었으나, 두 아이의 눈망울이 전날보다 또렷이 밝혀오자 곧바로 속내를 감추며 수업을 시작했다. 머리통 위로 더운 수증기가 자꾸 올라온다는 느낌은 여전했지만, 어제보다는 한결 호흡이 가다듬어지는 것 같았다.

늙수그레한 피아골 선생은 이번에도 김일 선생 어깨를 툭 치면서 물었다.

"김 선생, 학생들은 다 잘 나왔던가요?"

"아, 예, 한 명도 안 빼먹고 나왔더군요."

며칠이 지나자 김일 선생은 드디어 수학의 아버지 피타고라스의 위업을 알리는 전사가 되어간다는 자부심으로 강의에 힘이 붙기 시작했다. 그런데, 그를 놀라게 한 것은 정작 점점 자신이 붙어 가는 강의가 아니라, 남녀 두 수강생의 자리 앉기였다. 기실, 자신의 강의 실력이 날로 좋아지는 것과 정비례하여 두 학생의 자리 간격이 조금씩 가까워지고 있었던 것. 김일 선생은 속으로 '요놈들 봐라' 하면서 이제는 자기 강의 걱정보다는 두 아이의 간격을 가늠해보는 재미에 빠져들기 시작했다. 개강 첫날은 선생과 두 수강생 세 사람을 꼭짓점으로 하여 정삼각형이던 대형이 일주일째가 되자 이

등변 삼각형으로 바뀌었다. 그 대형은 좀 위태해 보이기도 했으나, 언젠가는 두 개의 꼭짓점이 하나로 되는 날이 머지않았다는 예감이 들었다.

사랑은 역시 장난이 아니었나? 삼 주째가 되자 드디어 두 학생은 한자리에 나란히 앉아 있었다. 선생과 학생 사이가 이제 하나의 단선으로 이어져 끊을래야 끊을 수 없게끔 어떤 찰기 같은 끈끈함이 느껴왔고, 그럴수록 김일 선생은 신이 나서 열정적으로 강의를 했다.

그날도 피아골 선생은 "수강생이 딱 두 놈밖에 안 되어서야 원." 어쩌고 하면서 걱정해준답시고 하는 말이 결국 김일 선생을 얕잡아보는 투가 역력했다. 마침내 김일 선생은 더는 못 참고 한 마디 내뱉었다.

"총각(총 각도)은 각시(각角 C)보다 크다는 명제가 항상 옳은 것일까요?"

김일 선생은 피아골 선생의 다음 대꾸를 짐짓 따돌리며 복도를 성큼성큼 걸어갔다.

# 바다 이야기

P씨는 어릴 적 바닷가에서 자라서인지 바다라는 말만 들어도 가슴 밑바닥으로부터 '쐐'한 기운이 올라오곤 한다. 평생을 그냥 바다에서 살 것을, 괜히 친구 따라 강남 간다고, 서울 말죽거리 짱뚱어탕 식당 주방 시다로 있는 군대 동기의 꾐에 빠져 그놈 자취방에 얹혀살던 것이 애당초 잘못이었다. P씨는 몸에 맞지 않은 서울 생활 3년 만에 빈털터리가 되어 목포행 열차에 몸을 실었다.

그래도 바닷가 고향집 홀어머니가 좋아하는 이미자 뽕짝 테이프라도 하나 사갖고 갈 요량으로 기차에서 내리자마자 카세트 리어카행상을 찾아보았으나, 세월은 벌써 동막골 영화처럼 아득히 멀어져 가고 없었다.

'이 일을 대체 어쩐다?'

P는 쏟아지는 햇볕 아래 막막하고 먹먹한 마음을 어쩌지 못하고 서있었다. 마음속에 자리한 바다의 물길과 몸으로 부대끼는 도회지의 길바닥은 서로 합치할 수 없는 거리감으로 점점 멀어지고 있었다. 가슴은 여전히 헛헛하여 무언가를 채워야 하겠다는 본능이었을까? 길을 건너는 것이 꼭 맞는지도 모르게 길을 막 건너자 유달산이 내려다보이는 홍어삼합집 앞 간이 판자때기 위에 〈유달 정보〉 광고지가 눈에 띄었다.

바다를 잘 아신 분 환영! 바다천지

P는 구인광고를 뚫어져라 쳐다보다가 결심이 선 듯 물어물어 시장터 안에 자리 잡은 '바다천지' 양철새시 문을 두드렸다.

"여기 바다천지 맞지라?"

222

퍼런 뻥끼로 '바다천지'라 적힌 양철 간판이 마침 지나가던 더운 바람에 잠시 흔들거렸으나 벌써 오래전에 문을 닫은 듯 가게 안은 휑하기 짝이 없었다. P씨와 거의 동년배로 보이는 남자는 반색을 하며 단도직입적으로 묻는다.

"바다를 얼마큼 아세요?"

"많이 알지라잉."

"한 번 쭉 말해보시렵니까?"

"바다에는 짱뚱어도 있고요 광어도 있고요 우럭도 있고요 굴비도 있고요 전어도 있고요 낙지도 있고요. 또 홍어도 있지라."

"갈치 꽁치 참치 멸치 삼치 병치도 있지요." 주인인 남자는 모두 '치'자로 끝나는 물고기를 박자까지 넣어가며 읊조렸다.

"또 있잖아요! 미역 다시마 우뭇가사리 파래 톳 매생이 해우(海衣)…."

이쯤 되자 그동안 너무도 쓸쓸했던 두 남자는 추임새까지 넣어가며 동시에 랩을 하듯 합창을 한다.

"소라 전복 골뱅이 석화 홍합 바지락 꼬막 가리비 삐틀이 고동…."

두 남자의 얼굴은 땀으로 번들거렸지만, 만면에 웃음을 머금고 온갖 '갯것'을 읊어대다가 마침내 바다 이야기가 바닥이 난 듯 잠시 숨을 고르는 순간, 사나이 중 누군가가 한숨을 내뱉으며 말했다.

"바다가 육지라면 이별은 없었을 것인디…." 누구 말인지 모르게 이별이라는 낱말이 두 사나이의 가슴 속을 한바탕 훑고 지나갔다.

그날 저녁 두 사람은 팍삭은 홍어에 막걸리를 한 잔 걸치고, 아직 정해진 것이 하나도 없는 인생길을 위로하듯 미정(未定) 노래방에서 미로 같은 인생의 바다를 건너고 있었다.

"아아~ 모옥포느은 하앙구우다아~ 모옥포~는 하앙구우다아~, 바다가~ 유욱지라~면 이~별은 없었을 거어슬~"

바다가 늘 그리웠던 두 사내는 다음 선곡 시간이 간당간당한 노래방 기계에 마음 졸이며 전설 같은 유행가 두 곡을 섞어 부르고, 오래 전 친구처럼 어깨동무를 하고 노래방을 나서자 대반동 종점 바닷가 행 막차가 막 지나가던 참이었다.

# 선:물(膳物)과 선물(先物)

　C씨는 대학 시간강사이다. 학생들은 교수님이라 불러주지만 '보따리장수'가 가장 적합한 직업명이다. 이 대학에서 한 강좌 저 대학에서 두 강좌 식으로 보따리를 싸들고 이리 저리 떠돈다. 요즘으로 말하면 시급을 조금 넘기는 강의료에 최저임금에도 턱없이 못 미친다. 정신이 미치지 않는 것이 그나마 다행이랄까. '나는 지방시'(지방대 시간강사)라는 매우 자조적인 글을 쓴 어떤 이는 어느새 대리기사가 되어 있단다. C는 고향에서는 수재라고 칭송이 자자했으나 지금은 수제 국수공장에라도 들어가고 싶었다. 비록 희망은 있었으나 이루어지지 않는 희망이 훨씬 많다는 사실이 그를 늘 절망케 했다.

　서울 K구 S전철역 5번 출구, 날씨는 징그럽게 덥고 그날따라 웬 전철역 계단은 그리 길고 높아 보이는지, 무슨 바윗돌을 수없이 산꼭대기로 밀어 올렸다는 시지포슨가 스포티진가 하는 놈이 잠시 생각나면서 C는 계단이 아니라 기어 다니게 생겼다고 중얼거리며 계단 끝점에 겨우 도달했다. C는 숨을 고르며 하늘을 쳐다보자 하얀 뭉게구름이 가까이에 보이는 관악산에 걸려있어 '산 할아버지~ 구름모자 썼네~ 어쩌고'하는 노래가 떠올라 피식 웃음이 나왔다. 그 가수는 항상 희한한 제목과 노랫말로 잘 나간다는데 나도 가사나 써서 방송에나 진출해볼까?

　전철역 4거리에서 C는 생각이 너무 많아 가야할 곳이 생각나지 않는다. 아인슈타인이 말년에 깜박깜박 했다더니만, 말년은커녕 푸르다 못해 짙푸른 청년이 아니던가. 갈래가 많은 것이 인생이긴 해도 가만히 서 있는 것도 때론 인생의 일부라고 생각하는 찰나, 누군가가 C의 등짝을 세게 후려치는 게 아닌가. 이게 무슨 변괴냐 싶어 돌아보니 웬 젊은 여자가 짙은 선글라스를 끼고 엄청 큰소리로 웃음을 날린다.

"오메 너 창득이 아니냐? 최창득이 맞네! 나 방희여 고방희! 얼마만이여? 초등학교 졸업하고 첨이지? 너 공부 잘 했잖아, 피리도 잘 불고야. 달리기도 잘하고. 계집애들 괜히 놀려 묵고 댕기다 손달봉 선생님한테 오지게 얻어터졌지, 너? 으하항."

C는 '누구세요? 잘 모르겠는데요?'라고 말하려다 겨우 참고는 "그래. 그렇지 뭐. 오늘 무지하게 덥다야."라는 말만 하였다.

"너 지금 뭐하냐? 어디 회사 다니는 폼은 아닌 것 같고? 지금 너 뭐하냐? 이 대낮에 뭐하러 다니냐?"

"그냥 이것저것 뭐 그냥."

속사포 같은 그녀의 반복된 질문에 C는 대중가요 가사도 쓰고 투잡으로 영등포의 유명한 수제 국수공장 밀가루 반죽사 '댓빵'이라고 말할 뻔했다.

"너 시간 있으면, 아니 너 시간 많은 것 같으니까 이번 토요일 우리 아들 생일잔치에 오니라. 올해 초등학교 들어갔잖아. 요 앞 로터리에 새로 생긴 블랑쉬호텔 있잖아. 거기서 저녁 7시여. 니가 맨 날 못살게 굴었던 가시내들도 올 것이니까. 너 생각나지? 오심이, 을순이, 점덕이, 풍자, 단말이, 또 머슴애들도 몇 명 오기로 했어. 진팔이, 맹식이, 동칠이 우리가 똥칠이라고 놀려 묵은 놈 생각나지? 꼭 너도 와야 쓴다잉. 너 온다고 하면 강풍자가 젤로 좋아할 것이다."

"……"

강풍자姜豊子! 시집가서 부자로 살고 아들도 많이 낳으라고 자기 아버지가 이름 지어줬다고 틈만 나면 자랑하던 그 유명한 강풍자도 온다고? C에게는 이제 4거리가 6거리로 보였다. '이리 갈까 저리 갈까 차라리 돌아갈까'보다 3개나 더 많은 기로에 섰다. 한 번 잘못 들면 낭떠러지요, 삐끗 밟았다 하면 터지기 일쑤인 지뢰밭 천지, 세계적 메갈로폴리스 서울. '새밝'이라는 서울의 어원이 무색하여 어둠의 자식들이 더 많은 것 같은 애증의 서울! C는 그래도 가장 안전할 것 같은 길을 택하기로 했다. 블랑쉬호텔에 가기로 한 것이다. 호텔은커녕 여인숙 옆길로도 잘 다니지 않던 C는 어쩐지 마음이 상기되었다.

'옷은 어떻게 입고 무엇을 가져가야 하나?'

C는 또 다른 기로에 섰다. 방울뱀이 푸른색을 싫어한다고 해서 만들었다는 청바지는 별로니까 물총새가 제일 좋아하는 물고기 비늘무늬 바지 하나 사고, 윗도리는 그냥 하얀 와이셔츠면 괜찮겠지. 〈선데이 서울〉에서 본 어떤 남자배우 패션인데?(흐흐)

C는 모처럼 마음이 고양되었다. 문제는 아이에게 줄 선물이었다. 고심을 거듭하다가 크레파스와 스케치북으로 결정했다.

"요즘 크레파스는 몇 개짜리 색상이 들어 있어요?"

"여러 가지죠. 24색상부터 36색상, 48색상, 전문가용은 100색상 넘는 것도 있고."

"와, 그렇게나 여러 색상이 있네요. 우리 때는 10가지가 제일 좋은 거였거든요."

"꽤 젊어 보이는구먼, 무슨 자유당 때 애기를 하나? 허허."

자유당을 아는 것 보니까 문방구주인은 60은 훨씬 넘어보였다. C는 문방구에 들어설 때는 풋감보다 작았던 간이 점점 '간땡이'로 부어가고 있었다. 생전 10개짜리 색상 크레파스도 한 번 못 써봤다만 명색이 대학교수가 아닌가. 애라 모르겠다! 아저씨, 크레파스 36방으로 주세요!

C는 참으로 오랜만에 토요일이 오기를 고대했다. 호텔의 어원은 순례자나 참배객을 위한 숙소라는 라틴어 hospitale란다. C는 참배객도 아니고 순례자는 더더욱 아닌 [고방희여사 영식 봉슬기君 생일 축하연] 하객이렸다. 호텔에 들어서자 시끌벅적 6.25때 난리는 난리도 아니게끔 정신이 없었다. 뭔 놈의 조그만 아이 생일잔치가 어른들 니나노판보다 더 소란스러

웠다. 객석에 깔리는 음악은 〈과꽃〉이나 〈섬집 아이〉처럼 서정성 짙은 동요는 하나도 안 들리고 템포 빠른 무슨 요상한 노래만 연속되고 있었다. C는 조금 긴장한 탓인지 에어컨 바람에도 땀을 흘리면서도 사랑스러운 크레파스와 빈센트 반 고흐도 탐낼 스케치북을 꼭 가슴에 안고 연회 주빈인 고방희 여사께 직접 전달할 기회만 엿보고 있었다.

'창득이 너도 온다면 풍자가 제일 좋아할 것이다'던 강풍자는, C는 본둥만둥 하더니 청량리에서 금은방을 크게 한다는 똥칠이하고만 연방 좋아서 난리다.

"아야, 방희야 느그 아들 너 많이 닮았구나. 그럴 줄 알고 애 선물로 크레파스랑 미술종이 사왔어. 너 어렸을 적에 그림 잘 그렸었잖아?"

"내가 그랬나? 그림은 무슨. 요즘 아이들은 기억에 남을만한 선물을 좋아한단다. 너."

요것이 대체 무슨 뜻이지? 꽃처럼 최고로 예쁘게 꾸민 여인 고방희 여사는 C가 내민 선물 같은 선물인 듯 선물 아닌 물건을 아무 감흥도 없이 받기는 하더니 또 어디론가 사라진다.

'내가 모질이 같았어. 아무리 돈이 없더라도 미군부대 PX에라도 가서 모조품 160mm 박격포라도 하나 사다 줄 걸.'

감옥을 걸어 나오며 "그래도 지구는 돈다."고 말한 갈릴레오가 생각난 C는 호텔을 나서면서 큰 진리를 하나 깨달았다.

'선물은 절대로 주지 말고, 주는 선물만 받자!'


호텔 옆으로 구부러진 길을 잠시 걸으며, '시작은 미미하나 창대함을 얻어 최고가 되라'고 외할아버지가 이름지어주었다는 최창득(崔昌得)은 부디 세상의 선:물(膳物)이 선물(先物)처럼 거래되지 말기를 바랐다. 하늘은 가을로 가고 있었다.

# 칡꽃 필 무렵

  그날도 마음속에서 수많은 열쇠들이 마치 새떼처럼 어지럽게 날고 있었다. 듣보잡 시인 강무용(姜武勇)은 며칠째 시 한 줄도 못 쓰고 시장통 김밥 한 줄로 하루를 때우느라 목마름과 허기는 일상이었다. 강무용은 습관처럼 또 주문을 외운다.

  "열려라 참깨. 열려라 열쇠."

  참깨든 열쇠든 이 세상 누구든 강무용의 바람을 들어줄 것 같지 않았으나 고향마을의 한새봉 바윗돌에 반짝 얹히던 햇살에 대한 기억만은 늘 그이의 마음을 따뜻하게 어루만져주곤 했다. 열한 살 때던가, 음력 정월대보름 막 지나서 마을 뒷산으로 동네 아이들 서넛이 칡을 캐러 갔었다. 웬일인지 고향마을에는 칡을 보기가 산삼보다 더 귀한지라 칡이 누군가의 눈에 띄는 날이면 다툼이 벌어지기 일쑤였다. 그날도 무용은 동갑내기 최일복(崔日福)이랑 서로 먼저 칡을 보았다고 싸우다가 일복이한테 겁나 얻어터진 후 세월이 무시로 흘러도 무용의 마음속에는 무쇠로 만든 칼 한 자루가 상흔으로 남았다.

  하지만 강무용의 칼날이 마음속에서 점점 자라나 자기 가슴을 쿡쿡 찔러 댔으나 CT나 MRI에도 잡히지 않는 쇠칼을 몸속에서 빼낸다는 것이 무척 어렵다는 것을 알고는 절망하기도 했다. 원치도 않은 내일은 어김없이 찾아와 무심한 세월이 흐르자 강무용은 가슴속의 칼을 갈고 또 갈면 비밀의 문을 딸 수 있는 천하의 만능열쇠를 얻을 수 있다는 환상에 빠지게 된다. 강무용은 그러한 사연을 모티프로 하여 쓴 습작시가 전대협(전국대장간협회)에서 모집한 현대시 응모전에서 운 좋게 가작으로 뽑힌 이래 열쇠전문 시인이라는 기묘한 닉네임으로 어느 유튜브 방송까지 출연하여 잠시 유명세를 타기도 했다. 그러나 얼마 못가서 열쇠를 만들 만한 쇠붙이 확보도 어렵게 되어 살길이 막막하였던 것이다.

복 중에 가장 큰 복은 일복이라면서 자기 아버지가 이름을 지어줬다는 최일복은 한새봉 꼭대기의 햇살 담은 바위를 옆에 두고 소처럼 순한 강무용을 흠씬 두들겨 팬 기백으로 대학에서 시장만능학을 전공하여 돈 많은 은행에 취직했으니 이름은 역시 허명이 아니었던가. 최일복은 일복만 타고난 것이 아니었다. 일복이가 심난애(沈蘭愛) 여사를 아내로 맞이한 것은 복불복을 넘어서는 큰 행운이었고 돈복이 함께 따라왔던 것이다. 심난애는 전국에서 가장 큰 '닥난'(닥치고 난蘭) 화훼단지를 운영하는 친정아버지 덕분에 심란할 정도로 난을 좋아할 뿐 아니라 난꽃이 그려진 도자기를 더 좋아하는 여인이었다. 사실 결혼 초부터 처가의 덕을 볼대로 보고 있는 최일복으로서는 아내가 좋아하는 일이라면 뭐든지 할 위인이었다. 그날도 퇴근 후, 어쩌다 알게 된 청자수집상을 찾아 나섰다. 그는 백수란(白秀蘭)꽃이 아로새겨진 청자 한 점을 가슴에 안고 자랑스럽게 집으로 돌아왔다. 일복은 솔직히 백수란이라는 난꽃 이름을 처음 들어봤으나 그 진실 여부를 따질 겨를도 없이 청자수집상의 현란한 상술에 넋을 잃고서 미리 당겨온 퇴직금을 고스란히 털었던 것이다.

그런 후 얼마 안 있어 최일복은 백수란 청자를 자랑할 요량으로 자기 집으로 고향친구들을 초대하였고 어쩌다 바람결에 연락이 닿은 강무용도 불청객으로 참석하게 되었다. 강무용의 칼과 열쇠에 대한 집착은 일복네 거실에서 백수란 청자를 만나고 난 후 더욱 심해졌다. 그는 〈칼을 갈면 열쇠가 된다〉는 베스트셀러를 수없이 반복해서 읽었고 구독자가 딱 5명뿐인 유튜브 채널 '열쇠수리학(數理學)'에 밤낮으로 빠져들었다. 칼을 갈아서 열쇠를 만드는 일이야 야구방망이를 깎아 이쑤시개를 만드는 일만큼 어려운 일은 아니었으나, 어떤 번호 키라도 열 수 있는 암호체계의 비밀은 잡힐 듯 잡히지 않았다.

하지만 강무용이 몇날 며칠의 악전고투 끝에 비밀번호란 단순히 무작위의 난수가 아니라는 믿음에 이르게 된 것은 그믐달이 뜬 늦가을 새벽녘이었다. 감출수록 드러나는 진실의 문은 매우 단순하게 열린다는 진리를 깨닫고는 무용은 등골이 서늘해졌다. 어릴 적 대문이 없는 일복이네 집처럼 일복의 아파트 문이 스스럼없이 열린다. 굳게 닫힌 것만 같았던 자물통은 어느새 연화(軟化)되어 무용을 받아들인다. 집안은 평온하다. 강무용은 가짜 백수란 청자를 내려놓고 그 자리에 칡넝쿨이 새겨진 투박한 질그릇을 올려놓는다. 그러자 거짓말처럼 칡꽃이 피어났다.

# 4부

# 나이를 먹지 않는 나무

나의 유년은 늘
팽나무와 함께 이루어졌다
그 시절 나무 나이가 500살이라 했다
70여년이 흐른 지금도 500살이란다
아마도 짙게 낀 안개 때문일 것이다.

## 마량포구

마량포구 선착장에는 아직 덜 된 가을비가 추적이고 있었다. 옛날처럼 지금도 그대로인 섬, 고금도로 가는 통통배, 출발 시간은 애초부터 없다고 했다. 사람들이 타는 대로 갑판에 실을 자동차들이 차는 대로 떠난다고 했다. 그곳 사람들은 하나같이 무심하여 물어보기 무색할 정도로 배는 떠나지 않았다.

여객선 선착장에 이따금 불어오는 바닷바람으로 건너편 생선회 간판이 흔들리고 은빛 전어들은 바다를 지척에 두고 뒤척이고 있었다. 단속할 일이 도통 없는 듯 새파란 순경 하나가 까만 노끈에 하얀 볼펜이 묶인 서류철을 들고 먼 파도 갈매기를 망연히 바라보고 있었다.

몇 평 안 되는 선착장 안, 바다가 빗겨 보이는 깨진 유리창틀에 시커먼 거미 한 마리 반쯤 거미줄을 치고 있었다. 무엇을 노리는 것일까, 거미줄 사이로 일단의 사람들 시선이 한쪽으로 쏠린다. 퍼런 페인트가 군데군데 벗겨진 벽면에 수상한 사람들 사진이 붙어 있었던 것.

사진 속 얼굴은 대개 굳게 다문 입술이었으나 더러는 입을 반쯤 벌리고 가느다란 미소를 띠는 측도 있었고, 여자도 하나 끼어 있었다. 이름 하여 '벽에 붙은 사람들'. 모두 한때는 누구의 거룩한 아들이거나 옥엽 같은 딸이었을!
컬러 사진이라지만 대충 현상된 각각의 사진 밑으로 그들은 하나 같이 특수한 죄목을 명찰처럼 달고 현상수배 되고 있었다. 그들도 바다가 그리워서 이곳까지 온 것일까. 통통배는 아직도 바다에 묶여 있는데….

# 꽁까이 부르스

전쟁은 막바지로 치닫고 있었다. 전쟁터에는 하등 쓸모없을 것 같은 여자들이 늘 얼씬거렸다. 베트남 중부전선 나트랑도 예외가 아니었다. 따이한의 군인들은 늘 용맹스러웠다. 침략자 프랑스 군대도 공략하지 못한 험난한 요새를 따이한 용사들은 가볍게 함락시켜버렸다. 따이한 병사들은 월남처녀 꽁까이들에겐 선망의 대상이었다. 꽁까이들은 따이한만 만나면 모든 것을 내어줄 듯 엉겨 붙었다.

전쟁은 늘 악의 씨앗을 뿌려댄다. 그 끝 간 데를 가늠키 어려운 음산한 냄새를 풍기면서. 따이한의 자랑스러운 아들들과 철모르는 꽁까이들은 그렇게 전쟁터에서 사랑과 이별의 씨앗을 잉태하고 있었다. 서로 잘 소통되지 못하는 언어는 아열대몬순 습윤한 바람 속에 떠돌고 그들의 영혼은 하늘을 찌르는 자리공 잎사귀에 위태롭게 맴돌았다.

"아즈씨, 따이한 말로 '사랑한다'가 뭐야?"
"으응, '웃기네'야."
"아, 웃기네구낭!"
"그래 웃기네야."
"증말 우끼네 아즈씨."

그들의 농밀한 대화는 그렇게 언어의 공백을 헤집고 두 사람을 더욱 끈끈하게 이어주었다. '웃기네'는 삽시간에 꽁까이들에게 퍼져나갔다. 너도나도 시샘하듯 따이한만 나타나면 그들은 웃기네를 연발하였다. 그 모습이 하도 우스워 한국용사들도 웃기네로 화답하였다. 정글 위를 배회하며 음산

하게 떠돌던 갈가마귀 떼도 이 기막힌 언어의 유희에 넋을 놓고 전장의 남
녀들을 내려다보고 있었다.

전쟁의 후유장애는, 병력을 교체하기 위하여 역전의 용사들을 실은 증기
선이 긴 고동을 토해내며 울려 퍼지자 절정으로 치달았다. 노예들이 팔려
가던 탄자니아의 바가모요* 항구보다 더 푸른 물결이 넘실대는 나트랑 항
구에는 비가 내리고 있었다. 병사들은 말이 없었다. 고국으로 돌아간다는
설렘도 전쟁터에서 살아남았다는 안도감도 그들을 위로해주지 못했다. 병
사들은 도무지 말이 없었다.

기어코 출발을 알리는 고동소리가 길게 두 번 울렸다. 배가 천천히 흔들
리기 시작했다. 병사들의 마음도 따라 흔들렸다. 그 순간 빗발 사이로 언뜻
언뜻 하얀 꽃잎 같은 것들이 실루엣으로 드러나기 시작했다. 빗소리에 묻
혀서 환청 같은 아우성들이 뱃머리를 부딪쳐 오는 것이었다. 일단의 꽁까
이들이 소복처럼 하얀 월남치마를 날리면서 손을 흔들었다. 그들은 목을
놓아 소리를 지르는 것이었다.


"웃기네, 웃기네에, 웃기네에에, 웃기네에에에~~~~"

갑판 위의 병사들은 술렁이기 시작했다. 하얀 꽃잎 같은 꽁까이들을 향해
병사들도 일제히 소리쳤다.

"웃기네, 웃기네에, 웃기네에에, 웃기네에에에~~~~"


---

\* 바가모요(Bagamoyo) : 아프리카 케냐의 동쪽 끝에 있는 항구. '바가모요'는 '몸은 떠나지만 마
음만은 두고 간다.'는 뜻

# 가을 냄새

가을 잎은 피우다 만 담배 냄새가 난다. 가을바람은 연서(戀書) 하나 못 부친 늙은 청춘 냄새가 난다. 가을 강물은 연어 등피 같은 그리운 냄새가 난다. 가을 억새밭은 사랑 끝낸 날짐승 속살 냄새가 난다. 가을 노을은 사위어가는 모닥불 냄새가 난다. 가을 길은 외할머니 손때 묻은 지팡이 냄새가 난다. 가을 산은 성홍열 열꽃 같은 냄새가 난다. 가을 바위는 구도(求道)의 선승 냄새가 난다. 가을 정거장은 못다 실은 삶의 보따리 냄새가 난다.

가을엔 길 떠날 일 아니다.
가을 냄새가 길을 막아
못 돌아올까 겁난다.

# 그해 늦봄

그해 늦봄은 보리꽃 피는 냄새로부터 시작되었다. 한반도의 최남단. 마을 뒷산 한새봉에 오르면 다도해가 아스라이 손에 잡힐 듯 고향마을은 문자 그대로 적빈의 시절이었다. 더러 핏덩이 같은 새끼를 남겨두고 탐진강 어느 여울목 고막 잡이 뱃놈한테 개가하는 여인네가 있긴 했어도, 전쟁 통에 생때같은 피붙이를 여위고도 차마 죽지 못해 그러고들 눈먼 세월은 잘도 갔다.

아이들이라고 해보았자 곰발딱지가 덕지덕지 붙어 사람 몰골이 아니었지만, 그것이 불행인지도 아픔인 줄도 모르고 철따라 그저 자연의 순환에 몸을 내맡긴 채 아득한 전설 같은 완행열차에 몸을 싣고 있었다. 도대체 한 번이라도 그것이 무슨 인생의 한 토막이겠거니 하고 생각해 본 적 없이 숙명의 궤적을 따라 순응하고 있었다. 아무 일 없었다는 투로 꽃들은 피고 지고 새들은 여전히 날개 짓을 하고 있었다. 적란운 구름떼들이 한바탕 밀려오면 기어코 한줄기 비는 내려, 모가지에 더러 깜부기가 서려도 곧 피어날 보리대궁은 희망의 떨기를 머금었다.

희노랗게 횟배 앓는 봄날이 길게 그림자를 드리우며 고비를 넘을 즈음, 보리밭 한켠에는 어린애 손바닥만 한 푸른 잎을 하늘로 쳐들고 서있는 뽕나무에 오돌개가 가시내 젖멍울처럼 까맣게 여물고 늦봄의 아이들도 덩달아 마음이 설렜다. 자폐의 상채기는 아직 아물지 않았으나 아이들은 무던히도 자연 속을 헤집고 다녔다. 어느 언덕배기, 느닷없는 패랭이 꽃밭을 지나 가느다란 팽이버섯 갈기처럼 하얀 꽃 수술이 바람에 날리는 보리밭 이랑에서 숨죽이며 아동들은 모의를 했다. 개구리를 불러 모아 납작 엎드리게 해놓고 그 위로 보릿대를 얹고 잔솔가지로 불을 피웠다. 늦봄의 하늘 아

래서 푸르딩딩한 풋보리가 몸 밖으로 신열을 밀어내며 미완의 회색빛 연기
를 내 어린 가슴으로 피어 올렸다.


　그해 늦봄은 정말 더디 갔다.

# 북한산 고사리

설 차례 음식을 장만하던 아내가 시장에서 북한산 고사리를 사왔노라고 했다. 중국산보다 값도 저렴하면서도 부드럽게 생겨 맛있을 것 같다고 했다. 고향에서 차례를 지내고 그 고사리나물을 젓가락으로 집는 순간, 목에 울컥하는 무언가가 걸린다.

아! 피어린 구월산.

이는 초등학교 시절 육이오 뒤끝에 만난 반공영화 중 하나가 아니었던가. 산에 피가 어리다니(!), 그 충격적 언어의 극한이 한동안 어린 가슴을 아리었던 기억이 설날 아침에 되살아났던 것. 새삼 이데올로기를 생각하며 북한산 고사리 줄기를 한 입 베어 물자 입안에 아릿하게 핏물이 돌았다. 저 낭림산맥 너머 개마고원에서 아니면 피아간에 숱한 피를 흘린 구월산 어느 산기슭에서 북녘의 늙은 에미나이 아니면 누나쯤 되는 처녀가 아침이슬을 헤치고 차디찬 손 내밀어 뜯어 안았을 북한산 고사리, 그 뜨거움이 어렴풋한 시공을 넘어와 내 한 끼 거룩한 식사의 질료가 되었는가!

북한산 고사리를 목구멍으로 넘기며 빌었다. 이제는 흙속에 묻히는 피는 되지 말라고, 내 몸뚱이 속에 뜨거운 피가 되라고, 그래서 한(恨)반도 모든 이에게 치유의 핏물이 되라고.

# 독한 밥

대여섯 살 때 이야기이다. 50년대 후반 무렵이니 초근목피란 말이 딱 어울리던 시절이 아니던가. 외갓집은 우리 동네랑 함께 있었다. 무슨 연유인지는 몰라도 내가 태어나기 전 외가식구가 우리 동네로 이사를 온 것이다.

하나 같이 못 먹고 못 살던 시절이지만, 우리 외갓집은 더욱 못 살았던 것 같다. 그래도 외손자를 살갑게 대해주는 외가에 심심하다 싶으면 놀러가곤 했다. 보통 때 같으면 외손자에게 고작 찐 감자나 익지도 않은 풋감 한 개 정도 쥐어주곤 하던 차에 외할머니는 그날따라 보리쌀이 하나도 안 섞인 쌀밥을 밥상에 내놓는 것이었다. 늦봄이었으므로 보릿고개를 막 넘던 때 아니던가. 눈부신 하얀 쌀밥을 보자 의아한 마음이 들었다.

'저 하얀 쌀밥이 어디서 생겼을까?' 속으로 느닷없는 쌀밥의 정체를 꼽아보았다. 날다람쥐처럼 온 동네를 싸돌아다닌 뒤끝이라 배는 무척 고팠으나 퉁퉁 부은 시커먼 보리밥이 주식이던 그해 늦봄, 푸르도록 하얀 쌀밥에 얼른 손을 대지 못했다. 마지못해 한 숟갈 입안으로 밀어 넣자 혀끝에 감겨오는 하얀 쌀밥의 미각은 매우 낯설었다.

"으째 밥맛이 없냐? 어디 아프냐?" 외할머니는 걱정이 되는 듯 물었다.

나는 미간을 찌푸리며 대답했다.

"밥이 너무 독해서 못 묵겠네."

# 대반동 종점

목포 대반동 종점 가는 112번 버스 안에서 우뭇가사리 마냥 구부러진 선창 길에 사내가 모는 오토바이 한 대를 보았다. 여객선 터미널 모퉁이 신호등에 걸려 숨소리 달달거리며 멈춰선 사내 뒤꽁무니에 한 평 남짓 네모난 철제 구조물이 달려 있고 그 속에 중년 여자 하나가 곤색 마스크를 하고 앉아 있었다.

한바탕 밀려오는 파도 소리에 흑산도 홍어 횟집 전등불도 나부끼고 흔들리는 파선을 보고 유달 어구(漁具) 집개가 컹컹 짖는다. 삿갓바위 바위틈에 목숨 부지한 다슬기도 잠들 시간 사내가 모는 오토바이는 철제 구조물 속에 여자 하나를 싣고 파도 뒤쪽으로 사라졌다.

# 우체통 연가

무릇 청춘기를 거치면서 호젓한 길가 빨간 우체통에 마음 한 번 주지 않는 이 없으리라. "사랑 시작한 강가에 빠알간 우체통이 서 있었다."고 노래한 어느 시인처럼 우체통은 늘 그리움 혹은 애틋함의 시공에 자리한다. 아무 것도 없으려니 하고 돌아서는 길목에 몸과 마음을 빨갛게 물들이고 서 있는 우체통, 대체 누구이기에 사람 사이에 그토록 애달프고 슬픈 마음을 놓아두었을까. 무엇과 무엇을 이어준다는 것, 서로 쉽사리 다가가지 못하는 마음들을 끝내 붙잡고 있다는 것, 그것이 우체통의 깊은 뜻일 것이다.

우체통은 기다림과 애틋함을 먹고 산다. 씨줄 날줄, 한 올 한 올 베를 짜듯 사랑이라는 것이 냄비에 라면 끓이듯 될 일이던가. 비 오는 날, 노란 우산을 받쳐 들고 긴 머리 쓸어 올리며 꽃편지 부치는 여인이 있다면 무조건 사랑할 일이다. 사랑이 하얗거나 빨갛지 않다면, 곧 눅눅한 곰팡이 냄새를 풍길 것이다. 사랑이 물안개 피어오르는 어느 여울목 지나 저녁 물소리로 잠든 창문을 두드리지 않는다면, 사랑은 그저 삭정이처럼 금세 타버리고 말 일시적 정분에 그치고 말 것이다.

그렇다고 '우체통 사랑'이 꼭 비밀스러운 것은 아니다. 우체통이 얼굴 빨개지도록 훔쳐보아도 추하지 않은 것, 그것이 진짜 사랑일 것이다. 제대로 된 사랑이라면 가슴을 철렁이게 할 필요도 없고, 한쪽의 일방적인 편지만 쌓이는 일도 없으리라. 그것이 곧 우체통의 소박한 바람이 아닐는지.

삶이 팍팍하거나 누군가가 혹은 세상이 너무하다고 느껴지는 날이면, 뭍과 물, 막힘과 소통, 찰나와 영원의 경계를 지키고 서있는 강변 우체통에 손글씨로 직접 쓴 화해의 엽서라도 부쳐볼 일이다. 사랑한다고, 몹시 그립다고, 사는 것이 버겁지 않느냐고, 욕망의 배출을 좀 줄이면 안 되겠느냐

고, 너무 슬퍼하지 말라고, 지금쯤 용서해 달라고, 이제는 헤어지지 말자
고.

그리움의 지층, 마음의 텃밭으로 불현듯 들어오는 빨간 우체통이 있다면
그냥 외면하지 말 일이다. 세상이 아무리 변하더라도 끝끝내 제자리를 지
키는 너는 아직도 살가운 온기가 무시로 느껴진다고 손이라도 한 번 흔들
어 줄 일이다.

# 오랑캐꽃

### 1

오랑캐꽃은 돌담 밑 후미진 곳에 숨어서 핀다. 이름만큼 말 못할 과거라도 있는 것일까. 여린 봄바람에도 미열을 느끼고 스스로 작아지는 꽃잎들, 누가 한 번이라도 돌아볼 건가. 기다림은 아지랑이처럼 아득하고 하루 넘기기를 벅차하는 사람들. 이웃집 미장이 아저씨는 오늘도 그냥 지나치는 모양이다. 하루살이는 하루를 못 산다는데 못 볼 것들 너무 보아서 이제 더 이상 내줄 것 없는 우리의 일상.

### 2

유형지에 핀 오랑캐꽃 한 떨기, 가슴에 수형번호처럼 이름표 달고 임시정부의 깃발처럼 떨고 있는가. 끝끝내 견딜 작정인가 그 유린당한 순수를. 귀향길 차표라도 알아봐야지. 하늘이 열리던 날 일제히 터뜨리던 함성들, 카오스의 끝자락 어디쯤엔가 오랑캐꽃 한 송이도 천부의 생명으로 빛났으리. 사람값 하라고 동전 몇 개 쥐어 주며 어서 가라고 손 내젓던 어머니! 돌아와야 하리 미망의 세월 뒤로 하고 제대로 된 내 땅의 언어와 내 땅의 행위로.

# 바람의 미학

바람이 불면 사람들은 옷깃을 여미기도 하고 때론 바람을 그대로 맞기도 한다. 바람은 때론 모반(謀反)의 냄새를 풍기고 때론 살가운 미소를 던진다. 그 품세가 퍽이나 너그러운듯하다가 금세 사나워지기도 한다. 하늬바람이 있는가 하면 마파람도 있는 걸 보면 바람의 얼굴이 여럿일 것이라는 뜻이 겠다.

사나운 바람이 더러 있긴 해도 형체도 없는 바람은 누군가의 설렘을 안고 불어온다. 다름에서 존재가 발생한다는 물리학의 기본 명제 때문일까. 바람은 가변적이면서 순간 머물고, 일순 머물다가 황망히 길을 떠난다. 대체 어디서 불어와 누구의 부름을 받고 어디로 가는 걸까. 강 너머 남촌에서 바람이 불면 어김없이 보리 내음새가 나기도 하고, 무슨 바람이 불어 너 여기까지 왔느냐고 묻고 싶어지기도 한다.

바람은 홀로 오지 않는다. 꼭 무언가를 품고 오거나 무엇을 품으려 든다. 바람 때문에 일어서는 것들, 잔물결과 새털구름과 새의 깃털 사이로 혹은 흙먼지의 미세입자와 낙엽의 숨구멍에도 바람은 불어 그것들을 날아 올린다.

바람 때문에 눅진하던 나태의 허물은 벗겨지고 오랫동안 비어있던 무관심의 통로는 무슨 예감처럼 소통된다. 바람 때문에 정지된 모든 것은 흔들리기 시작하여 새로운 기운을 차린다. 애초에 바람이 없었다면 꽃 이파리 하나 제대로 피우지 못했으리니, 떨림이란 바람의 영혼을 머금어 아프도록 아름답게 환생한 것 아니더냐. 풀피리 소리 하나도 바람이 풀잎 속으로 들어온 뜻이라면, 바람은 꼭 누구의 바람과 꿈을 먹고 사는 것이 된다. 바람이 골목길 서성이거나 누군가의 문고리라도 흔든다면 그냥 보내지 말 일이다.

사실은 한시도 바람 불지 않은 때는 없다. 숨을 내쉬는 뭇 생명들이 쉼 없이 영욕의 순간들을 견뎌내려는 몸짓 때문일지도 모른다. 바람이 불면 마음을 모아 바람이 오는 쪽을 바라보다가 바람이 떠나는 뒷모습을 한 번 지켜볼 일이다.

 바람은 바램의 또 다른 이름이 아닐까.

# 비의 하강에 대한 단상

비는 어찌하여 내리는 것일까. 추적이는 빗속에는 타다 남은 담배꽁초 같은 아쉬움이 배어 있고, 잊혀진 여인의 아릿한 입술 같은 이슬비는 또 어떠하던가! 찬비가 가슴을 때리는 날은 회한의 시간이 되기도 하고, 비바람 섞어 치는 날엔 날짐승들 한동안 날개를 접고 언제가 될지 모를 비상을 꿈꾼다. 비가 때로 흐느끼듯 내리는 날은 더욱더 세상이 안쓰러워 너를 붙잡고 어떻게 좀 안되겠느냐고, 너로 하여 아픔이 씻길 수 없겠느냐고 묻고 싶어지기도 한다.

빗물이란 한때는 누구의 입김이거나 눈물이거나 구름이었다가 더는 그 무게를 견디지 못하고 자기 몸을 하염없이 떨구는 것이리라. 추락에의 아찔한 충동! 스스로 몸을 던져 건조한 삶의 팍팍한 유리창에 한줄기 물기로 오는 너. 너로 하여 나도 물기가 되고 누구를 사랑하고 용서하고픈 마음이 되는 것을!

빗물 속에 혹은 빗소리 속에 그리운 얼굴이 어려 있고 또한 아련한 목소리 들리는 것을. 그때의 내 모습이 전부가 아니었노라고, 본래는 그런 뜻이 아니었노라고. 너, 비 되어 뿌려지는 곳에 다툼이라는 흉측한 모습이나 이기(利己)의 너울은 한낱 허상으로 빗겨가고 적당히 통속적일망정 모든 것을 받아들이고 싶은 욕망이 자리한다.

비가 그저 어떤 물리력으로 혹은 기상학적으로만 내린다면 비를 맞으며 걷는 이는 애초에 없었을 것이다. 마음속 온갖 가지런하지 못한 역류를 하나씩 되짚어가며 빗속을 걷는 이를 보라. 겉으로는 처연해 보일지 몰라도 대개는 그들의 눈망울에 고통은 서려 있지 않다. 비의 오지랖은 오롯이 넉넉하여 무언가를 가려가며 뿌리지 않는다. 균점(均霑)의 미학을 구현하는 비는 그래서 대부분 치유의 빗물이 되곤 한다.

'비 오는 날은 공치는 날'이라는 말이 있다. 하지만 이것을, 단순히 노동을 하루 접는다든지, 그래서 임금이 하루 유예된다는 식의 경제적인 잣대로만 따질 말은 아니다. 어차피 사람이 노동을 위해서 태어난 것이 아니라면, 비 오는 날엔 잠시나마 일상을 벗은들 크게 죄가 될 게 있을까. 하늘과 땅을 이어주는 빗물처럼, 부릅뜬 아집의 경직된 눈을 풀고 사물과 사물 사이 혹은 사람과 사람 사이에 존재하는 간극을 서로 채울 수만 있다면.

비는 자기 무게 때문에 내리는 것이 아니라, 세상이 너무 무겁기 때문에 내리는 것이다.

# 명자꽃 사랑

　소년은 자기보다 두 살 어린 명자를 좋아했다. 봄날 언덕에서 하얗토록 삐비를 뽑으면서 토담집에서 사금파리 놀이를 하고 있을 명자를 생각했다. 명자네는 너무도 가난해서 누구나 그 집 사람들과 섞이려 하지 않았으나, 소년은 토굴처럼 생긴 명자네 집 모퉁이를 지날 때면 마음이 설레었다.

　그 봄날도 그랬다. 소년은 삐비를 따서 한 움큼 쥐고 동네로 내려오자 실바람 속에 무슨 예감처럼 '붉은 내음'이 가물거렸다.

　"동백은 벌써 지고 없는디, 어디서 저런 빨간 꽃이 보일까?"

　소년은 허물어가는 명자네 흙 담벼락 사이로 새색시의 붉은 치맛자락을 오려놓은 듯한 꽃떨기를 기어코 보고 말았다. 숨이 턱 막혔다. 명자는 보이지 않았다. 소년은 용기를 내어 허물어진 돌담 틈사이로 몸을 비집어서 손을 힘들게 내밀어보았다. 그 꽃을 꺾을 요량이었다. 꽃나무 가지는 좀처럼 꺾이지 않았다. 두근거리는 가슴을 쓸어안고 다시 한 번 손을 내밀어 힘껏 악력을 가하는 순간 무언가 손끝을 날카롭게 훑고 지나갔다. 소년은 심한 통증과 두려움으로 담벼락 틈새에서 재빨리 손을 빼어들자 금세 손등으로 핏물이 흘러내렸다. 꽃나무에 박힌 날카로운 가시에 찔린 것이다. 소년은 한동안 말이 없어졌으나 그해 봄날은 아무 일 없다는 투로 지나가고 있었다.

　소년은 꽃 이름도 알지 못한 채 평생을 살아왔으나 봄이 오면 그 봄날 유혈의 순간만은 어김없이 되살아나곤 한다. 꽃 이름이 명자꽃이라니! 꽃말이 '믿음'과 '수줍음'이라니!

　아직 손힘만은 꽤 남아있는 고희의 늙은이는 이제라도 붉디붉은 명자꽃 한 송이 온전히 꺾는 환상에 젖어본다.

# 어머니의 유품

예닐곱 살 때였을 것이다. 나의 어머니는 평소와는 달리 머리에 정성껏 동백기름을 바른 뒤 참빗으로 곱디곱게 머리를 빗어 내리는 것이었다. 그런 모습은 어린 나에겐 꽤나 충격적이었다. 흙탕물 속에서 모를 심고 뙤약볕에서 김을 매는 어머니가 순간 '새로운 어머니'로 환생하신 듯 어머니한테서 야릇한 분(粉) 냄새가 났다.

속으로 '엄니는 어디를 갈라고 저럴까?' 하면서 은근히 마음이 설레어 산길을 따라 어머니를 뒤따르다가 집으로 돌아가라는 어머니의 손짓에 시무룩이 발길을 돌려야했다. 기실, 어머니는 참 오랜만에 시오리 오일장에 나들이 가는 길이었던 것이다.

그날의 참빗이 무정한 세월의 뒤안길에서 무심하게 버려져 있다가 이 중 늙은이 손에 만져질 줄은 꿈에도 몰랐다. '젊은 어머니'의 머리 결처럼 참빗의 섬세한 대나무결 속에는 영원의 시간이 숨을 쉬고 있는지도 모른다.

# 국밥

그 기찻길 역전 골목에도 국밥집이 있었다. 홀 안으로 들어서자 얼기설기 까만 전깃줄에는 파리똥이 무더기로 엉켜 붙어, 얼른 보아 그것에 무슨 전류가 흐를까 싶게 도톰해져 있었다. 오후 5시가 채 되지 않았으므로 아마 내가 첫 손님인 모양이었다. 파르스름한 플라스틱 탁자를 앞에 두고 비닐이 덧씌워진 의자에 엉덩이를 내려 앉혔다. 그러자 그곳을 찾느라고 역전 사방을 두 바퀴나 돌고 난 뒤끝이라 비로소 마음이 진정되는 듯했다. 부엌 안쪽에서는 돼지 내장 끓는 냄새가 났다.

"국밥 한 그릇 말아 주슈."

그런 국밥집에서 리마리오처럼 기름기 있게 말한다면 필시 욕먹을 짓이겠기에 TV문학관 〈삼포 가는 길〉에 나오는 남자 주인공처럼 일부러 투박한 말투로 밥을 시켰다.

"아저씨는 여그 사람이 아닌 것 같은디, 워디서 왔소?"

"북에서 왔수다." 나도 모르게 엉뚱한 대답을 했다.

"오메메, 뭔 일이다요. 아, 그랑께 이북서 왔다고라?"

"허허허, 웃자고 해본 소리요. 얼른 쏘주나 한 병 주세요."

"아따, 그라게 안 생겼구먼, 징하게 우습소잉."

"어찌 사람을 겉만 보고 속을 안답니까?"

60은 훨씬 더 먹어 보이는 주인여자는 양은 냄비 채 펄펄 끓는 국밥을 내오면서 꽤 상기된 표정이다. 입 매무새나 눈자위로 보아 젊었을 적엔 한가락 했을지도 모른다는 생각이 설핏 들었다. 보해 '천년애' 소주 두 잔을 거푸 들이키자, 광주행 열차를 그냥 보낼까, 하는 생각이 고개를 들었다.

"요즘 사시기가 팍팍하지요?"

252

"안 폭폭한 사람이 워디 있간디요."

"아주머니, 요놈 한 잔 해부씨요."

주인여자의 술잔 속, 그 작은 공간에는 말로는 다 못할 정한이 서려 있는 것 같았다. 그냥 묻지 않는 것이 외려 큰 보시가 될 것 같았다.

꽤나 큰 허기를 달랬던 탓인지, 술하고 밥값이 참 싸다는 생각을 하며 국밥집을 나서자 어둠이 무겁게 내려앉아 있었다.

# 꼬깔콘 연가

버스는 함평 외곽쯤을 돌고 있었다. 불현듯 버스 통로 바로 옆자리에서 부스럭거리는 소리가 났다. 슬쩍 그쪽 승객을 쳐다보니 남루한 차림의 오십 가까운 아주머니가 봉지에서 뭔가를 꺼내 먹는다. 나도 모르게 그쪽으로 고개가 돌아간 순간, 아주머니는 먹던 과자 봉지를 통째로 내 코앞에 내밀었다.

"요놈 잡솨보씨요."

"아, 아니요, 괜찮습니다."

"아니어라우, 묵을만 하당께요."

"······."

코앞 빨간 봉지에는 노란 꼬깔콘이 들어 있었다. 나는 얼른 하나를 집어들고 입으로 가져갔다. 약간 비틀어진 모양의 앙증맞은 노란 꼬깔이 송곳니에서 경쾌한 소리를 내면서 바스러졌다. 그녀는 이번엔 보따리에서 주섬주섬 신문지뭉치를 꺼내더니 꼬깔콘을 한 움큼 담아서 내 옆구리께로 내밀었다. 나는 놀라서 황망히 신문지뭉치를 받아들었고 무안터미널이 눈에 들어오자 얼른 꼬깔콘을 가방에 집어넣었다. 좀 더 버스를 타고 간다면 양파링 과자를 꺼내줄지도 모른다는 생각이 떠오르자 가슴이 마구 두근거렸다.

부지불식간이라 적절한 말은 떠오르지 않았고 하차를 위해 버스 통로 앞으로 걸어 나오자 뒤쪽에서 아주머니의 힘없는 중얼거림이 들려온다.

"묵을만한디···."

아주머니 힘없는 목소리에는 꼬깔콘이 한 끼 '거룩한 식사'일지도 모른다는 애잔함이 묻어 있었다. 학교에 도착하니, 점심시간은 아직 멀었지만 묘하게 허기가 졌다. 나는 바로 꼬깔콘을 모두 꺼내 입안 가득가득 아삭거렸다.

지금도 내 뱃속에는 꼬깔모자를 쓴 곡마단패들이 돌아다니고, 온몸에는 웬만해선 빠질 것 같지 않은 노란 옥수수물이 들어 있다.

# 雨期 또는 雨記

다도해를 갓 넘어온 습윤한 기운이 마을을 감돌아들면 7월의 하늘엔 무슨 예감처럼 거무스레하게 구름이 끼었고 비는 기어코 내렸다. 어린 아이들은 창대같이 쏟아지는 비를 맞으며 냇물 앞에 서서 넘실대는 물살을 망연히 바라보았다. 학교 길은 아득히 멀고 냇물을 건너지 못하면 학교에 갈 수 없었으니, 빗물의 위세 때문에 마을로 되돌아 가버리는 녀석들도 많았다.

그래도 용감한 5, 6학년 큰 애들은 용케도 책보자기를 건너편 냇둑에 던져놓고 호기스러운 몸짓으로 황토물이 넘실대는 냇물을 훌쩍 뛰어넘어 갔다. 아프리카 세렝게티초원을 그리워하며 악어가 득실대는 죽음의 강을 건너는 초식동물처럼 먼발치에서 숨을 죽이며 먼저 뛰어넘는 형들의 모습을 바라보는 저학년들은 혀를 날름대는 급물살의 냇가에 발을 디딜까 말까, 참새가슴이 되어 갔다.

비는 억수로 퍼부었고 우산 따위는 호사로 치부되던 시절, 풋내기 교육전사들은 왜 학교를 가야 하는지 뚜렷한 목표도 없이 '가야하는 길이기에 간다'는 신파조 같은 등교길이었다. 마을 어른들 중 누구 하나 아이들의 냇물투혼에 대해 말하는 이가 없었으니, 어른들이라 해보았자 겨우 오징어 귀때기만한 땅뙈기를 두더지처럼 헤집어 호구지책의 나날을 보내던 시절이 아니던가. '무슨 놈의 쓰잘데기 없는 학교를 댕긴다고 아침부터 그 난리냐?'는 투였으므로 별 도리는 없었을 터.

무심한 세월이 가는 줄도 모르고 어김없이 해마다 우기(雨期)는 찾아왔다. 그동안 아직 그 냇물에 죽었다는 아이들 소식은 전해지지 않았으나 빗물에 젖은 책보자기가 거센 물살에 어디론가 떠내려가 버리는 일은 너무 잦아서

256

이야기 거리도 되지 못했다. 이제 남은 건 맨손과 빈 몸일 터이지만 그것이 무슨 슬픔인 줄도 모르고 아이들은 여름날의 빗속을 무던히도 횡행하였다.

비는 세상이 너무 무거워서 내리는 것일까? 빗물은 누군가의 눈물이었거나 간절한 입김인지도 모른다. 강물은 흘러 흘러 바다로 간다. 바다를 그리워하며 흘러갔을 그날의 표류, 어느 막바지 강어귀 모래톱에 깃든 물새들만은 그 빛바랜 인쇄물의 마지막 영혼을 쪼아대었을지도 모를 일이다.

# 인생이라는 지게

　사람들은 무언가를 짊어져야 할 시기가 오면, 그 짐의 무게만큼 몸과 마음이 짓눌리기 시작한다. 하다못해 '노란 아이'가 가방을 메고 유치원에 다니는 모습은 귀엽지만 한편으로는 안쓰럽기도 하지 않던가.

　여름휴가차 고향집에 내려온 막내 동생과 팔순을 바라보는 누나랑 함께 저녁을 먹고 읍내 노래방에 갔다. 절절히 이어지는 노래 중에 막내가 마지막으로 부른 「빈 지게」라는 노래 가사에 나는 울컥했다.

"바람 속으로 걸어 왔어요.
지난날의 나의 청춘아.
돌아보면 흔적도 없는 인생길은 빈 술잔.
빈 지게만 덜렁 지고서 나 여기 서있네."

　노래 마지막 소절에서 이제 "빈 지게를 내려놓고 싶다"는 노래 속 중년의 호소력 깊은 음정에 나는 눈물이 날 뻔했다. 그와 동시에 100세를 넘긴 할머니 시인 시바타 도요의 〈짊어지다〉라는 시 구절이 떠올랐다.

"교과서를 보자기에 싸서
학교에 다녔던 아들
부업을 해서 책가방을 사줬지
그로부터 58년
넌 지금 무엇을 짊어지고 있을까."

나도 어릴 적에 책을 보자기에 싸서 등에 메고 다닌 세대로서 지금이야 꽤 폼이 나는 가죽가방을 들고 다니지만, '삶의 가방' 안에 얼마큼 세상의 빛이 되는 무게를 담고 있는지는 의문이다. 다만 '인생의 지게'에 욕심껏 너무 많은 것을 담으려 하지 않을 뿐.

# 한옥순 여사 고희연 참석기

　외삼촌이 파는 찹쌀떡도 맛이 있어야 사먹는다는, 이기(利己)에 입맛 들인 세상, 어느 이름 없는 고희연에 당신의 둘째 사위의 친구가 눈에 뜨일 것인가. 그래도 정성들여 봉투에 '축 고희'라 적은 뒤 축의금을 담아 연회장에 도착했더니, 연회장에 〈어머님 은혜〉가 흘러나오고 곧이어 경음악으로 〈비 내리는 호남선〉이 애조를 띠고 흐르고 있었다. 밖에서는 장마를 예감하는 성긴 빗방울이 하나 둘씩 떨어지고.

　사회자는 사뭇 물기 머금은 목소리로 3남 2녀, 자식새끼들 '사람 값'하라고 키워온 당신의 삶의 마디마디를 소개하자 여기저기서 손등으로 눈물 찍는다. 세상 어느 것 하나 돌아보면 눈물 아닌 것 있으랴. 어째서 그 나이 한국 여인들은 거의 다 지아비를 여위고 말았을까. 당신이 다닌다는 교회 사람들이 한 무더기 나와 찬송가를 부른다. 분위기가 자못 경건하다. 그것이야 통과의례 아니겠는가, 싶어 나는 테이블 앞에 놓인 소주를 부러 큰 잔에 따라 마셨다. 그래야 여기 온 값을 할 것 같았다. 나누어야 할 정한이 아직 많이 남아 있는데, 벌써 한두 접시 뷔페음식을 비우고 자리를 뜨는 하객들. 세상이 모두 의례적인 수순으로만 흘러간다면 굳이 그 연회에 참석하지 않았을 것이다. 나는 연회를 끝까지 함께 하기로 마음먹었다.

　여태까지 한국인의 마음을 단번에 하나로 모으는 데에는 흘러간 옛 노래만한 것이 또 있을까. 아무리 음악성이 뛰어난 셋째 며느리의 가곡도, 머리에 노란 물들인 손자의 현란한 요즘 노래도 한옥순여사의 마음을 움직이지 못하는 듯했다. 하느님 노래도 마찬가지였다. 당신의 역단층처럼 얽힌 인생의 지층에 실핏줄처럼 켜켜이 저며 있는 아픔들이 어찌 잊힐 리 있겠는가. 공허하게 이념화된 노래들로야 당신의 마음이 온전히 채워지지 않은

260

듯했다. 나는 마이크를 잡았다. "아아~ 파안무운저엄 비 내리는 파안무운 저엄~" 고희연에는 참으로 안 어울리는 노래를, 나는 세상의 모든 아픔이 빗물에 씻겨 소통과 치유로 이어지기를 간절히 바라면서 목청껏 불렀다.

  연회가 끝나고 밖을 나서자 빗방울이 제법 굵어져 마지막 하객이 부른 '목포의 눈물'이 자꾸 비에 젖고 있었다.

# 어느 일요일 단상

아내는 교회 갈 준비로 부산하다. 종교방송에서는 70대 노인이 간증을 한다. 69살까지는 되는대로 살았지만 지금은 하나님께 영광 돌리는 삶을 살고 싶단다. 속으로 '나는 아직 멀었군. 흠~' 하면서 이발소 갈 준비를 한다.

길을 나서자 오월의 햇살이 제법 따갑다. 이 또한 하늘의 은총 아니겠는가! 아파트 길을 조금 돌아가자 생명교회 입구로 걷기가 몹시 불편한 노인을 붙잡고 들어가는 여인이 보인다. 생명이란 과연 무엇일까? 담벼락 포도나무에 벌써 어린 포도열매가 보인다. 포도주의 신이라는 디오니소스는 몇천 년 후 자기를 기억하는 후배가 있을 거라고 상상이나 했을까?

20년째 단골이지만 이발소 주인은 도통 말이 없다. 어서 오시라는 말은 애초에 기대도 안 하면서도 여전히 나는 그 집에 간다.(나도 참 별나다.) 시간이 멈춘 듯 더디 가는 이발소 공기는 불가사의하다. 낡은 소파에 놓인 며칠 지난 신문기사에 상추쌈에는 칼슘이 풍부하단다. 칼슘과 비타민C의 차이점이 나에게는 여전히 낯설다. 나의 이발 차례가 왔다. 티비에서는 어젯밤 야구 하이라이트가 방영되고 있었지만 이발소 주인은 여전히 말이 없다.(헤밍웨이의 〈노인과 바다〉의 그 노인은 바다에서도 야구 중계에 열광하지 않았던가?)

이발소 문을 나서자 시간은 정오로 가고 있었다. 정오와 자정, 그 극점의 시간 속에서 어느 뽕짝 가수의 노랫말이 떠오른다. "시간은 자정 넘어 새벽으로 가는데…." 와야 할, 꼭 만나야 할 사람이 오지 않음을 한탄하는 노래 아니던가!

오월의 하늘을 무심코 쳐다보며 습관처럼 열어본 스마트폰에 오랫동안 잊혀진 사람의 카카오톡 배경 자막에는 이렇게 쓰여 있었다.

기다림

# '메뚜기 잡이'의 설움, 그리고 해방

허드레 잡병 하나도 참 귀하던 시절, 소년은 귀가 다 빠진 등잔불용 빈 석유병을 들고 메뚜기 잡이에 나섰다. 보통 때 같았으면 메뚜기를 강아지풀에 꿰어도 되었으나 소년의 뜻은 다른 데 있었다. 옆 동네 양계장에서 메뚜기 한 됫병에 10원씩 준다는 정보를 알고는 뙤약볕도 마다 않고 메뚜기를 잡아나갔다.

논둑에는 메뚜기가 지천이었지만, 막상 한 마리 잡기도 그리 쉬운 일이 아니었다. 단돈 10원을 벌기 위해 이를 악물었다. 여름해가 한새봉을 훌쩍 넘어가고서야 겨우 한 병을 다 채울 수 있었다. 소년은 메뚜기가 가득 찬 병을 가슴에 품고 옆 동네로 향했다.

옆 마을에 가려면 꽤 가파른 황토 길을 넘어야 했다. 어스름 달빛이 내려 앉은 언덕배기를 막 넘는 순간소년은 그만 돌부리에 걸려 자빠지고 말았다. 메뚜기 병을 놓치지 않으려 기를 썼으나 벌써 메뚜기 병은 언덕 아래로 몇 바퀴를 구르다가 돌에 부딪혀 박살이 나고 말았다.

메뚜기병 안에 갇혔던 메뚜기들은 뜻하지 않은 해방을 맞아 황혼이 물든 하늘로 일제히 날아올랐다

# 여름날의 동행

열서너 살 소녀는 고무줄놀이 하자고 놀러온 이웃집 계집아이도 마다하고 곳간 옆에서 낮잠을 자고 있던 망태기를 둘러매더니, 바지게를 지고 풀을 베러 가는 아버지를 대뜸 따라 나서는 것이었다. 아버지와 소녀는 낯익은 눈길을 주고받으며 그렇게 동행을 시작하고 있었다.

집요한 여름해가 뙤약볕을 한 움큼씩 쏟아 붓는 한여름 오후, 미나리아재비가 햇볕을 받아 비릿한 풋내를 풍기는 언덕배기에 살찐 풍뎅이 떼가 날아오르고, 서편으로 막 기울기 시작한 여름 햇살은 풍뎅이 속날개를 부챗살처럼 펴들고 흘러가고 있었다.

아버지와 소녀는 완두콩나무가 듬성듬성 박힌 논두렁을 하나씩 타고앉아 파랗게 날이 선 낫으로 풀을 베어나가기 시작했다. 마구간에 앉아 거친 옥수수 대를 되새김질하고 있을 황소누렁이에게 탐스런 풀포기를 베어다 줄 생각을 하니 소녀는 자꾸 마음이 설렜다.

모시베 잠뱅이를 걸친 등짝께로 땀이 골을 이루며 흘러 내렸지만, 그때마다 한 줄기 쉬원한 바람이 불어와 부녀의 경계를 넘나들며 두 얼굴을 번갈아 식혀주고 있었다. 소녀는 낫질이 서툴긴 하였어도 아버지한테 지지 않으려고 무진 애를 쓰고 있었다. 그런 딸아이가 안쓰러웠던지 아버지는 한 번씩 허리를 펴고 앞산을 바라보는 척하며 딸내미 낫질과 보조를 맞추어 주고 있었다.

해가 저수지 둑을 훌쩍 뛰어 넘어 백로봉 굴참나무 잔가지 틈새를 지나 밥칡*이 나온다는 산등성이를 막 넘으려는 순간, 물총새 한 마리 미꾸리를

---

* 일부 지방에서는 암칡을 '밥칡'이라고 부른다.

물고 잽싸게 흙집을 찾아 들고 있었다. 목숨 붙은 것들을 죄다 하나의 빛깔로 물들이는 황혼이 딸과 아버지 발밑까지 스며들자, 한여름 부녀의 풀베기 작업도 막바지로 접어들었다.

아버지는 그 동안에 벤 풀을 바지게에 주섬주섬 챙기면서 딸아이가 망태기에 담고 있는 풀을 보고는 깜짝 놀랐다. 딸아이 풀은 소가 먹으면 죽을 수도 있는 독(毒)풀들이 드문드문 섞여 있었던 것이다. 아버지는 내색하지 않았다.

"와따, 우리 딸내미가 참말로 풀도 여간 잘 비었네. 집에 누렁이가 묵으면 살이 통통 찌겠네."

소녀는 아버지의 말에 입가에 배시시 웃음을 베어 물고 막 떠오르는 초승달을 올려다보았다. 풍만한 가슴처럼 부풀어 오른, 딸아이의 꼴망태는 어스름 달빛을 받아 바이얼렛 실루엣을 이루었다. 아버지와 소녀는 귀가를 서둘렀다. 대밭 옆 고샅길 흙담 위를 때늦은 고추잠자리 한 마리 날아오르며 하룻밤 보금자리를 찾아들고 있었다.

소녀는 여름 뙤약볕에 노곤했는지 저녁 밥 숟가락을 놓자마자 잠에 떨어졌다. 아버지는 잠들지 못하였다. 담배꽁초가 마지막까지 타들어가는 것을 보고는 마당으로 나왔다. 딸아이 몰래 마구간 뒤편으로 치워놓았던, 독풀이 들어있는 망태기를 슬며시 찾아 들고 사립문을 나섰다. 초승달은 벌써 서편 백로봉을 넘어서고 있었다. 밤부엉이 울음소리가 어스름 기운을 타고 박꽃이 하얗게 핀 초가지붕을 맴돌고 있었다.

다음 날 아침, 이른 잠 탓이었는지 소녀는 일찍 잠에서 깨었다. 날이 밝기가 무섭게 소녀는 마구간으로 달려가다가 텅 비어있는 꼴망태기를 보고는 놀라고 말았다.

"오메, 아부지! 누렁이가 그 많은 풀을 다 묵었당가?"

"잉, 벨나게도 맛나게 묵드라."

"그라면 오늘도 아부지 따라 갈란다."

"그래라. 그란디, 오늘은 어지께 간 논둑으로 가지 말고 참새골 너머로 가야쓰겄다. 오늘도 징하게 더울랑갑다."

여름 해는 벌써 풋감나무 가지 위로 반쯤 떠오르고 있었다.

# 노루 사냥

고향 마을은 월출산 산맥이 서남해안 쪽으로 내달리는 끝자락에 자리 잡고 있었다. 마을 뒤로 꽤 높은 노루봉에라도 오른다 치면 아스라이 다도해의 푸른 물결이 하늘에 맞닿을 듯했다.

그해 겨울도 며칠째 쉬지 않고 눈이 내리고 있었다. 열아홉 청춘들, 그 피끓는 영혼에 알 수 없는 기운들이 뻗질러 올라 들로 산으로 눈밭을 싸돌아다닐 때였다. 어디선가 때 이른 저녁연기 피어오른다 싶었는데 야릇한 피냄새가 눈바람을 타고 흔들거렸다. 우리들은 예의 동물적 감각으로 그 냄새의 향방을 예리하게 쫓고 있었다. 우리는 늙은 밤나무 밑을 날렵하게 감돌아서 관솔이 타는 연기와 피 냄새의 현장을 일거에 덮쳤다.

"야 새꺄, 산토끼를 잡았으면 우리한테 얘기를 해야지. 너 혼자만 구어 먹기냐?"

"우리 아부지 약해 줄라고 그런당께."

겨울이면 뒷산에다 치(덫)를 놓아 토끼든 오소리든 닥치는 대로 잡아내던 덕봉이 녀석이 그날도 소 마구간에 쪼그리고 앉아 갓 잡아온 산토끼를 솔가지에 불을 피워 굽고 있었던 것이다.

"개새꺄, 우리들한테 한 다리 줘야 할 것 아녀."

"안 된당께!"

"쐬주 한 병 줄 테니까, 뒷다리 하나는 우리 주란 말이여!"

덕봉이는 우리보다 서너 살이나 아래였지만, 어느새 허우대가 물개다리처럼 커져버려 예전처럼 함부로 대할 놈이 아니라는 생각이 설핏 들었다. 결국 삼덕이 녀석이 의외로 느긋하게 거절하는 본새로 보아 그날 토끼고기 맛보기는 영 글렀다는 생각이 들자 은근히 부아가 치밀었다.

"에이! 우리도 낼 토끼 잡으러 가자!"

토끼다리는커녕 구운 오줌보 한 점도 못 얻어 묵고 덕봉이네 집 모퉁이를 돌아 나오면서 일행 중 누군가가 씹듯이 내뱉었다. 그 호기스러운 말에 눈발 속에서 금방이라도 토끼가 뛰쳐나올 것 같았고, 그러면 단번에 그놈을 낚아채서 한걸음에 삼덕이 마구간으로 달려갈 수 있을 것 같았다. 희끗희끗한 눈발 속에서도 어둠이 꽤 짙게 내려앉아 있었다.

다음 날, 굵은 눈발은 많이 잦아들었지만, 여전히 성긴 눈발이 날리고 있었다. 온 세상이 널찍한 이불자락에 파묻힌 듯 어디가 어딘지 분간이 가지 않았다. 적설의 위세로 보아 목숨 붙은 것들은 죄다 운신도 하기 어렵겠다는 생각이 들었지만, 지난 해거름 참에 나누었던 토끼잡이 결의를 수포로 돌릴 수는 없는 노릇이었다. 나는 헛간 옆에 놓인 큼지막한 지게 목발을 뽑아들고 찬바람으로 날(刃)이 선 허공을 마구 휘저었다. 작대기한테 걸리는 날이면 백두산 호랑이도 단숨에 꼬꾸라질 것 같은 기세였다. 작대기에 한껏 악력을 가하며 집을 나서자, 눈을 잔뜩 뒤집어 쓴 대나무들이 축축 늘어져 길마저 막아버렸지만 작대기로 탁탁 쳐내며 동지의 집으로 향했다.

"각오는 되어 있겠지?"

"두 말 하면 이빨 아프지!"

벌써 동무는 어디서 생겼는지 국방색 벙거지를 뒤집어쓰고 장화를 신으면서 흐흐흐 웃었다. 그놈의 누런 웃음을 짐짓 따돌리며 마당에 쌓인 눈을 한 움큼 뭉쳐 감나무 등걸을 향해 휘뿌렸다. 돌에 비하면 밀도가 현저히 떨어지는 눈덩이였지만, 순전히 감쪽같은 속도 때문에 눈덩이를 정통으로 얻어맞은 감나무는 몸을 부르르 떨며 휘청거렸다. 그 서슬에 놀라 까치밥을 염탐하던 직박구리 한 마리 혼비백산이다.

"오늘, 산토끼 잡는 것은 시간문제여. 무조건 잡네!"

나는 단 한 번의 눈덩이 투척으로 감나무를 정통으로 맞추고 나자, 그날 하루 상운(上運)의 점괘를 있는 그대로 발설하고 말았다.

산속은 멀리서 보던 것 하고는 영 딴판으로, 무릎까지 푹푹 빠지는 산등성이를 탄다는 것이 보통 어려운 일이 아니었다. 보이는 건 온통 눈부신 눈뿐, 개미새끼 한 마리 얼씬거리지 않았다. 저수지마저도 얼음과 눈으로 덮여버려 그곳이 물을 저장하는 곳이라고는 전혀 느껴지지 않았다. 몇 고비를 더 넘어 오르자 그나마 철따라 우리의 허기진 목을 축여주던 옹달샘만은 용케도 눈발에 묻히지 않고 여전히 맑은 얼굴로 반겼다. 우리는 머리를 맞대고 엎드려 옹달샘 물을 한껏 들이켰다. 열 살 때던가, 옹달샘물을 마시다가 어린 가재 새끼가 입안으로 들어왔던 기억이 어제 일처럼 떠올랐다.

옹달샘 물로 삽상해진 기분도 잠시, 솔가지 연기가 폴폴 피어오르던 덕봉이네 마구간이 자꾸 어른거리고, 야생의 모발이 타는 냄새가 스멀스멀 떠올라 무던히 나를 괴롭혔다. 그때 몇 발짝 앞서 나가던 동무가 소리쳤다.

"노루다~!"

"어디, 어디?"

금방이라도 눈앞에서 노르스름한 살찐 노루가 뛰쳐나갈 것 같은 긴박함이 팽팽하게 당겨졌다. 나는 잔발을 잘 못 디뎌 날카한 나무 등걸이 복숭아뼈를 할퀴고 지나가는 줄도 모르고 숨 가쁘게 동무를 따라붙었다.

"여기 봐, 노리 발자국!"

정말 두 쪽으로 고르게 갈라진, 예쁜 초식동물의 발자국이 눈 위에 선명하게 찍혀 있었다. 눈발은 계속되고 있었으므로, 그놈의 발자국이 또렷한 걸로 보아 그놈과의 거리는 지척임에 틀림없었다. 노루 발자국은 우리들의 힘든 산행에 거부할 수 없는 동력을 부추기며 산등성이를 횡과 종으로 거듭 가르며 끝없이 이어지고 있었다. 그러나 노루의 자태는 좀처럼 드러나지 않았다. 산새 소리마저도 숨을 죽이는 숨 막히는 쫓고 쫓김! 사실, 산등허리를 자기 안방처럼 넘나드는 산짐승을, 우리들이 무슨 수로 당해낼 수 있을 것인가. 그놈과의 거리가 점점 멀어지려니 생각하니 불안과 허탈감의 갈기가 문득 출렁거렸다.

낯선 산등성이 지형들이 꿈틀대며 우리의 갈 길을 곳곳에서 방해했지만, 우리는 가다보면 끝이 보일 것이라는 전의를 불태우며 이미 꽤나 큰 봉우리를 여럿 넘고 있었다. 어둑신하게 푹 꺼진 골짜기를 막 거슬러 오르자 불현듯 호랑이 숨소리 같은 솔바람이 쒜쒜 불어왔다.

"노루다!"

"어디, 어디?"

정말로 살찐 노루 한 마리가 우리를 한 번 멀뚱 쳐다보더니 휙휙 바람소리를 내며 쏜살같이 산 위쪽으로 도망치기 시작했다.

"노루다!"

우리는 동시에 벼락같은 소리를 지르며 그놈을 뒤쫓았다. 그 소리는 금세 메아리가 되어 산속에 울려 퍼졌다. 애당초 게임이 되지 않는 경주라는 생각은 전혀 들지 않았고, 그 순간에도 감나무를 정통으로 가격했던 눈덩이가 자랑스럽게 떠올랐다. 하지만, 몇 발작 만에 그놈은 우리 시야에서 사라지고 말았다. 숨이 턱까지 차올라 멈칫거리며 눈구름 하늘을 올려다보았을 때, 우리가 서있는 산봉우리는 하늘에 닿을 듯 가까이에 있었다.

# 성장통

열여섯 풋내기 청춘들은 도무지 어디서 뻗질러 오르는지 모를 기운을 어찌해 볼 요량도 없이 싸돌아다닐 때였다. 낮보다 저녁이 되면 우리들의 열정은 더욱 고개를 들곤 했으니, 이제는 더 이상 자치기나 돼지 오줌보 차기 같은 아이들 놀이는 시들해지기 시작했다. 벌써 옆 동네 거목골 삼룡이 아들놈은 머리에 아직 피도 안 마른 것이 농지개량조합장 딸년하고 서울로 오입을 나갔다는 등 흉흉한 소문들이 월출산을 타고 넘어 우리들 귓전에 흔들거렸다.

친구 녀석이 한동안 보이지 않더니 예의 간잔지런한 눈웃음을 지으며 대나무밭 모퉁이를 바람처럼 돌아 나오는 모습이 보였다. 나는 이미 그놈의 건들거리는 거동에서 보통 때하고는 다른 어떤 모반(謀反)의 냄새를 맡고 있었다. 두어 살 아래 녀석들이 우리들 한편에 좀 끼워 주었으면 하는 애달픈 눈초리들을 짐짓 따돌리며 우리는 면소재지 삼거리 쪽으로 얼른 발길을 모았다.

들길 바람 속에 벌써 봄기운들이 무슨 예감처럼 피어오르고, 때늦은 들기러기 몇 마리 서쪽 하늘로 빗겨날고 있었다. 한달음에 신작로 길이 보이자 마량 행 시외버스가 꽁무니에 뽀얀 먼지를 일으키며 소실점으로 멀어지고 있었다. 신작로에 막 들어섰더니 금방 지나간 버스 바퀴자국이 어린 청춘들 비릿한 가슴팍에 성장통 자국처럼 선명하게 찍혀 있었고, 채 연소되지 못한 자동차 기름 냄새는 이제 막 고비를 넘어가는 우리들 인생의 한 토막에 무슨 이력처럼 스며드는 듯했다.

삼거리에 다다르자 친구 녀석은 예의 눈웃음을 한 번 더 지어 보이더니, 학교 앞에서 센뻬이 등속을 파는 자기 이모한테서 얻었다고 종이돈을 꺼내

나에게 흔들었다. 우리들은 곧바로 생닭 염통처럼 생긴 30촉짜리 전구가 졸고 있는 전방에 들어섰고 밖을 몇 번 두리번거리다가 포도주 한 병을 사 가지고 잽싸게 언덕배기 뒤편으로 몸을 숨겼다. 우리들은 헐떡이며 숨을 고르다가 동시에 이빨을 누렇게 드러내고 으흐흐 웃었고, 언덕배기에 매어 놓은 하얀 염소 한 마리 그러는 우리 모습을 망연히 쳐다보고 있었다. 날렵 하게 잘 빠진 두 홉들이 포도주 병에는 영화 〈산딸기〉에 나오는 여배우 입 술처럼 붉은 문양이 아로새겨져 우리들 가슴을 한껏 뛰게 만들었다. 우리 는 언덕에 등을 비스듬히 대고는 차례로 한 모금씩 포도주를 마시기 시작 했다. 첫 경험의 달콤함이 이런 것이랴 싶게 혀끝에 감도는 포도주 맛은 달 고 감미로웠다. 하늘을 쳐다보자 한가로운 구름 몇 조각 황혼 빛을 받아 붉 게 물들어 있었다.

삼지구엽초를 뜯어먹은 산양처럼 몸이 달아오른 우리는 한껏 고양된 기 분으로 유행가를 부르면서 왔던 길을 되짚어 걷기 시작했다. 발밑에서 들 려오는 자갈길 돌 부딪히는 소리와 굴참나무 숲을 쉐쉐거리며 지나는 바람 소리가 한 데 어우러져 한 동안 우리 곁을 감돌다가 물뱀처럼 이어진 시냇 물 쪽으로 멀어지곤 했다. 그때 저 멀리 냇물 속에 언뜻언뜻 하얀 꽃 이파 리 같은 것이 잠깐씩 얼비치다가 사라졌다. 그럴수록 우리들의 발걸음은 빨라졌다.

우리는 그 하얀 꽃 이파리의 정체를 비로소 알아채고는 두근거리는 가슴 이상으로 멈칫거렸다. 까만 교복에 하얀 깃을 단 소녀 하나가 들길을 걷고 있었던 것이다. 친구의 말로는 그 여자애가 자기와 같은 시골 중학교에 다 닌다고 했다. 마침 소녀의 고모가 우리 동네로 시집와서 산다는 것이었다. 며칠 전에 그 애가 겨울방학을 맞아 고모 집에 놀러왔다는 것을 알고 있었 던 터라, 그날의 우연찮은 만남이 심상치 않다고 생각하면서 우리들은 무 엇을 어떻게 해보겠다는 뜻도 없이, 자기 집으로 돌아가는 소녀의 뒤를 밟기 시작했다. 거의 십리가 넘는 들길, 구불구불 시냇물을 사이에 두고 소녀의 뒤를 따르는 어린 청년들, 친구는 마냥 설레는 목소리로, 학교 복도에서 그 애와 부딪혀 여배우 사진이 들어있는 작은 손거울을 깨먹은 후로 자기반 애들이 둘의 관계를 시샘 반 부러움 반 놀리기도 한다는 것이었다.

이내 노란 초가집들이 듬성듬성 보이고 완연히 땅거미가 내려앉아 소녀의 윗도리 하얀 깃만이 희끗거리는가 싶더니 저녁연기처럼 사라졌다. 우리는 도무지 허망하고 무색해져 어린 보리밭 귀퉁이에 그만 서고 말았다. 바로 그때 벼 낟가리 뒤쪽으로 사라졌던 소녀가 어느 틈에 황망히 나타나 우리들을 향해 무언지 모를 손짓을 했다. 우리는 얼른 그 뜻을 알아들을 길 없어 망연히 바라볼 뿐 어떻게 대꾸할 요량이 서질 않았다.

밤길을 되돌아오면서 우리는 한동안 말이 없었다. 그 손짓이 몸을 빨리 숨기라는 뜻인지도 모르고 바보처럼 서있기만 하다가 소녀의 어머니한테 들켜 된통 얻어들은 것이야 그러려니 했지만, 초저녁달 돋아오는, 가물거리는 시야에 한 점 애틋함으로 서서 손짓하던 소녀의 마음은 영영 지워지지 않았다.

# 그해 12월

통나무 제재소 앞을 지나자 나무한테서 여름날의 풋풋한 물기 냄새가 났다. 오후 5시, 잿빛 참새 몇 마리 베어 놓은 아름드리 원목 사이로 이따금씩 불어오는 북서계절풍을 피하느라 웅크리고 앉아 있었다. 나는 대단한 일도 아닌 것에 허둥대다가 습관처럼 먹던 점심을 굶었더니 참새가슴처럼 허기가 졌다. 바퀴벌레는 6개월을 아무 것도 먹지 않고 한 곳에 계속 붙어 있을 수 있다는데, 한 끼 밥 건너뛰었다고 내 몸뚱이는 형편없이 기우뚱거렸다.

벌써 무안터미널은 어둑신한 기운이 반쯤 드리워져 밤을 예비하고 있었다. 터미널은 만남보다는 떠남이 어울리는 곳인가? 구닥다리 기름난로를 싸안고 여자늙은이 몇이서 몸을 녹이고 있었다. 그놈의 보따리들은 숙명이라도 되는 것인가, 모두 한 가지로 그들의 부족한 허리를 채우고 있었다. 기실, 양파밭에서 벅찬 노동을 마치고 귀가 버스를 기다리고 있을 터. 세상이 변한다고 난리들이지만 변함없이 자리를 지키는 이들의 심지를 무슨 논리로 타박할 수 있을까.

광주행 직행버스가 시동을 건 채 플랫폼에 정차해 있었다. 출발시간은 거의 40분 가까이 남아 있었다. 사가는 사람은 별로 없는데 나부끼는 간이 천막 밑으로 어물전들이 난전을 이루고 있었고, 큼지막한 자주색 다라에 낙지들이 자유를 감금당한 채 흐물흐물 하고 있었다. 30촉짜리 백열등 아래 젊은 아줌마가 천연덕스럽게 낙지를 손으로 훑으며 물어뜯는 모습이 보였다. 한 끼 식사 대신 저걸 움켜쥐고 그러려니 생각하니 짠한 생각이 들었다.

나는 처음부터 시장터 국밥집을 찾았다. 천막 어물전을 지나 용케 찾은 국밥집은 아쉽게도 시장 한복판에 있지 못하고 시장 건너편에 꽤 빛나는 현대식 간판을 달고 손님을 기다리고 있었다. 주인아줌마는 보해소주가 그려진 초록색 앞치마를 두른 채 구들장에서 팔을 베고 잠깐 잠들어 있었다. 내가 첫 손님인 모양이었다. 젊은 종업원은 TV에서 방영되는 어린이 만화를 뚫어져라 보면서 나에게는 아는 채도 하지 않았다.

소머리고기에 쓰디쓴 소주 한 잔은 사람을 금방 화해의 몸짓으로 바꾸어 놓았다. 세상 모든 것을 용서할 수 있을 것 같았다. 김원일의 〈마당 깊은 집〉을 반쯤 읽은 뒤끝이라 높아 보이는 사물에 무척 예민해 있었지만, 나를 따라 뒤이어 들어온 남녀 한 쌍이 신고 있는 높은 부추구두에도 눈살이 찌푸려지지 않았다. 곧 이어 허름한 차림의 남자 몇이 꾸부정한 모습으로 들어섰다. 역시 그런 집은 노동을 마친 중년 남자들이 풀썩이는 먼지를 새마을 모자로 탁탁 털면서 분위기를 잡아야 제 맛이 아니던가. 꽤 떨어진 좌석이라 그들의 대화를 온전히 알아듣지 못했지만 고개를 서로 주억거리는 본새로 보아 세상을 묵묵히 받아들이는 눈치들이었다.

두 홉들이 소주병이 반쯤 기울었을 때 앞 테이블에 놓인 신문이 눈에 들어왔다. 연예스포츠 면에는 여자 탤런트와 야구 선수의 파경 기사가 어른거렸다. 이유는 가치관의 차이라고, 너무 거창한 것 같아 나도 모르게 웃음이 나왔다. 그 기사 아랫단에 제법 크게 책 광고가 눈에 띄었다. 92년도에 나온 이외수의 수상집을 다시 펴낸 광고였다. 〈12月〉이라는 시 한 편도 곁들여 있었고.

가난한 날에는
그리움도 죄가 되나니
그대 더욱 목메이라고
길이 막힌다.

밖은 어둠이 완전히 내려와 왔던 길을 잠깐 주춤거리게 했다. 성긴 눈발이 터미널 뒤께를 휘적이고 있었다.

# 나머지 아이들

 라일락 꽃잎 날리던 날, 수학여행 버스가 교문을 빠져나가고 있었다. 떠나가는 뒷모습에는 아스라이 그리움 같은 것이 혹은 슬픔 같은 것이 매달려 있었다. 버스가 교문 앞을 가로지르는 작은 다리를 건너 면소재지 삼거리를 돌아나가자 버스 옆구리에 새겨진 '청운관광'이라는 글자가 가물거렸다.

 남겨진 아이들은 남학생 두 명 여학생 한 명, 이렇게 셋이었다. 한동안 어떤 미세한 소리도 들리지 않고 말이 갑자기 길을 잃은 듯 교실에는 고요가 숨을 죽였다. 여자애는 복도 쪽 자리에서 머리칼만 자꾸 앞쪽으로 손가락 빗질을 하고 있었고, 한 남자 아이는 아까부터 교실 뒤편 게시판에 고무공을 튕기고 있었다. 또 한 아이는 유리창으로 스며든 햇빛을 받으며 운동장 왼편으로 흐르는 시냇물을 하염없이 바라보고 있었다. 고요가 지배하는 작은 공간에 기묘하게 잡힌 삼각 구도 속에서 셋은 저마다 어린 청춘의 인생길을 가늠하고 있었던 것일까? 임시선생님들이 교대로 몇 번 들락거렸지만 교실 안 셋의 대형은 무슨 덫에라도 걸린 듯 오전 내내 깨지지 않았다.

 임시담임이 교실 밖으로 나가면 재빨리 남자아이는 몸을 돌려 아까부터 튕기던 고무공을 게시판을 향해 날렸다. 게시판에 맞고 튕겨 나오는 공은 매번 떨어지는 각도와 거리가 달랐고, 그럴 때마다 녀석은 더욱 신이 나는 듯 주워 던지는 속도가 점점 빨라졌다. 그럴수록 여자애의 손가락 빗질도 빨라지고 창문 밖을 내다보는 아이의 숨소리도 거칠어갔다. 그 찰나 녀석이 투척한 고무공이 터무니없이 빗나가더니 유리창을 정통으로 맞췄고, 유리창이 쨍그랑 깨졌다. 순간 모두 자신이 유리창을 깼을 것이라는 생각이 뇌리를 스친 것은, 깨어진 유리창 사이로 오월의 풋보리 익어가는 냄새가 스며들었기 때문인지도 모른다.

　교무실로 끌려온 아이들은 학생주임 앞에 고개를 숙이고 서있었다. 학생주임은, 서로 유리창을 자기가 깼다고 우기는 셋의 주장을 어이없어 했다. 그는 바른대로 말하라고 엄포를 놓으며 끝이 묘하게 꼬부라진 대나무뿌리 지휘봉을 몇 번 뱅뱅 돌리더니 셋의 이마통을 차례차례 갈겼다. 학생주임의 손에 잡힌 대나무 회초리는 매우 굳건하여 아이들 이마에 가해진 물리력은 강력했다. 볼록 도드라져 빨갛게 어혈이 든 이마를 손으로 만져보던 두 녀석은 서로를 쳐다보며 쿡쿡 웃었으나, 여자애는 눈물이 핑 도는지 코를 훌쩍였다. 그때 실습 나온 앳된 여자 교생선생님이 종종걸음으로 다가오더니 어쩌면 그 유리창은 자기가 깼을지 모른다고 말했고, 학생주임은 몸을 한껏 뒤로 재끼고 매우 위악적인 너털웃음을 날렸다.

　그 뒷날 아침, 학교 소사아저씨가 유리창을 갈아 끼우는 모습을 뒤로 하고 세 아이는 교생선생님을 따라 학교 옆 냇가로 향하고 있었다. 냇가에 서 있는 미루나무 연두색 이파리들이 아침나절 햇빛에 반짝였고, 넷은 미루나무 그늘 아래에 사탕봉지와 음료수병을 앞에 내려놓으며 동그랗게 자리를 잡고 앉았다. 그때 노루바위산 뒤편으로 실바람이 살짝기 넘는가 싶더니 두어 번 뻐꾸기 울음소리 들리고 저 멀리 자운영 밭에선 꿀벌들이 분주히 잉잉거렸다. 바람결에 풋내기 여선생의 하얀 블라우스가 슬며시 나부끼고 미완의 아이들은 덩달아 마음이 설레었다.

　소외가 소통이 되어 말문이 조금씩 열리고 그들을 감싸던 공기는 뽕나무 오디처럼 영글어갔다. 아이들은 차례대로 꿈을 말했고 마지막으로 선생님은 노래를 불렀다. 군인이 되겠다는 아이는 말을 끝내자 기합소리를 크게 넣었고 시인이 되겠다는 남자아이는 무척 수줍어했으며 미용사가 되어 선생님의 머리를 해드리겠다고 말한 여자애는 눈물을 글썽였다.

　그들은 냇가의 결의를 끝내고 징검다리를 되짚으며 건너기 시작했다. 까만 다슬기들이 푸른 이끼가 낀 돌 틈에서 숨을 쉬고 있었고 다슬기 각질 위로 물빛 시냇물은 하염없이 흐르고 있었다. 하얀 구름이 푸른 기를 띠고 시냇물 속을 따라 흐르다 이따금 일어나는 바람 때문에 '푸른 구름'이 일그러졌다 되살아나곤 하였다. 그때 맨 앞서가던 선생님이 아이들을 돌아보다가 그만 패랭이꽃이 수놓아진 손수건이 시냇물에 떨어졌고, 두 녀석은 거의 동시에 물속으로 뛰어들어 꽃잎처럼 떠가는 손수건을 서로 먼저 잡으려고 다투었다. 이내 두 놈이 손에 함께 잡은 손수건을 선생님께 내밀자 비릿한 아카시아꽃 냄새가 스치었다. 오월의 하늘은 저만치 있었다.

# 봄날은 간다

봄꽃 알레르기에 재채기를 거푸하면서 남도 끝자락 M항구 행 시외버스
에 올랐다. 종이백을 옆자리에 내려놓으며 막 자리를 잡고 앉으려는 찰나
버스 뒤쪽에서 한 젊은이가 투벅투벅 다가오더니 내 옆자리에 앉겠다며 몸
을 들이밀었다. 젊은이는 서른을 갓 넘긴 듯 보였고 몸이 심하게 흔들거린
다 싶게 꽤 이른 오전 시간인데도 술 냄새를 심하게 풍겼다. 버스 안이 그
다지 분비지 않고 빈 좌석도 몇은 남아 있는데 굳이 내 옆에 앉으려는 저의
가 상당히 거북하여 뜨악한 표정을 지었더니 그이는 "괜찮아요, 노프라블
람"을 두 번 연발했다. 그의 영어 발음이 꽤 리듬감이 있다고 생각하며 속
으로 나는 이렇게 되뇌었다.

'요놈 봐라. 무엇이 괜찮다는 거지? 문제투성이로 보이는 놈이 문제가 없
다고?'

그이의 수상한 거동은 단순히 술 때문만은 아니며 여러 세월 동안 틀려
버린 삶의 결과물로 보였다. 오늘 남도 여행길이 매우 험난하리라 예감하
며 그이의 다음 동작을 짐짓 내밀하게 살폈다. 그때 마침 시외버스 라디오
에서 〈총 맞은 것처럼〉이라는 가요가 흘러나오자 그 젊은이는 노래 리듬에
몇 번 몸을 움찔거리는가 싶더니 두 손을 모으고 버스 천장을 향해 간절히
기도하는 모습을 연출했다. 여가수의 높은 음자리가 '총 맞은 것처럼'에서
절정을 이루며 쇳소리를 내자 젊은이는 심하게 경련을 일으키는 듯했다.
여가수가 마지막으로 총을 한 발 더 발사하자 그이는 앞좌석 뒤쪽에 머리
를 찧으며 무언가를 중얼거렸으나 그이의 문법은 잘 알아차릴 수 없었다.
역한 술 냄새와 버무려진 그이의 고뇌의 냄새가 나의 멀미 성 두통을 고조
시키는 중이었지만, 그의 뒤틀린 거동에서 그가 어쩌면 총소리와 무슨 연

관이 있을지 모른다는 생각이 들었다. 노래가 끝나자 그의 태도는 한결 차분해졌으나 또 한 번의 '노프라블람'은 카프카의 〈시골의사〉처럼 난해하게 들렸다.

버스가 N시를 접어들자 집체만한 지자체 선거 광고판들이 눈에 들어왔고 한동안 잠잠하던 젊은이는 예비후보들의 이름을 힐끔거리며 "저 놈들이 뭔 놈의 군수를 해먹겠다고 저 지랄들이어, 개새끼들!"이라고 힐난하기 시작했다.(군수는 뭔가를 해먹는 자리인가 보다.) 버스가 Y포구를 돌아갈 즈음 라디오에서는 〈봄날은 간다〉는 노래가 애절하게 흘러 나왔고 젊은이는 기다렸다는 듯 또 한 번 두 손을 모으고 기도하는 모드로 접어들었다. 그런 모습이 하도 간절하여 나는 숨을 몰아쉬며 다음 장면을 기다렸고 노래 가사처럼 그이에게도 별리의 아픔이 절절한 것 같기도 하였다. 사랑하는 사람을 떠나왔을까, 아니면 떠나갔을까? 그이는 눈물을 펑펑 쏟으며 한동안 큰 울음을 울었다. 이별의 눈물도 냄새가 있다면 차마 삭지 못한 지독한 숙취보다 더할지 모른다고 생각하자 나의 두통은 눈자위를 지나 목울대를 짓눌렀다. 한참 몸을 들썩이며 울던 젊은이는 눈물이 나름 카타르시스가 되었는지 평온한 표정을 지었다.

버스가 이제 무슨 꿈길인 양 남도의 들길을 끼고 달리자 저 멀리 아스라이 바다가 보였고 젊은이는 너울 같은 손짓으로 바다를 부르는 듯 잠시 웅얼거리다가 불현듯 "물렀거라. 내가 간다."고 제법 호기롭게 소리쳤다. 젊은이가 바다 너머에 그럴싸한 왕국이라도 차려놓고 부하들을 거느리고 있을지 모른다는 생각이 들자 자못 흥분이 되었으나 이내 시무룩해지는 그의 거동에서 그 부하들이 사람은 아닐 것 같았다.

마침내 버스가 종착점에 다다르자 그이는 허겁지겁 차에서 내리더니 까만 가방을 둘러메고 바다 쪽으로 걸어갔다. 대체 저이는 어디를 혹은 누구를 찾아가는 것일까? 바닷가 용궁다방 수초어항 사이로 배추흰나비처럼 하늘거리는 차 배달 아가씨를 찾아 나선 것은 단연 아닐 거라고 안도하였으나, 어쩌면 조개껍데기 담장 안에 눈먼 노모가 그이를 기다리고 있을지 모른다는 생각에 가슴이 먹먹해졌다. 때마침 불어오는 바람으로 바다는 포말로 부서지다가 점점 멀어져가는 그이의 작업복 등판을 잠시 가리울 듯 다시 회색의 실루엣을 내어주곤 했다. 그렇게 봄날은 가고 있었다.

# 선입견은 죄악이다

만날 사람이 있어 목포 해안가에 자리한 비치호텔 커피숍에 약속 시간보다 조금 먼저와 자리를 잡고 앉아 있었다. 다도해가 시작되는 기점인 야트막한 대륙붕 기슭에 가난한 모시조개 가족이 한 살림 차리고 있을 것 같다고 생각하며 모처럼 서정에 젖어 있었다.

하늘은 창호지에 먹물이 번진 듯 잔뜩 찌푸려 손톱자국이라도 내면 금방 빗물이라도 쏟을 것 같은 얼굴을 하고 있었다. 가느다랗게 눈을 하고 바라본 저 먼 곳 하늘에 맞닿을 듯 바닷물이 풍만한 가슴을 풀어헤치고 발모가지처럼 뻗어 내린 산등성이 끝자락 넘실대는 물결 위로 목포갈매기 몇 마리 날아올랐다.

오후 두 시가 벌써 지난 터라 커피숍 손님도 뜸하고 짧은 미니스커트 서빙 아가씨도 졸리는 듯, 눈자위 마스카라가 희부스름한 실루엣이 되어 스멀스멀 다가왔다.

그때 일거에 적요를 깨뜨리며 오십은 족히 넘어 뵈는 일단의 여자들이 들어왔다. 차린 행색으로 보아 돈깨나 흘리고 다니는 것 같았다. 한 여자는 숫제 무슨 쌀가마니 자루만한 숄더백을 두른 채 왕방울처럼 잠자리 안경을 뒤집어쓰고 있었고, 한 여자는 나이에 걸맞지 않게 찰싹 달라붙은 흰바지를 걸치고 입을 묘하게 오므리며 구찌베니(루즈)가 잘 여문 입술 매무새에 무척 신경을 쓰는 눈치였다.

이야기 돌아가는 본새로 보아 그 여자들은 근처 횟집에서 계(契)걸이를 마치고 뒤풀이로 거기 들른 모양으로 모처럼 나만의 오후의 평화를 느닷없는 작자들이 우르르 몰려와 깨뜨리는가 싶어 내심 언짢은 기분이 드는 것도 잠시, 일행 중 몸집이 제일 크다싶은 여자가 눈을 별나게도 간잔지런하게 뜨고는 감상에 젖은 듯 저 멀리 바다를 바라보며, 내 선입견의 심연을 여지없이 무너뜨리는 소리를 했다.

"오메~ 바다 좋은 거잉! 나는 바다만 보면 미쳐 부러야!"

# 윷 놀이터 단상

유치원이나 초등학교 소풍가서 즐기는 보물찾기와 반대의 놀이인 '쓰레기 찾기'(scavenger hunt) 게임은, 아이들이 싫어하거나 지루해하는 것을 팀을 짜서 모아오게 하는 일종의 교육적 경쟁놀이다. 특히 야외 소풍 때 쓰레기 치우기는 바로 '쓰레기 모아오기 게임' 방식이 매우 효과적이라고 한다. 물론 그러한 방식이야 아직 순진한 아이들이니까 가능한 일일 터이지만, K광역시 남구 광복로에 거의 매일 모여서 노는(?) 중늙은이들에게는 어림없는 일인지 모른다. 집 근처 산책길 푸르디푸른 길에는 나이 먹은 남자들이 여럿 진을 치고 윷놀이 좌판을 벌이는 모습을 자주 본다.

설명절도 아닌 마당에서 윷을 던지는, 하나같이 세월을 거슬러 오르는 사람들을 보면 그들의 신산했을 지난 세월들이 눈에 밟혀오기도 한다. 나뒹구는 막걸리병 속으로 연원을 알 수 없는 바람이 넘나들기도 하는 광복천로 나무 등걸에 춘향전 이몽룡의 너덜하게 헤진 갓처럼 쓸쓸하게 묶인 공고문을 하나 보았다.

윷을 놀레 쓰레기 치울레

맞춤법은 조금 안 맞아도 글자 끝에 제법 힘이 느껴져 글씨 주인공은 그 부류의 '댓빵'이거나 최소한 그 옛날 대서소 근처에는 살았음직하다. 그 문구대로라면 누군들 쓰레기 치우기보다 윷을 논다고 하겠으니 윷을 안 놀면 모두 쓰레기 담당 아니겠는가.

하지만 아침마다 그런대로 깨끗이 치워져있는 것을 보면 비록 윷놀이에는 별 재주는 없으나 쓰레기라도 치우며 그 부류의 멤버라도 되고 싶은, 많이 쓸쓸한 노령의 남자가 매일 묵묵히 푸른 새벽길을 열고 있는지도 모르는 일이다.

(어쩌면 그 가상의 남자가 '윷놀이/쓰레기' 문구를 직접 써서 붙여놓은 건 아니었을까?)

# 정(情)이란 무엇인가

정이란 지극히 한국적인 정서를 반영하는 낱말이다. 정은 서양어로는 옮기기 어려운 아련한 맛이 난다. 기실, 그것은 사랑이나 연정과는 사뭇 다르다. 또한 급하게 타오르는 격정하고는 더더욱 그 색깔이 같지 않다.

정이란, 지워질 줄 모르는 감물이 배어든 삼베처럼 그 색깔이 은근하다. 정이란 그 맛이 담백하여 언뜻 그 진미를 느끼지 못하다가도 어느 틈엔가 사람의 마음을 알싸하게 만들어 입가에 미소를 머금게 한다. 언뜻 무색무취한듯 하지만 진정 그 정이라는 냄새는 어느 모퉁이 잊혀진 여인의 가녀린 얼굴, 연한 지분 냄새처럼 다가오기도 한다.

정이란 소리 없이 뻗어 내리는 향지성(向地性) 식물이다. 보드라운 흙과 물기를 닮아 변함없는 온기를 체화하려고 무진 애를 쓰면서도 좀처럼 겉으로는 내색하지 않는 소박함이라니. 정이라는 자양물은 흙과 물에게 삼투되어 그것들을 마냥 살찌우게 한다. 받은 정을 되돌릴 줄 아는 것이 정의 본래 모습이다.

사랑은 증오를 낳고 연정은 사련을 만들고 격정은 금방 시들해지지만, 정이란 한 번 정이 들면 돌아서는 법이 없다. 그래서 정은 숙명의 냄새를 풍긴다. 숙명 또한 운명과는 다른 것일 터. 운명은 극복의 대상이 될 수 있어도, 숙명은 받아들임으로써 오히려 정이 가는 것을! 하여, 정은 함부로 말할 대상이 아닌 것이다. 인스턴트 사랑은 있어도 단방약 같은 정은 없기 때문이다. 사랑은 돌아서면 그만일 수 있어도, 정이란 자꾸 돌아보아지는 질긴 물레 실 같은 것이다. 아무리 자아올려도 끊어지는 법이 없고 연한 실핏줄 같은 숨결은 세포막 마디마다 켜켜이 다져져 내재율로 울린다.

세상의 갖가지 물상(物象)들은 하나같이 날카로운 각을 세운 채 서로 상충

하며 갈등하느라 여념이 없지만, 정은 자기를 스스로 낮추며 남을 띄어 올리는 풍선 줄처럼 끝끝내 동그란 마음을 붙잡고 있는 것이다.

정의 색깔은 물빛이다. 멀리서 바라보면 검게 보이기도 하고 파랗게 보이는 듯해도, 가까이 다가가 손에라도 닿으면 그 빛이 너무 투명하여 정이 있는지 조차 모르게끔 거기 정은 그렇게 있는 것이다. 정의 소리는 작은 새의 울음 소리와도 같다. 마음의 귀로 듣지 않으면 그 소리를 알아듣지 못하기 때문이다. 마음을 열고 듣지 않으면 아예 들리지 않을 그런 소리와 같은 것이다.

사람들은, 사랑은 터무니없이 해대면서도 정에는 인색하다. 마음속에 연정은 수두룩이 쌓아놓고도 정은 애써 외면한다. 정을 담을 그릇을 비어 두지 않고 욕망을 주워 담기 때문이다. 사람들은 그 욕망 때문에 짓눌려 질식할 것 같은 데도, 오늘도 '욕망이라는 이름의 전차'에 편승하려고 아우성친다.

몸을 가벼이 하면 정이 고인다. 정은 무게가 그리 많이 나가지 않기 때문이다. 정은 깃털처럼 우리의 마음을 무동 태우고 비상한다. 정은 배회하는 군상들의 삶을 조감하며 삶에 지친 영혼들의 아픔을 헤아리는 물기어린 눈길을 보낸다. 정은 허기가 지는 일이 없이 포만의 환희를 예감하며 오늘도 우리들 마음의 저변을 감돌고 있는 것을!

# 6월 귀향기

6월의 태양은 생각키보다 뜨거웠다. 목에 핏대를 올려가며 목포 '용댕이 가는 버스'를 외쳐쌓던 그 옛날 삼거리 '차표 끊는 놈'도 이제는 많이 늙었거니 생각하니 벌써부터 가슴이 아려오기 시작했다. 목포를 막 빠져나오자 강물을 가두고 바닷물 물살을 가르는 영산강 하구 둑 위로 별의별 자동차들이 한나절 오후를 질주하고 있었다. 그 짧은 순간, 충혈된 눈으로 붉은 신호등이 켜지자 LA 다저스 야구 모자를 사정없이 눌러쓴 젊은 사내 하나가 가슴에 오징어 다발과 비닐봉지 뻥튀기를 싸들고 차창을 기웃거렸다. 6월의 뜨거운 하늘 아래서, 멈추어선 찰나의 순간을 치열하게 붙잡으려는 안쓰러운 젊음 하나! 나도 저토록 절실한 순간이 있었던가?

길 양옆으로 누렇게 익은 보리밭과 어린 벼들이 제법 자란 논물에서 풍겨오는 질박한 흙냄새 사이를, 붉은 띠를 두른 시외버스가 꽃뱀처럼 가르며 남도를 달린다. 아! 저기 보리밭 어느 두렁에 종달새 한 마리 지 새끼 알이라도 품고 있으려니 생각하니 가슴이 마구 뛰었다. 그 미물도 자기 삶이라고 거기 그렇게 하늘을 머리에 이고 흙을 품고 앉아 있단 말인가. 금방이라도 그 따뜻한 알이, 그 빛나는 모정이 가슴에 와 닿을 듯했다.

이제는 전설이 되어버린 물레방아가 큼지막하게 그려진 '토담골' 전통음식점 간판을 물리치자 왼편으로 천해(泉海) 마을이 나타났다. 순 토종말로 시암바대(샘 바다) 마을이란다. 이 마을은 유년시절, 타성으로 우리 동네에 이사 와서 늘 본토마을 아이들의 '놀이의 밥'이 되곤 하던, 손이 뭉툭하고 침을 곧잘 흘리던 녀석의 본향이 아니던가! 잠시 속죄라는 단어를 떠올리며 그놈은 어디서 무얼 해먹고 사는가 싶어 하늘을 한 번 올려다보았다.

버스가 조금 옆으로 기울며 감돌아 달리자 저수지를 끼고 묵동 마을이 바로 발밑이다. 묵동 아이들, 동네 이름만큼이나 그들의 얼굴에는 짠하디 짠한 아픔의 질료가 묻어 있었다. 자기 면소재지에 있는 학교는 너무 멀어 남의 땅, 타군으로 학교를 다녀야 했던 변방의 아이들! 학교를 파하고 집에 가면 어스름 저녁이 되어버린다고 했다. 그래서 그 아이들은 그 못 먹고 못 살던 가난한 산길을 거의 매일 뛰다시피 숨을 할딱이며 학교를 오갔다던가. 초등학교 5학년 운동회 날, 요즈음 말로 오래달리기에서 일등을 한 놈이 바로 묵동 출신 친구가 아니었던가. 횟배앓이로 누렇게 된 얼굴로 무너질 듯 무너질 듯 끝끝내 달리던 그 친구의 얼굴이 환영처럼 아른거린다.

월출산이 빗겨 보이는가 싶더니 금방 깎아지른 벌뫼산이 턱밑이다. 대나무밭 죽순이 두자쯤 자라나 있는 산(山)마을들을 따돌리고 차는 신식으로 도로가 뚫린 순환도로로 접어들었다. 오른편으로 그래도 꽤 많은 학생들이 맨발로 등하교를 재촉하던 초등학교는 형편없이 쪼그라든 모습으로 늙은 플라타너스 숲속에 묻혀 있었다. 학교 앞을 흐르는 실개천은 여전했지만, 물빛은 예전만 못했고, 그 물길을 따라 닷새마다 장이 섰던 곳은 퇴락한 모습으로 누워 있었다. 오일장터! 유자 빛깔 보다 곱던 늦가을, 벌써 뜻하지 않은 북서계절풍이 가난한 떠돌이 장돌뱅이 천막 위로 나부끼던 1960년대, 그 적빈의 세월들이 다시 한 번 가슴을 출렁이게 한다.

시골 정미소는 그 건물의 위용만큼이나 농부들에게는 충만의 공간이었었다. 거대한 베르또(모터바퀴 벨트)가 무서운 속도로 돌아가면 마천루처럼 솟아오른 판자 곡식부대로부터 한없이 쏟아져 나오던 쌀 쌀 쌀. 왕겨가루가 어머니의 머리 수건 위로 하얗게 내려앉던 아래삼거리 정미소는 이제 순 우리 국어로 된 이름을 달고 찻집으로 변해 있었다. 그래도 다행히 그 건물은 헐리지 않고 바깥벽에는 붉은 황토가 발라져서 그런지 물오른 시골 처녀 가슴만큼이나 부드러운 느낌을 주었다. 입구에는 큼지막한 마차 바퀴도 하나 걸려 있었고.

이 무렵이면 감꽃이 똑똑 떨어져 싸락눈처럼 쌓이던 말방구집을 막 지나자 '백악관'(목포에는 '케네디 카페'가 있던데, 환상의 콤비 같군.)이라고, 그 이름도 거창한 현대식 레스토랑이 희멀건한 모습으로 내 추억의 마음 밭에 훼방을 놓았다. 여름방학이 가까울 무렵이면 참외가 수줍은 듯 마른 지푸라기 위로 노란 마음을 살포시 밀어 올리던 시절, 그 무언가에 늘 목말라 하던 60년대식 아이들은 누가 먼저랄 것도 없이 동그란 입을 모으고 목을 축이던 옹달샘 자리엔 강진카센터가 기름때를 잔뜩 바르고 둔탁한 기계음을 내면서 들어차 있었다. 겨울이 오면 월출산을 넘어온 무서운 바람이 툭 터진 들을 따라 곧바로 휘달려 와서, 옛 소련의 툰드라 지대, 비르호얀스크를 연상케 하는 매서운 눈발이 날리곤 했었지. 아 그 놈의 눈바람! 학교에 맨 날 늦어 화장실 청소를 도맡게 했던 원수 같은 바람! 그 바람이 마치 지금도 불어와 아랫도리를 휘감는 듯했다.

다행이 독배기 모습은 거의 그대로였다. 오일장날 잔술을 팔던 구멍가게 앞으로 접시꽃들이 어른 키만큼이나 자라 곡마단 접시돌리기 하듯 둥글게 둥글게 피어 있었다. 잔술 한 고뿌(컵)로 한숨을 씻어내던 남도의 못난 애비들, 그들의 휘청거리던 발걸음 소리가 귀에 잡힐 듯했다.

그리움을 한 움큼씩 싣고 아스라이 멀어지던 신작로. 이제는 상당히 너른 도로 공사가 한창이었는데, 새로 만들어진 도로 둑 위에 하얗게 핀 삐비꽃들이 가녀린 손마디로 나에게 손을 흔들었다. 반갑다고, 어쩌면 그렇게 매정하냐고, 이제는 헤어지지 말자고, 내 마음도 함께 흔들렸다. 흔들리는 삐비꽃 사이로 시골 예배당 종탑이 보이고, 수박장수 아저씨가 그토록 탐을 냈던, 가는귀먹은 계집아이의 통통한 얼굴이 추억의 길가에서 서성거렸다.

혼자 사는 집들은 적막하기 그지없다.

"아랫마을 삼식이는 아직은 젊은 놈이, 각시는 도망가불고 혼자 산단다."

"참 안 되았소 잉." 내가 심드렁하게 대꾸했다.

"말할 사람이 있어야제. 으짜다 말 못하는 짐승하고나 말하까, 징하게도 시간도 안 가야." 구순 노모의 하소연이다.

한때는 예닐곱씩 새끼들 낳고 행복했을 시간들, 늙은 어미의 기침 소리와 이따금 들려오는 뻐꾸기 울음 말고는 고향 마을은 진공상태처럼 시간이 멎어버린 듯했다.

인생은 어차피 마디마디 두 갈래 길이던가. 늘 고뇌에 찬 선택과 갈림의 순간순간들, 인생의 바람은 기약한 대로 불어주지 않는다. 그래도 잊지는 말일이다. 눈물보다 진한 정(情)이라는 가슴들을!

# 연옥문 앞에 서서

"11호 차 출발하세요."

통제실에서 들려오는 시험관의 목소리는 연옥문 앞에서 이승의 가련한 목숨들을 거두어 가기 위하여 호명하는 저승사자 같았다. 출발 대기선 앞에 선 나는 마음속으로 하나님께 기도를 드렸다. 두 손으로 부처님께 합장했다. 조상님께 재배를 올리며 지그시 사이드 브레이크를 풀고 클러치 페달을 가만히 놓았다. 평생 자잘한 잘못은 하였어도 큰 죄과는 저지르지 않았다고 자임하면서.

1톤짜리 기능 시험용 트럭은 삐리릭 시그널을 울리며 조금씩 미끄러지기 시작했다. 막 출발하자마자 하얀 정지선이 씻김굿 하는 무당의 천 쪼가리처럼 다가섰다. 일단 멈춤 하지 않고 그 선을 넘으면 감점 5점! 그만큼 천당문은 한 발 멀어지는 곳이다. 그것이 대수이랴, 싶어 한 호흡 가다듬고 가볍게 통과하였다. 제지하는 제관(祭官)도 보이지 않았다. 오른쪽 문 틈 사이로 노랑부리도요새 한 마리 서쪽으로 빗겨 나는 모습이 보였다. 그놈이 나를 영접하려고 기념비행에 나선 것이라 생각했다.

여유로움도 잠시, 숨이 턱까지 차오른 오르막 차선이 불방망이를 손에 든 악마 메피스토처럼 길을 가로 막는다. 마의 눈물 고개, 악명 높은 3사관학교 유격조교도 혀를 내두를 가시밭길 고갯마루. 나는 차라리 두 눈을 감았다. 앗! 전방주시 태만! 번쩍 정신이 들었다. 저승길 인도하는 하얀 천 쪼가리처럼 생긴 정지선 바로 앞에서 두 발을 쭉 뻗어 힘껏 밟았다. 차체는 한바탕 주저리를 치더니 겨우 멈춰 섰다. 이젠 살았구나. 이승의 삶과 저승의 삶이 한데 어우러져 공중제비를 도는 것 같았다. 찰나의 순간들이 주마등처럼 스치며 내 영혼을 탐하고 있었다. '20초 안으로 이 골고다 언덕을 넘

어야 한다.'

겟세마네 동산엔 피우지 못하고 져버린 오랑캐꽃 한 송이 널브러져 보였다. 4기통 엔진을 타고 흐르는 열에너지가 동력에너지로 바뀌지 못하고 클러치 목울대에 걸려 금방이라도 엔진이 꺼질 듯 달달거렸다. '여기만 넘으면 한 폭의 도원경이 펼쳐지리라.' 마음을 다잡으며 클러치 브레이크 페달에 양쪽 발을 번갈아 내디디며 널뛰기 전법을 구사하자, 차는 황천 가는 노잣돈이라도 달라는 듯 차마 떼기 싫은 발걸음으로 고갯마루를 넘어섰다.

무슨 미련이 남을까. 뒤돌아 볼 것이 뭐 있겠는가. 유유자적 언덕을 내려서자 울퉁불퉁 굴곡진 길마루가 나를 영접했다. "어서 오시게. 이승의 삶에 얼마나 곤고하였는가. 여기서 한껏 쉬었다 가게나." 나는 환청에 시달리기 시작했다. 쉬었다 가라니. 어서 천국에 가야할 텐데. 쉬었다 가라니. 여기가 무슨 청량리 588 홍등가라도 된단 말인가. 어림없지. 얼마나 차가운 이성으로 살아온 난데. 어림도 없지. 얼른 눈썰미를 곤추세우며 좌충우돌 핸들을 좌우로 마구 꺾었다.

"7호차 주차 위반 감점입니다."

통제실에서 7호차에 대한 감점 방송이 흘러 나왔다. 나는 기겁을 떨며 오른 편 앞쪽에 붙어있는 점수판을 힐끔 훔쳐보았다. 점수판 숫자는 그대로였다. 식은땀은 식을 새가 없었다.

쉬었다 가라는 유혹의 손길을 냉정하게 뿌리치고 오른쪽으로 꺾어들자 교차로 빨간 불빛이 충혈된 눈으로 나를 희롱하고 있었다. 혀를 한 번 쏙 내미는 것 같기도 하였다. 내가 적록색맹이 아닌 바에야 네깐 놈한테 덜미를 잡힐까보냐, 호기로움이 슬며시 고개를 쳐들며 발밑으로 전달되고 있었다. 빨간불 그놈은 내가 정상임을 확인하였는지 겸연쩍은 표정으로 노랗게 파랗게 변색을 하며 곱게 자리를 내주었다.

이제는 탄탄대로, 내쳐 달리기만 하렸더니 메두사 같이 생긴 에쓰(S)자 노선이 또아리를 틀고 앉아 혀를 날름거렸다. 내친걸음이라 퇴로는 없다. 이 판사판이다. 머뭇거리지 않고 협곡으로 들어섰다. 메두사는 몸을 활등처럼 세우더니 단번에 나에게 달려들어 내 몸을 휘감았다. 나는 용을 쓰면서 그놈을 같이 휘감았다. 내가 그놈을 감았는지 그놈이 나를 감았는지 알 수 없는 합일이 이루어지고 있었다. 내 몸뚱이가 마지막으로 한 번 더 경직되면서 임산부의 젖멍울처럼 탱탱해지는가 싶더니 그 녀석의 꼬리가 내 허리께를 한 번 후려쳤다. 나는 순간 정신을 잃을 뻔하였다. 별반 통증은 느끼지 못하였으나 선혈이 흥건히 베어 나오기 시작했다.

"11호차 에쓰자 노선 위반 감점입니다."

귀신이 따로 없구나. 점수판은 95점을 가리키고 있었다. 극락정토는 멀기만 하다. 그래도 여기서 한 번 죄과를 씻었으니 더는 피 흘리는 일이 없어야 할 텐데. 색즉시공 공즉시색, 옴마니 밧메훔! 메두사는 한 번의 나의 보혈로 제풀에 나가 떨어졌다. 아, 이 불가사의한 원심력과 복원력! 아이삭 뉴튼에게 감사기도를 올리고 에쓰자를 벗어났다. 이제 교차로 불빛 따위는 두렵지도 않았다. 그 정도로 약한 유황불로는 내 목숨을 거두기에는 역부족인 듯했다. 도리어 나를 열반으로 안내하는 연등처럼 느껴졌다.

용광로를 통과해 나온 쇳물처럼 단단한 마음으로 티(T)자로 접어들었다. 무슨 중생대 백악기 화석처럼 딱딱한 티자 옹벽은 각이 선 채 따뜻한 눈길 한 번 주지 않았으나 그에 아랑곳하지 않고 반핸들(45도)을 꺾어 부챗살처럼 펴들고 사뿐히 그 곳을 빠져나왔다. 이제 마지막 관문이 두 개 남았지. 갠지스강 항하사처럼 많은 생각의 타래들이 제법 자리를 잡으면서 숫자를 꼽아보았다. 그간 흘린 땀과 피, 곤두선 실핏줄 하며 오장육부 성한 데라곤 없지만 마음은 명경지수처럼 맑아왔다. 가시 붙은 엉겅퀴 하나 보이지 않고, 날카론 돌부리 하나 없는 길을 무슨 꿈길인양 달렸다. 어느덧 잠결인 듯 신령한 목소리가 들려왔다.

"너 이놈! 너는 어찌하여 그리 쉽게 안일에 빠지느냐. 깨어나거라 어서!"

월출산 구름다리처럼 위태로운, 다시는 돌아올 수 없는 다리를 그만 건너고 만 것이다.

"11호차 건널목 일시 정지 위반 10점 감점입니다."

아차, 천 길 낭떠러지 죽음의 나락으로 곤두박질치기 직전이었다. 가차 없는 10점 감점. 이제 남은 점수는 85점. 나는 거의 미치갱이가 되어 환각 물질이라도 뒤집어 쓴 사람처럼 허둥대기 시작했다. 아, 이러면 안 되는데. 이승의 삶이 너무 허망하지 않는가. 아쉬움과 후회스러움이 뒤범벅되어 숨골을 짓눌렀다. 아직은 나를 버릴 때가 아니야. 아직은 내디딜 발걸음이 더 남아 있지 않은가 말이야.

그 순간 '돌발 상황'이라는 신호음이 턱 밑을 강타했다. 돌발 상황을 알리는 시그널이 끽끽끼 끽끽 울렸던 것이다. 그 신호음은, 썩은 시체만을 탐하는 하이에나 아니면 갈가마귀 울음소리처럼 귓속 세반고리관을 때렸다. 그것은 이성의 차가움만으로는 어쩌지 못할, 순전히 감각에 불을 지피는, 지극히 비인간적인 울림이었다. 양쪽 발을 있는 대로 뻗어 버렸다. 결코 밀리지 않으리라. 너의 음험하고 방자한 목소리를 가만두지 않으리라. 나는 오기로 그 기분 나쁜 음성을 단칼에 제압하고 한숨을 몰아쉬었다.

더 이상 내줄 것 없는 자가 가장 용감한 법이다. 이제는 한 군데 남았다. 아, 천국은 멀기도 멀다. 극락정토가 어쩜 이렇게 끝 간 데 없단 말인가. 아버지 등에 업힐 정도로 어린 시절, 오일장터 서커스천막에는 돈 받는 관문이 여러 곳 있었지. 기실 불법 입장객을 막을 요량이었을 터. 어디, 천국 가는 길이 거기에 비길 손가. 이제 남아있는 노잣돈(점수)은 달랑 85전(점). "5전(점)으로 적당히 때우면 그 곳이 천국일세. 노잣돈은 놓고 가게. 노잣돈은 놓고 가게." 천사들의 노래인지 어디서 합창소리가 들리는 듯하였다. 그래 맞아! 그곳은 그냥 들어간 시늉만 하고 얼른 빠져나오면 된다고 했지. 5전

296

은 돈도 아니야. 더 많은 돈도 잃어 본 사람인 걸. 마지막 주차 코스를 두고 한 말이다.

마지노선 80점. 이제 배수진을 쳤다. 소요시간 11분 48초. 남아 있는 시간은 39초. 촐촐 냄비였다. 시간 감점은 없을 성 싶었다. 하나 둘씩 먼저 출발한 수험생들의 차들이 속속 홈으로 접어들고 있었다. "9호차 합격입니다. 10호차 불합격입니다." 저승사자는 가차 없는 목소리로 합/불합격을 호명하고 있었다. 나는 마지막으로 우측 깜박이등을 점멸시키며 홈스트레치로 접어들었다. 지나온 11분 48초의 여정이 천년의 세월만큼이나 아득하게 느껴졌다. 모든 어둠이 걷히고 어디선가 금시조 노래 소리가 들리는 듯했다.

"11호차 '겨우' 합격입니다."

아내가 물었다. "어떻게 됐어요?"

"으응, 그것 누워서 떡묵기더만. 흐흐."


나는 그날도 결국 교만의 죄를 짓고 말았다.

# 감자탕 단상

얼마나 못 견디게 그리우면
흔들리며 끓고 있는가
들깻잎에 기대인
디아지 엉치뼈 목숨 한 자락
아 가엾어라!
감자꽃 하얗게 피던 날
하필이면 길 떠나던 사랑이여
그대 입술에 그리움 촉촉이 적시어
모퉁이 돌아올 때쯤
눈자위 짓무른 날
끝끝내 널 보낼 수 없을 것 같다.
　- 윤창식, 「감자탕」 -


　감자탕을 처음 본 것은, 1970년대 초 서울 봉천동 낙성대 입구에서이다.
이 언저리는 모 대학의 후문이 있는 곳이기도 하다. 학생이 정문보다 후문
을 자꾸 택하는 시기는 분명 모반(謀反)의 기운이 싹트기 시작한 때일 것이
다. 어느 시대인들 위태롭지 않은 때가 있을까만, 70년대 세상의 정치사회
적 지형도는 늘 암울한 것이었다. 때 묻지 않은 스무 살 청년의 눈으로 보
면 더욱 그랬을 것이다.
　그곳을 지나칠 때마다 허름하기 짝이 없는 감자탕집에 새마을 모자를 눌
러쓴 노동자들이 앉아 있는 모습이 보였다. 그들은 아프리카 부족의 악기
처럼 생긴 뼈다귀를 물어뜯거나 쭈그러진 양재기로 보리뜨물 같은 액체를

목으로 넘기거나 무언가에 동의할 수 없다는 듯 핏대를 올리는 모습에 나는 의아한 시선을 던지곤 하였다.

　아직은 풋내기 인생길에 서 있던 나는, 무슨 이유로 감자가 그토록 절절히 돼지 뼈와 결합해야 하는지를, 왜 끓고 또 끓어야 하는지를 잘 알지 못했던 것. 세월이 갈 때까지 가버린 지금, 감자탕은 더 이상 그 옛날 봉천동 뒷골목에서 상처를 보듬어주던 국물은 아닌 듯하다. 혼자서는 감히 먹을 수 없는 감자탕은 이제는 소-중-대로 나누어진 효율성만큼 '도시적'이 되어버렸다.

# 어머니의 문신

어머니 배꼽에 좁쌀만 한 사마귀가 하나 있다는 사실은 어릴 적부터 알고 있었지만, 팔순 노모의 왼쪽 어깨 위에 푸르스름한 문신이 네 개 점점이 물들어 있는 것을 보는 순간 나도 모르게 아득한 마음이 되었다. 누나는 벌써부터 그 사실을 알고 있었다는 듯 대수롭지 않은 말투다.

"어렸을 적에 엄니 단짝이 넷 있었는디, 시집가기 전에 절대로 잊지 말자고 서로 돌아감스로 팔뚝에다가 푸른 점을 찍어 줬는갑더라."
내의를 반쯤 올리고 나란히 찍혀있는 퍼런 점을 보여주시는 어머니는 갓 열대여섯 살 먹은 소녀로 돌아간 듯했다. 그 험한 시절, 남도의 소녀들은 영영 돌아오지 못할 어떤 이별을 예감한 것이었을까.

'잊지 말자 덕례야, 잊지 말자 금례야, 잊지 말자 옥례야, 잊지 말자 옥님아.'

그렇게 한 땀 한 땀 서로의 마음에 새겼을 문신이 아프게 다가온다.
"덕례는 나보다 두 살 욱에여, 그래서 시집도 젤 먼첨 갔는디, 시운 살도 안 되어서 죽었다등가. 옥례, 옥님이는 안적까장 소식도 모르고야…."

그렇게 잊지 말자고 다짐을 했건만 서로 얼굴 한 번 다시 못보고 그 징한 세월만 흘렀단 말인가. 마디마디 서러워서 돌아갈 수 없는 세월이지만, 어머니는 네 개의 점을 만지면서 눈물지으신다. 그 푸르던 세월 다 어디 두고 이제 푸석이는 석회질로 남은 어머니 팔뚝 멍자국이 내 가슴에 박혀 영영 지워지지 않는다.

# 17도 액체 미학

"대체로 말을 믿지 않는다."는 철학자도 있지만, 나는 "언제 소주 한 잔하자."는 말은 대체로 믿는다. 그것이 단순히 술을 마시자는 이야기만은 아니기 때문이다. 그렇게 말한 사람이 외려 더 외롭다는 징표일는지 모른다. 돌아앉은 아픔으로 하여 불면의 밤이 되고 별자리 스러지는 새벽녘에도 낮달 떠오르는 대낮에도 치유의 빛 보이지 않는 날, 불현듯 들려오는 '술 한잔 하자'는 말의 울림, 일상의 분진 위에 떨어지는 그 광휘에 찬 언어의 극진한 유희(!)를 나는 믿는다. 이 쓰디쓴 세상을 용케 빠져나온 소주 한 잔 하자는 말을 애초부터 시비할 수 있을까. 설사 빈말이라도 좋다. 때론 나프탈렌, 그 표백의 혼백처럼 다가와 더하고 빼다가 지친 자본주의적 마음을 단박에 지순한 태고의 그것으로 치환시키는 마법의 언어가 아니던가.

언제부터였던가, 골수의 림프액에 삼투되는 17도 그 순수 액체 미학에 몸서리쳤던 게! 아직은 뼈마디 여물지 않던 날, 끝내 치유될 것 같지 않은 우울들을 마다않고 온몸으로 받아주던 너, 부도난 욕망과 아직도 못 다한 사랑의 역단층을, 때론 같이 울고 때론 같이 웃으며 채우던 너 아니더냐. 그래, 좋다, 너 위태로운 듯 살가운 푸른 몸 눕히어 내 쓸쓸한 빈 잔에 부표되어 일렁이는데, 부여잡고 일어서지 못할 게 무어 있겠는가.

아무리 삶이 그대를 속일지라도 이빨로 소주병 마개를 통째로 따며 객기를 부릴 필요는 없다. 소주는 그 빛나는 순수가 있기에 소주는 더 이상 혹은 단순히 술이 아니다. 어느 시인의 말처럼 우리 인생이 '결국에는 없는 외딴집'을 끝끝내 찾아가듯, 발이 푹푹 빠지는 진창길 지나 가로등 하나 없는 밤길에 허허로운 마음 달래야 할 때 있다면, 소주 한 잔 마셔 볼 일이다.

17도 액체 미학의 궁극에서는 소통의 제의가 펼쳐지고, 때로는 쏘주로 혹은 쐬주로 변주되어 실핏줄 마디마디 마음의 찌꺼기들 끝까지 불살라, 따지고 보면 하등 쓸모없는 사람 사이의 경계를 무너뜨리리라. 17도 뜨거운 액체, 너로 하여 필요 없는 것 무너지는 날이면 모든 아픔 씻어줄 늦은 비라도 한 줄기 내렸으면.

# 서울로 가는 소

황토 빛 푸른 고향 누런 황소야
네 몫을 다했다고 서울로 가느냐
트럭 위에 몸을 싣고 떠나온 고향 길
진달래꽃도 붉어 피맺혀 울었구나
아아 끌려가나 따라가나 서울로 가는 소
- 김상길, 「서울로 가는 소」 -

누런 황소는 무엇을 하려고 서울로 갔을까. 애초에 서울 행 차표라도 미리 예약된 것이었을까. "진달래꽃 붉어 피맺혀" 울고 넘는 황토 길에 다시 돌아올 기약 같은 것은 아예 없었을 터. 1톤짜리 낡은 트럭 위에 몸을 실은 누렁소에게 대체 무슨 일이 있었던 것일까, 흙냄새 질펀한 논두렁을 떠나 꿈에라도 어찌 서울 갈 생각을 해봤을까. 끌려가든 따라가든 누렁소에게는 어차피 같은 길이 아니었을까. 길 위에 길이 있다고도 하고 나그네는 길 위에서 쉬지 않는다는 말도 있지만, 걸을 수 없는 누렁소는 그래도 서울로 간다. 서울 영등포 어디쯤 신접살림이라도 차린다면 좋으련만 그도 저도 아닌 길을 마다않고 떠나가는 누렁소를 실은 상행선!

감청색 뻥끼가 군데군데 벗겨진 낡은 짐차는 늙은 누렁소 한 마리를 싣고 돌아올 수 없는 수순을 남긴 채 남도의 황토 길을 뒤로 하고 신작로로 거슬러 오른다. 경계는 늘 위태롭다. 곡절 없는 삶이 어디 있을까만, 누렁소를 실은 낡은 트럭은 대체 몇 바퀴의 바퀴를 굴려야 가야할 곳에 다다를까. 후륜구동의 짐칸 바닥을 뭉툭한 발바닥으로 버텨야 하는 서울 행 입석표를 누가 누렁소에게 쥐어 주었을까. 환승이 되지 않는 원웨이 티켓(one-way ticket).

소실점이 되어 멀어져가는 들길을 망연히 바라보는 누렁소의 눈에는 얼핏 잊을 수 없는 연분홍 봄날이 맺히는 듯 고개를 들어 하늘을 쳐다본다. 누렁소 주인은 이미 서울 마장동 형님과 굳게 약속한 터라 이제 돌아볼 겨를도 없이 포장도로에 접어들었다. 누렁소를 실은 트럭은 한 동안 무슨 꿈길인양 속도를 내며 달린다. 낡은 카오디오에서는 남녀 한 쌍이 부른 뽕짝이 또 한 고비를 넘는다.

'떠나가는 당신을 붙잡을 줄 알고/갈래면 가지 왜 돌아보오.'

서울은 역시 사람이든 짐승이든 기를 죽이는 데에는 이골이 난 동네다. 누렁소 한 마리를 싣고 메갈로폴리스 서울 한복판, 밤길을 더듬거리는 낡은 트럭 한 대. 소 주인은 농수산물 경매를 위해 몇 번 서울을 내왕하긴 했어도 서울이라는 곳이 여전히 종잡을 수 없기는 마찬가지였다. 어째 다리가 후들거리는가 싶더니 불현듯 환청이 들리는 듯했다.

"전남 자에 3779 트럭, 길가로 붙이세욧!" 언제 따라왔는지 순찰차 한 대가 트럭 바로 뒤에 바싹 붙어 있었다.

"요것이 뭔 소리여?" 하면서 트럭 운전수는 정신을 다잡으며 주위를 두리번거렸다.

"내 말 안 들려요? 소 싣고 가는 1톤 트럭! 그래 바로 당신, 갓길로 붙이라니깐."

어느새 순찰차는 트럭 옆으로 더욱 바싹 붙이고 거의 반말 투로 트럭을 힐난한다. 누렁소는 휘리릭 돌아가고 있는, 순찰차의 경광등이 무척 곤혹스러운 듯 고개를 두어 번 주억거리더니 긴 숨을 토해내었고, 빌딩숲에서 뿜어져 나오는 휘황한 불빛은, 포충망에 걸린 갑충처럼 불안해하는 트럭 위로 유난스레 강렬한 하이라이트가 되어 쏟아졌다. 누런 황소의 커다란 눈망울에는 그 봄날의 붉은 진달래꽃이 자꾸 어른거렸다.

# 나를 키운 '이별'의 정거장

나의 유년은 육이오 뒤끝의 아련한 슬픔과 결핍의 이중주 속에서 자라났다. 역사의 수레바퀴는 무인(無人) 자동구륜으로 굴러가지는 않을 터. 어쩌겠는가. 파토난 들에도 봄은 왔으니 꽃들은 속절없이 피고지고 새들도 살고 싶어 울고불고 했으리라.

군대에서 막 제대한 삼촌은 "설사(철사)줄에 두 손 꽁꽁 묶인 채로 뒤돌아보고 또 돌아보고~"를 부르곤 했다. 대체 이데올로기가 무언지 모를 소년은 두 손이 묶인 '설사줄'이 무언지도 모른 채 그 노래를 따라 불렀으니. 누나들은 동그란 수틀에 꽃 자수를 놓으며 "동백꽃 잎에 새겨진 사연 말 못할 그 사연을 가슴에 안고~"를 불렀고, 그 노래를 들으면 나도 모르게 코끝이 찡했다.

세월이 조금 더 흘러 초등학교에 들어가자 쉬는 시간이면 "가기 전에 떠나기 전에 하고 싶은 말 한마디를 유리창에 그려보는 그 모습 안타까워라"를 기가 막히게 부르는 놈이 있었으니, 나에게도 숙명적으로 이별의 순간이 다가왔다. 대체 무슨 큰 뜻을 품었기에 정든 15년 고향살이를 뒤로 한 채 도시로 공부 나서는 길에는 눈물이 났다.

1967년 봄, K시 오거리 자취 시절, 주인집 라디오에서는 "마른 잎이 한 잎 두 잎 떨어지던 지난 가을날~"이라는 노래가 종일토록 흘러나오더니, 여름이 되자 "당신과 나 사이에 저 바다가 없었다면 이별은 없었을 것을~"이라는 뽕짝이 나의 귓전에 쉼 없이 맴돌았다.

이제 어지간한 이별은 견딜 것 같았으나 서울살이 하다가 방학이나 휴가 때 고향집에 내려와 다시 떠나기 전 날 밤에는 어머님은 내 손을 붙잡고 "잊을 수가 있을까 이 한 밤이 새고 나면 떠나갈 사람~"을 부르곤 했다.

사람들은 왜 떠나는 것일까? 왜? 무엇을 위해? 어디로? 결국 나는 이런 의문들을 제대로 풀지 못한 채 나이를 먹어갔고 사회에 나와서 노래를 부를 기회가 오자, 나도 모르게 "산마루에 초소에는 밤새 우는데 가신님의 눈물이냐 비가 내린다"를 부르곤 하였다.

터미널이나 항구는 만남 보다는 이별이 어울리는 공간이 아니던가. 이름 없는 간이역에 무릎까지 쌓인 눈이 녹고 녹아도 오지 않는 사람일랑 원망은 하지 말 일이다. 그이에게도 말 못할 사연이 있을 터이다.

# 낮도깨비들

1

우리 학급은 '낮도깨비들'이라고 불렸다. 학급이래야 고작 두 반 밖에 없는 초등학교 5학년 때 유독 음악을 좋아하는 조한구 선생님의 반에 편성된 아이들은 자동으로 낮도깨비가 되었던 것이다. 우리들은 선생님의 학급이 된 것에 별 감흥도 없이 첫 조회시간을 맞이하고 있었다.

"오늘부터 느그들은 밴드부가 되는 것이여. 징이나 꽹과리 같은 것 말고 신식 악기를 가지고 멋들어진 밴드부가 된다 그 말이여. 알겠냐?"

우리들은 무심한 눈망울만 굴릴 뿐 선생님의 말이 귀에 하나도 안 들어오고 그저 심드렁할 뿐이었다. 우리들은 '그리 된 것이면 그리 해야지 어쩌겠소.' 하는 식이었으니, 그때까지만 해도 우리들은 무엇에 별로 감동할 줄 몰랐다.

다음 날 선생님은 거의 공부는 안 가르치고 책상을 모조리 교실 뒤쪽으로 물리더니, 75명이나 되는 아동들을 앞으로 죄다 모아 놓고 악대를 편성하기 시작했다. 악기라고 해보았자 큰북 하나 작은북 하나, 그리고 누런 솥뚜껑처럼 생긴 심벌즈 한 쌍이 고작이었다.

"김치덕이는 큰북을 치고, 에~또 최용순은 작은북이다. 그라고, 심벌즈는 윤창식 니가 맡어라. 나머지는 모두 뿔피리다."

아직도 아이들은 그저 별 느낌도 없이 선생님이 호명한 대로 따를 수밖에 없었다. 그렇게 느닷없이 우리는 낮도깨비로 변신하게 된다. 레퍼토리는 〈애국가〉와 〈도레미 행진곡〉 딱 두 곡이었다. 우리 반 아이들은 애국조회 때면 구령대 옆에 도열하여 제법 폼을 잡고 긴장된 모습으로 애국가 제창에 반주를 넣었다. 교장선생님은 애국조회 때면 신바람이 나는지 한 시간도 넘는 장황한 연설을 늘어놓곤 하였다. "애국애족 경천애인하자! 재건하자! 상기하자 6.25. 꺼진 불도 다시 보자. 길가는 버스에 돌멩이 던지지 말고 손 흔들기. 몽당연필 아껴 쓰기!"(몽당연필을 또 아껴 쓰라니) 한도 끝도 없는 훈시를 듣다가 드디어 각기 교실로 향하는 시그널로 우리 반 악대는 그 유명한 〈도레미 행진곡〉을 연주하기 시작한다.

"도도도도시라쏠미쏠미 레레미파미레도미쏠 도도도시라쏠미쏠미 도레미파쏠라시도 도도도"

손이 닳도록 입이 부르트도록 그놈의 변함없는 곡을 하루에도 수도 없이, 공부 시작 전에도 도도도 도시라, 학교 파하기 전에도 도도도 도시라, 어린이날 어머니날 운동회 소풍날 할 것 없이 무슨 날만 되면 도도도 도시라. 이제는 귀가 멍멍할 정도를 지나 우리 반 아이들은 환청에 시달렸다. 시도 때도 없이 들려오는 그 소리에 다른 반 학동들도 신기한 듯 쳐다보다가 우리를 낮도깨비들이라고 놀렸던 것이다.

근처 삼거리 어른들도 생전 처음 들어보는 서양 음정 때문인지 별로 좋아하는 눈치는 아니었다. 기실, 우리들 행색이라야 요즈음 TV에서나 볼 수 있는 아프리카 소말리아 아이들 모습 그대로였으니 오죽 했겠는가. 그래도 고슴도치 사랑이라고 우리 아버지는 아들 자랑이 대단하였다.

"우리 창식이가 치는 거 말이여, 뭐시냐, 신발인가 심발즌가, 고것이 없으면 굿판이 안 된다더구먼!"

"아 그랑께 거시기, 솥뚜껑맨키로 생긴 것 말이여? 고것을 뭣으로 만들어 쓰까잉?"

"고것이사 쇳덩이로 만들었겄제. 모질이 같이 고런 것을 다 물어보고 자빠졌는가!"

숫제 아버지는 아들놈 덕에 동네 사람들한테 꽤나 의기양양해 했다. 우리
들은 변함없는 레퍼토리일망정 그 곡들을 연주할 때면 다른 학급 학생들 앞
에서 뿌듯한 우월감 같은 것이 고개를 들곤 하였다. 쉬는 시간이나 연주가
없을 때는 뿔피리로 동요 〈고향땅〉이나 〈섬집 아이〉도 잘 부는 녀석도 생기
고 〈황성옛터〉 같은 어른들 노래도 곧잘 연주하는 놈도 있었으니, 그 녀석
들 피리 부는 폼을 보고 있노라면 자유자재로 돌아가는 손놀림하며 곡이 최
고조에 달하면 눈을 간잔지런하게 뜨고 감정에 폭 빠지는 모습이라니!

2

소슬한 가을바람들이 가난한 들녘을 휘돌아 하나둘씩 우리들 가슴팍을
파고들 무렵 희한한 소식이 하나 전해졌다.

"느그들 말이다잉, 안 가르쳐 줄려다 안쓰러워서 미리 가르쳐 주기로 했
다. 다름이 아니고 저기 목포에서 큰 운동회가 있는디, 느그들을 초청한다
고 안 그러냐. 오늘 교장 선생님하고 거그 담당자하고 우체국 앞에서 만났
다고 하드라. 다음 달 10일이니께 앞으로 딱 보름 남었지야."

선생님의 느닷없는 전갈에 우리들은 귀를 의심하며 한동안 말없이 동무
들 얼굴만 멀뚱 쳐다보다가, 다음 순간 그것이 꿈에도 생각 못할, 환희에
찬 일이라는 것을 알고는 너나 할 것 없이 환호작약하였다. 삼거리 구백정
기화물 아들놈 하영춘은 양철필통을 책상에 마구 두드려댔고, 왼손잡이 안
호중은 기분이 극에 달해 강력한 왼손 주먹으로 옆 짝꿍 조춘석의 등짝을
후려갈기고, 까불이 한춘심은 가시내가 치마를 다 들썩이며 좋아라 난리를
쳤다. 우리는 그날 이후로 얼굴에 생기가 돌면서 별의별 상상을 다 해보았
다.

"목포 갈라면 배로 건너가야 쓰겄인디, 배 타면 안 무서울까?"

"이 모질아, 배로 건너제 발로 건너냐. 그라고 재밌제 뭣이 무섭겄냐. 너

는 가지 말어라."

"나도 어지께 잠도 안 자고 피리 연습했는디, 니가 뭔디 가지 말라고 그러냐 새꺄!"

잘못하면, 좋은 일에 송사가 나게 생기게끔 우리들은 모두 흥분 상태에 빠졌던 것이다. 낮도깨비 악대의 출정이 가까워질수록 우리들은 방과 후에도 자진해서 〈도레미 행진곡〉을 죽어라 연습했다. 도무지 배고픈 줄도 모르고 북을 치고 심벌즈를 때리고 뿔피리들을 불어댔다.

아! 그런데, 꿈에도 예상 못한 일이 벌어져 망연자실하였다. 목포운동회 초청이 깨지고 말았다는 것이다. 그래도 명색이 밴드부인데, 아이들 윗도리 유니폼이라도 입혀서 보내야 한다는 의견이 선생님들한테서 나오게 되었고, 그것을 주최 측과 협의하는 과정에서 자금 문제가 불거져 없었던 일로 되어버렸단다. 우리는 유니폼 그딴 것은 필요 없으니 그냥 평소에 있는 옷이라도 입고 가겠다고 우겼으나 이미 소용없는 일이었다.

아 불쌍하다! 우리는 더 이상 말이 없어졌다. 도도도 도시라도 시들해지고, 큰 장닭 흉내를 잘 내던 박중현도 풀이 죽어 맥아리가 없고, 나만 보면 웃기만 하던 강풍덕의 얼굴에도 웃음기가 사라졌다. 나도 공연히 안 아프던 배가 아픈 것 같기도 하고 산수시간에 덧셈 뺄셈도 잘 되지 않았다. 나는 '무엇을 더하고 뺄 게 있다고?' 투덜거리며 애꿎은 돌부리만 걷어찼다.


낮도깨비들의 안쓰러운 영혼은 어디쯤 떠돌고 있을까
이제 세월이 몇 순배 돌아 저만치 가고 있지만
낮도깨비들은 영원히 나이를 먹지 않고
내 가슴속에서 네 박자 행진곡을 '창창' 울리고 있다.